Hunde mitzubringen ist erlaubt

Das Buch

Von den ersten schriftlichen Zeugnissen der Menschheit zieht sich das Bild des Hundes bis in die Literatur der Gegenwart. Homer, Cervantes und E.T.A. Hoffmann, wie auch Ernst Jandl, Pavel Kohout bis hin zu Paul Auster haben den Hund verewigt. Kafkas *Lufthunde* schwärmen von ihrem wunderbaren Beruf, Gogols *Hundechor* beweist die Musikalität der Vierbeiner. Angelika Overath und Manfred Koch haben die schönsten und geistreichsten Geschichten über Hunde zusammengestellt. Doch auch erklärte Hundehasser kommen zu Wort, so etwa Leibniz: »Der Hund ist ein von Flöhen bewohnter Organismus, der bellt.«
Eingerahmt werden die literarischen Texte von Essays, die den Leser kurzweilig in die spannende Kulturgeschichte der Beziehung von Hund und Mensch einführen.

»Ich bin ich, weil mein kleiner Hund mich kennt.«
Gertrude Stein

Die Autoren

Angelika Overath arbeitet als Reporterin, Essayistin und Literaturkritikerin u.a. für die *NZZ*. 2006 erhielt sie in Klagenfurt den Ernst-Willner-Preis für ihren kommenden Roman.

Manfred Koch ist freier Publizist und Literaturkritiker und hat zusammen mit seiner Frau Angelika Overath verschiedene literarische Anthologien herausgegeben. Das Ehepaar lebt im Engadin.

Von den Autoren ist in unserem Hause bereits erschienen:

Genies und ihre Geheimnisse. 100 biographische Rätsel

Hunde mitzubringen ist erlaubt

Ein literarischer Salon

Eingerichtet von Angelika Overath
und Manfred Koch

List Taschenbuch

Besuchen Sie uns im Internet:
www.list-taschenbuch.de

Ungekürzte Ausgabe im List Taschenbuch
List ist ein Verlag der Ullstein Buchverlage GmbH, Berlin.
1. Auflage Mai 2009

Konzeption: semper smile Werbeagentur GmbH, München
Umschlaggestaltung: bürosüd° GmbH, München
(unter Verwendung einer Vorlage von
ZERO Werbeagentur, München)
Titelabbildung: © PoodlesRock/CORBIS
Satz: Pinkuin Satz und Datentechnik, Berlin
Gesetzt aus der Sabon
Papier: Munkenprint von Arctic Paper Munkedals AB, Schweden
Druck und Bindearbeiten: CPI – Clausen & Bosse, Leck
Printed in Germany
ISBN 978-3-548-60895-2

Für Ginger, unsere alte Eurasierin

Inhalt

3

Vorwort

Der Salon ist eröffnet: Hier treffen sich Menschen mit Hunden. Geladen sind: Homer und Argos, Gottfried von Straßburg und Petitcriu, Cervantes und Berganza, die Gebrüder Grimm mit dem alten Sultan oder Brentano und das Hündchen Wackerlos; Jean Paul kommt mit Ponto, Fontane mit Rollo, Mörike mit Joli, Ebner-Eschenbach bringt Krambambuli mit, Thomas Mann seinen Bauschan und Virgina Woolf ihren Flush, Jandl hat Ottos Mops dabei und Paul Auster Mr. Bones. Halbwilde Rudel des Pariser Hundeproletariats folgen Baudelaire, und Stevie Smith hält den »Mops von Brownes« auf dem Schoß. Mit und ohne Namen schnuppern, wedeln, bellen die Hunde der Herzen in den imaginären Raumfluchten der Freundschaft. Eingeladen wird zu einer literarischen Begegnung mit jenem Wesen, das wie kein anderes Tier durch den Menschen geformt wurde und in seiner alltäglichen Lebensweise an ihn gebunden bleibt. Und wie in jedem Salon Gäste aus verschiedenen Kreisen aufeinandertreffen, kommen auch hier Romanciers zu Wort und Mediziner, Philosophen und Züchter, Lyriker und Journalisten, Therapeuten und Zoologen, Pädagogen und Jäger. Das vielstimmige Gespräch ist vom Zufall bestimmt, von den Launen der Gäste, von ihrer Lust, zu fabulieren, dies und jenes einzuwerfen. Die Herausgeber haben sich allerdings erlaubt, den Salon, der Ordnung halber, in chronologische Kabinette zu gliedern. Sie stellen ihre Gäste der Reihe nach vor, von der Antike über das Mittelalter bis in die Neuzeit. Entstanden ist ein freier Austausch von Geschichten und Ideen, Augenzeugenberichten und Ratschlägen, Hymnen und Warnungen, die alle um jenes einzigartige menschenalte und weltumspannende Phänomen der Beziehung von Hund und Mensch kreisen.

Die Herausgeber danken allen Hunden, Hundefreunden und Hundeskeptikern, die dieses Buch begleitet haben. Namentlich sind es: Florence Batonnier, Berlin; Maik Bozza, Stuttgart; Wolfgang Braungart, Bielefeld; Jürgen Bräunlein, Berlin; Irene Ferchl, Stuttgart; Henrike Lähnemann, Newcastle; Ruth Klüger, Irvine; Hanne Knickmann, Darmstadt; Gunter Nickel, Darmstadt; Ute Oelmann, Stuttgart; Andreas Overath, Tübingen; Silvia Overath, Hildesheim; Philipp Ostrowicz, Tübingen.

Sent, im Sommer 2007
Angelika Overath und Manfred Koch

I
Essay

»Glücklich preis ich den Mann mit guten Hunden zur Jagd« (Solon)

Mit dem Hund wurde der Mensch zum Menschen. Jedenfalls zum zivilisierten Menschen. Die sogenannte »Neolithische Revolution« – der vor etwa 12 000 Jahren einsetzende Übergang der steinzeitlichen Jäger- und Sammlergesellschaften zu Ackerbau und Viehzucht – begann mit der Domestikation von Haustieren. Der erste tierische Gefährte, mit dem der Mensch seinen Alltag teilte, war der Hund. In einem Grab in Bonn-Oberkassel, das Archäologen auf die Zeit um 12 000 v. Chr. datieren, fand man das Skelett eines älteren Mannes, dessen Hand zärtlich auf dem Schädel eines neben ihm bestatteten Tieres ruht. Vom Knochenbefund her handelt es sich dabei eindeutig um einen Hund. So früh war dem Menschen also die Verwandlung des Wolfs in das schützende Begleittier gelungen, so früh gab es, wie das Arrangement der Körper im Grab zeigt, das Bedürfnis, die Liebe zum Hund sichtbar zu bekunden.

Der Oberkasseler Hund ist der älteste, der uns aus der (Früh-)Geschichte bekannt ist, die erste Hundepersönlichkeit der abendländischen Literatur ist Argos, der heimliche Held bei der Rückkehr des Odysseus nach Ithaka. In Homers *Odyssee* (um 700 v. Chr.) ist der alte, »von Ungeziefer zerfressene« Hund der einzige, der seinen Herrn nach zwanzig Jahren Abwesenheit wiedererkennt. Diese berühmte Stelle ist ein literarischer Beleg dafür, wie innig sich schon vor mehr als zweitausend Jahren die Beziehung zwischen Mensch und Hund gestalten konnte.

Die griechische Antike war grundsätzlich durch eine eher pragmatische Einstellung zu Tieren gekennzeichnet: Die domestizierten Tiere dienten als Nahrungslieferanten (und zum Teil selbst als Nahrung), sie waren Arbeitshilfen beim Ackerbau, im Transportwesen, im Krieg und bei der Jagd. Rössern und Hunden aber kam seit jeher eine Ausnahmestellung zu: mit schönen Pferden und schnellen, findigen Jagdhunden ließ sich Staat machen. Von einem hellenistischen König des 3. Jahrhunderts v. Chr. wird überliefert, er habe einen Festumzug mit 2400 Hunden veranstaltet, darunter zahllose »Molosser« (so hießen die berühmtesten Kriegshunde des Altertums). Wer wenig besaß, verfügte allenfalls über Gänse zur Bewachung des Hauses, die Reichen dagegen hielten sich gepflegte Hunde, die zum Familienkreis gehörten, als Tisch- und Bettgenossen zugelassen waren und nach ihrem Tod ehrenvoll bestattet und in Grabinschriften gerühmt wurden.

So nimmt es nicht wunder, daß der Hund in der antiken Philosophie eine wichtige Rolle spielt. Eine ganze philosophische Richtung, die Kyniker, nannte sich nach ihm (griech. »kyon«), um den in ihren Augen dekadenten Athenern zu zeigen, daß ein naturnahes »Hundeleben« ohne zivilisatorischen Überfluß für alle das beste wäre. Die ersten Überlegungen zum Tierschutz wurden in der Antike am Beispiel des Hundes angestellt. Aus der Seelenwanderungslehre des Philosophen und Mathematikers Pythagoras (6. Jh. v. Chr.) ergab sich ein zwingender Schluß: Wer ein Tier quält, vergeht sich damit möglicherweise an einer ehemaligen Menschenseele. Von Pythagoras ist eine Anekdote überliefert, in der der Philosoph mit diesem Argument gegen eine Hundemißhandlung einschreitet:

Als er einmal, so heißt es, an einem Hündchen vorbeikam,
das man prügelte, sprach er voller Mitleid das Wort:
»Laß das, schlage ihn nicht! Denn sicherlich ist es die Seele
eines Freundes. Ich habe sie an der Stimme erkannt.«

Die Frage, ob den Tieren eine Seele, ob ihnen gar eine menschenähnliche Vernunft zuzusprechen sei, wird in der Antike immer wieder am Ausnahmefall Hund diskutiert. Aristoteles, der größte Zoologe des Altertums, hat in seiner *Naturgeschichte* nicht nur als erster genaue Untersuchungen über die verschiedenen Hunderassen, ihren Körperbau, ihre Fortpflanzung, ihr Verhalten vorgelegt, sondern in Ansätzen auch eine Hundepsychologie entworfen. Wie andere höhere Säugetiere verfügen die Hunde seiner Ansicht nach über ein hochentwickeltes Wahrnehmungsvermögen, darüber hinaus sogar über Phantasie und Gedächtnis (ein Hund freue sich über den Geruch eines Hasen, weil er damit die Erinnerung an schmackhaftes Fleisch verbinde). Vernunft allerdings ist für Aristoteles ein Privileg des Menschen.

Das reizte andere Denker zum Widerspruch. Plutarch zitiert in seinem Aufsatz *De sollertia animalium* (Über die Kunstfertigkeit der Tiere) das klassische Gegenargument: Ein Hund, der sich an einer Weggabelung zielsicher für eine Spur entscheide, habe dies aufgrund eines regelrechten logischen Schlußverfahrens getan – der Hase sei nicht diesen und auch nicht jenen Weg gelaufen, also müsse er den einzig verbliebenen dritten eingeschlagen haben. Diese spitzfindige Beweisführung hält Plutarch zwar für übertrieben, dafür entdeckt er aber in vielen anderen, allgemein vertrauten Verhaltensweisen von Hunden genügend Belege für deren hohe Intelligenz. Durch die ganze Antike und das Mittelalter hindurch bis in die Neuzeit hinein bleibt – für uns heute unbegreiflich – der schlußfolgernde Hund am Scheideweg das Paradebeispiel für animalische Klugheit.

Plinius und Claudius Aelianus erzählen, wie andere Autoren der griechisch-römischen Antike, von mutigen, wachsamen, dankbaren, sich aufopfernden Hunden, denen der Mensch selbstverständlich ebenfalls Liebe entgegenbringt. Im römischen Kaiserreich jedoch läßt sich beobachten, wie der treue Hausgenosse zum Prestigeobjekt und schließlich zum Reizmittel der wohl brutalsten Spaßkultur der Geschichte wird. Reiche Römer kauften sich aus Renommiersucht bevorzugt große, furchteinflößende Hunde, vor denen bald auf Geheiß der Obrigkeit an der Grundstücksgrenze ausdrücklich gewarnt werden mußte: cave canem. Zunehmend kamen diese Kolosse dann auch bei den Hetzspielen in den römischen Zirkusarenen zum Einsatz. Bisweilen wurden mehrere tausend Tiere in Vergnügungsstätten wie dem römischen Kolosseum an einem einzigen Tag hingeschlachtet. Daß Hunde dabei zahlenmäßig in der Minderheit waren, hat wohl weniger mit einer besonderen Zuneigung zu ihnen zu tun als mit der Absicht der Veranstalter, das Spektakel durch den Einsatz besonders exotischer Tiere – Löwen, Panther, Bären, Nashörner, Elefanten – noch sensationeller zu gestalten.

Die Blütezeit dieser römischen Unterhaltungsindustrie, die durch Tier- und Menschenmassaker die Zuschauerzahl zu steigern suchte, lag im ersten und zweiten Jahrhundert nach Christus. Aber aus derselben Zeit gibt es eben auch rührende Dokumente der Hundeliebe wie jene Empfehlungen des Historikers Flavius Arrianus zur Pflege der Jagdhunde:

> *Nichts ist so gut wie ein weiches und warmes Lager; am besten bei Menschen, weil sie nicht nur dadurch menschenfreundlich werden, sondern auch an der menschlichen Haut ihre Freude haben, und den, der mit ihnen schläft, nicht weniger als den, der sie füttert, lieb gewinnen. Auch was den Hund belästigt, kann man so wahrnehmen, um bei Nacht dem Dürstenden oder von einem natürlichen Bedürfnisse Gedrängten beizuspringen.*

HOMER
Argos

Nach 20 Jahren Abwesenheit kehrt Odysseus in seine Heimat Ithaka zurück. Der einzige, der ihn wiedererkennt, ist sein gebrechlicher Hund Argos.

Aber ein Hund erhob auf dem Lager sein Haupt und die Ohren,
Argos: welchen vordem der leidengeübte Odysseus
Selber erzog; allein er schiffte zur heiligen Troja
Ehe er seiner genoß. Ihn führten die Jünglinge vormals
Immer auf wilde Ziegen und flüchtige Hasen und Rehe:
Aber jetzt, da sein Herr entfernt war, lag er verachtet
Auf dem großen Haufen vom Miste der Mäuler und Rinder,
Welcher am Tore des Hofes gehäuft ward, daß ihn Odysseus'
Knechte von dannen führen, des Königes Äcker zu düngen;
Hier lag Argos der Hund, von Ungeziefer zerfressen.
Dieser, da er nun endlich den nahen Odysseus erkannte,
Wedelte zwar mit dem Schwanz, und senkte die Ohren herunter;
Aber er war zu schwach, sich seinem Herren zu nähern.
Und Odysseus sah es, und trocknete heimlich die Träne,
Unbemerkt von Eumäos, und fragete seinen Begleiter:

Wunderbar ist es, Eumäos, daß dieser Hund auf dem Miste
Liegt! Sein Körper ist schön von Bildung; aber ich weiß nicht,
Ob er mit dieser Gestalt auch schnell im Laufe gewesen,
Oder so, wie die Hund' um der Reichen Tische gewöhnlich
Sind; denn solche Herren erziehn sie bloß zum Vergnügen.

Ihm antwortetest du, Eumäos, Hüter der Schweine:
Freilich! denn dies ist der Hund des ferne gestorbenen Mannes.
Wär' er derselbige noch an Gestalt und mutigen Taten,
Als wie Odysseus ihn, gen Troja schiffend, zurückließ;
Sicherlich würdest du jetzo die Kraft und die Schnelle bewundern!
Trieb er ein Wildbret auf im dichtverwachsenen Waldtal,
Nimmer entfloh es ihm; denn er war auch ein weidlicher Spürhund.
Aber nun liegt er im Elend hier; denn fern von der Heimat
Starb sein Herr, und die Weiber, die faulen, versäumen ihn gänzlich.
Das ist die Art der Bedienten: Sobald ihr Herr sie nicht antreibt,
Werden sie träge zum Guten, und gehn nicht gern an die Arbeit.

Zeus' allwaltender Rat nimmt schon die Hälfte der
Tugend
Einem Manne, sobald er die heilige Freiheit verlieret.

Also sprach er, und ging in die schöngebauete Wohnung,
Eilte dann grad' in den Saal zu den übermütigen
Freiern.
Aber Argos umhüllte der schwarze Schatten des
Todes,
Da er im zwanzigsten Jahr Odysseus wieder gesehen.

ARISTOTELES
Die lakonischen Hunde

Von den Hunden giebt es mehrere Arten. Die lakonischen Hunde beider Geschlechter begatten sich vom achten Monat ihres Lebens an. Einige brunzen auch schon in diesem Alter mit aufgehobenem Schenkel. Jeder Hund wird durch eine Begattung trächtig. Dieß hat man dabei beobachtet, wenn die Befruchtung heimlich geschehen war, wobei sie nur einmal belegt worden waren. Der lakonische Hund geht den sechsten Theil des Jahres trächtig. Das heißt sechszig Tage, vielleicht auch wohl einen, zwei oder drei Tage mehr oder weniger. Die Jungen sind, wenn sie auf die Welt kommen, blind, und bleiben es zwölf Tage. Mit dem siebenten Monat nach dem Wurf, und nicht früher, wird die Hündin wieder läufisch. Einige Hundearten tragen auch den fünften Theil des Jahres, das heißt zwei und siebenzig Tage; allein die Jungen dieser Hundearten bleiben auch vierzehn Tage blind. Noch andre tragen ein Vierteljahr, das heißt drei volle Monat, und ihre Jungen bleiben siebzehn Tage blind. Eine gleiche Zeit scheinen die Hunde auch läufisch zu seyn. Die monatliche Reinigung dauert bei den Hunden sieben Tage; zugleich beobachtet man eine Anschwellung der Schaamtheile. Doch lassen sie in dieser Periode die Begattung noch nicht zu, sondern erst in den sieben folgenden Tagen: Im Allgemeinen scheinen alle Hundearten vierzehn Tage läufisch zu seyn; wiewohl man diesen Zustand bei einigen auch siebzehn Tage lang beobachtet hat. Bei dem Werfen geht zugleich mit den Jungen eine dicke und schleimige Reinigung ab, die nach dem Werfen weniger dem Umfang als der Dichtigkeit nach abnimmt. Fünf Tage vor dem Werfen bekommen die Hunde Milch, bei einigen erscheint sie jedoch auch sieben und vier Tage vorher. Sie ist gleich von der Geburtszeit an brauchbar. Die lakonischen Hunde haben schon vom dreißigsten Tage nach der Befruchtung an Milch. Anfangs ist sie dick, wird aber mit der Zeit dünner. Die Milch der Hunde ist nach der Schweine- und Haasenmilch die dickste. Man hat auch gewisse Kennzeichen der Reife zur Begattung. Es schwellen nehmlich eben so wie bei dem Menschen die Warzen an den Zitzen an, und werden knorpligt. Doch läßt sich dieses nicht so leicht wahrnehmen, weil sie von keiner bedeutenden Größe sind. Auch gilt dieses nur von dem Weibchen, bei dem Männchen ist nichts davon wahrzunehmen. Letztere fangen in der Regel vom sechsten Monat an, den Schenkel beim Brunzen aufzuheben, andre thun es jedoch erst nach dem achten Monat, noch andre auch wohl vor dem sechsten Monat. Im Allgemeinen thun sie es, sobald sie anfangen zu erstarken. Die Weibchen harnen, indem sie sich niederdrücken; jedoch heben auch manche dabei den Schenkel auf. Die Hündin wirft höchstens zwölf Junge, gewöhnlich aber nur fünf bis sechs, die lakonischen meistens acht. Männchen und Weibchen begatten sich, so lange sie leben. Besonders ist dieses den lakonischen eigen; denn überhaupt sind die thätigen fähiger dazu als die trägen. Von den lakonischen Hunden lebt das Männchen zehn, das Weibchen zwölf Jahr; von den übrigen Racen meistens vierzehn oder fünfzehn Jahre. Daher finden es Einige auch ganz richtig, daß Homer den Hund des Odysseus mit dem zwanzigsten Jahre sterben läßt. Bei den lakonischen Hunden lebt die Hündin in der Regel länger als der Hund, wegen den größeren Anstrengungen des Letzteren; bei andern ist dieß weniger bemerklich; sonst leben die Männchen meistens länger als die Weibchen. Zähne wechselt der Hund nicht, die sogenannten Hundszähne ausgenommen, welche beide Geschlechter im Alter von vier Monaten verlieren. Weil sie nur blos diese wechseln, so bezweifeln Manche die ganze Sache als völlig unwahr, indem sie wirklich nicht leicht zu beobachten ist, andre hingegen, die es bemerken, glauben deßwegen, sie wechselten alle. Auch läßt sich das Alter nach den Zähnen beurtheilen: die jüngeren Hunde haben nehmlich weiße und scharfe, die ältern schwarze und stumpfe Zähne.

PLUTARCH
Hundedialektik

Die Dialektiker behaupten, der Hund wende an Wegen, die in verschiedenen Richtungen auseinander laufen, die disjunctive Schlußart an, er schließe bei sich: »Das Wild ist entweder diesen oder diesen, oder jenen Weg gegangen; nun hat es weder diesen noch jenen eingeschlagen; also den noch übrigen«; indem die Wahrnehmung ihm nur den Mittelsatz angebe, die Vernunft aber den Vordersatz und den Schluß dazu beifüge. Allein der Hund bedarf eines solchen Beweismittels gar nicht; es ist auch falsch und unächt; sondern die Wahrnehmung für sich allein zeigt ihm durch die Fährte und die Witterung des Thieres den Weg seiner Flucht an und läßt die disjunctiven und copulativen Vordersätze wo sie hingehören. Es gibt sonst Thätigkeiten, Verhaltungsarten und Dienstleistungen des Hundes genug, um seine Natur daraus kennen zu lernen, die nicht blos Sache des Geruches oder des Gesichtes sind, sondern nur mit Verstand und Vernunft geschehen und beobachtet werden können. Von seiner Enthaltsamkeit, Folgsamkeit und seinem Scharfsinn auf der Jagd vor euch zu reden, die ihr diese Eigenschaften tagtäglich bemerket und davon Gebrauch macht, würde lächerlich erscheinen. Als der Römer Calvus in den Bürgerkriegen ermordet war, konnte Niemand ihm den Kopf abschlagen, bis sie seinen Hund, der ihn bewachte und vertheidigte, umringt und todtgestochen hatten. Der König Pyrrhus traf auf einer Reise einen Hund der die Leiche eines Ermordeten bewachte, und als er erfuhr, daß derselbe schon drei Tage ohne alle Nahrung bei ihr geblieben und nicht von ihr weggegangen sei, ließ er den Todten begraben, den Hund aber in seinem Gefolge mitnehmen und pflegen. Wenige Tage darauf fand eine Musterung statt, wobei die Soldaten an dem Könige vorbeimarschieren mußten. Der Hund war zugegen und verhielt sich ruhig; als er aber unter den Vorbeigehenden die Mörder seines Herrn erblickte, sprang er mit lautem Ungestüm auf sie los und bellte sie an, indem er sich öfters zu Pyrrhus zurückwandte, so daß nicht nur ihm sondern allen Anwesenden die Leute verdächtig wurden. Sie wurden ergriffen und in Untersuchung gezogen, und da noch einige kleine Anzeigen hinzugekommen, gestanden sie den Mord und erhielten ihre Strafe. Das Gleiche erzählt man von dem Hunde des Dichters Hesiod, der die Söhne des Ganyktor aus Naupaktus verrieth, von denen Hesiod umgebracht worden war. Noch auffallender als das bisher Angeführte ist was unsere Väter, als sie zu Athen studierten, miterlebt haben. Ein Mensch hatte sich in den Tempel des Aeskulap eingeschlichen, die tragbaren silbernen und goldenen Weihgeschenke weggenommen und, in der Meinung unbemerkt geblieben zu sein, sich wieder davon gemacht; der Wache haltende Hund aber, Kapparus genannt, setzte, da keiner der Tempelhüter auf sein Bellen achtete, dem fliehenden Tempelräuber nach, ohne sich durch Steinwürfe von ihm wegtreiben zu lassen. Den folgenden Tag über folgte er ihm in einiger Entfernung, so daß er ihn im Auge behielt, das Futter das er ihm vorwarf verschmähte er, und wenn er sich schlafen legte wachte er neben ihm; wenn er weiter gieng machte er sich wieder auf und folgte ihm; Wanderer die ihm begegneten wedelte er an, den Räuber aber bellte er an und sprang auf ihn los. Als die Verfolger dies von den Begegnenden erfuhren, die ihnen auch die Farbe und Größe des Hundes angaben, beschleunigten sie die Verfolgung, holten den Menschen bei Krommyon ein und führten ihn nach Athen zurück; der Hund aber sprang auf dem Rückweg voll Stolz und Freude vor ihnen her, wie wenn er den Fang des Tempelräubers sich zum Verdienst anrechnete. Die Athener beschloßen daß ihm auf öffentliche Kosten ein bestimmtes Maß Futter gereicht und den Priestern seine beständige Pflege zur Pflicht gemacht werde, worin sie die mildthätige Handlungsweise der alten Athener gegen ein Maulthier zum Muster nahmen. Als nämlich Perikles den hundert Quadratfuß großen Tempel auf der Burg erbaute, wurden natürlich jeden Tag auf einer Menge Wagen Steine herbeigeführt. Eines von den Maulthieren nun, die eifrig mitgearbeitet hatten und Altershalber zur Ruhe gesetzt waren, lief täglich den steinführenden Gespannen bis zum Kerameikus entgegen, kehrte dann mit ihnen zurück und lief neben ihnen her, gleichsam um sie aufzumuntern und anzutreiben. Aus Bewunderung seines Eifers beschloß darauf die Volksversammlung seine Unterhaltung auf Staatskosten, wie sie einem Altershalber abgetretenen Kämpfer die öffentliche Speisung zuerkannte.

PLINIUS
Vom Gedächtnis der Hunde

Auch von den Haustieren sind viele einer näheren Betrachtung wert: am treuesten sind vor allem der Hund und das Pferd dem Menschen ergeben. Wir haben gehört, daß ein Hund für seinen Herrn gegen Räuber kämpfte und, selbst voll Wunden am Ende, nicht von dessen Leichnam wich, sondern Vögel und wilde Tiere verscheuchte. Ein anderer in Epirus erkannte in der Menge den Mörder seines Herrn und zwang ihn durch Beißen und Bellen, das Verbrechen zu gestehen. Dem König der Garamanten ermöglichten zweihundert Hunde die Rückkehr aus der Verbannung, indem sie gegen die Widersacher ankämpften. Zum Gebrauch im Kriege hielten die Einwohner von Kolophon und Kastabala Hundeherden; diese kämpften in der vordersten Front, ohne sich je zu weigern; sie waren die treuesten Hilfstruppen und brauchten dabei keinen Sold. Hunde verteidigten nach der Niederlage der Kimbern deren Wagenburgen. Nach der Ermordung des Lykiers Jason verweigerte sein Hund die Nahrung und starb an Hunger. Der Hund aber, dessen Namen »Hyrcanus« uns Duris überliefert hat, stürzte sich, nachdem der Scheiterhaufen des Königs Lysimachos entzündet war, in die Flammen, ebenso der des Königs Hieron. Philistos erwähnt auch Pyrrhos, den Hund des Tyrannen Gelon; erwähnt wird auch der Hund des Königs Nikomedes von Bithynien, der dessen Gattin Cosingis wegen eines allzu übermütigen Scherzes mit ihrem Gemahl zerriß. Bei uns wurde der angesehene Vulcatius, der Lehrer des Cascellius im bürgerlichen

Recht, als er in der Abenddämmerung vom stadtnahen Lande zurückritt, von seinem Hund gegen einen Straßenräuber verteidigt; ebenso der kranke Senator Caelius, der zu Placentia von Bewaffneten angefallen wurde; er erhielt erst dann eine Wunde, als sein Hund getötet war. Alles aber übertrifft ein zu unserer Zeit durch die Akten des römischen Volkes bestätigter Fall: als man nämlich unter dem Konsulat des Appius Iunius und P. Silius [28 n. Chr.] gegen Titus Sabinus und seine Dienerschaft im Zusammenhang mit der Sache Neros, des Sohnes des Germanicus, vorging, ließ sich einer ihrer Hunde nicht vom Kerker wegtreiben und wich auch nicht vom Leichnam, als dieser auf die Seufzertreppe geworfen war, wobei er in Gegenwart einer Menge römischen Volkes ein jämmerliches Geheul ausstieß; als ihm jemand aus der Menge etwas zu fressen vorwarf, trug er es zum Munde des Toten. Nachdem der Leichnam in den Tiber geworfen war, schwamm er ihm nach und suchte ihn über Wasser zu halten, wobei eine Menge Volkes zusammenströmte, um die Treue des Tieres zu sehen.

Die Hunde allein kennen ihren Herrn und erkennen ihn auch, wenn er als Unbekannter unversehens kommt; sie allein kennen ihren Namen, allein die Stimmen im Hause. Wege, wie lange sie auch sein mögen, merken sie sich, und nächst dem Menschen hat kein Lebewesen ein besseres Gedächtnis. Ihre Angriffswut bändigt der Mensch, indem er sich auf den Boden setzt.

Noch sehr viele andere Eigenschaften hat das Leben täglich an ihnen entdeckt; besonders ausgezeichnet ist aber ihre Klugheit und ihr Spürsinn auf der Jagd. Der

Hund sucht und verfolgt die Fährte und zieht den ihn begleitenden Jäger an der Leine zum Wild; wenn er es sieht, wie still und verborgen und doch wie deutlich ist das Zeichen, das er zuerst mit dem Schwanze, dann mit der Schnauze gibt! Man trägt deshalb auch gealterte, erblindete und entkräftete Hunde mit, weil sie den Wind und die Witterung auffangen und mit der Schnauze auf die Lager des Wildes deuten.

Die Inder trachten, sie von den Tigern begatten zu lassen, und binden deshalb die Weibchen zur Laufzeit in den Wäldern an. Die Jungen des ersten und zweiten Wurfs halten sie für zu wild, erst die vom dritten ziehen sie auf. Das gleiche machen die Gallier mit den Wölfen, und ihre Meuten haben jeweils ihren eigenen Leit- und Führerhund. Um diesen scharen sie sich auf der Jagd, diesem gehorchen sie; denn sie halten unter sich auch eine Art von Rangordnung. Es ist erwiesen, daß sie am Nil nur im Laufe Wasser trinken, um der Raubgier der Krokodile keine Gelegenheit zu bieten. Als Alexander der Große nach Indien ziehen wollte, hatte ihm der König von Albanien einen Hund von außergewöhnlicher Größe geschenkt; über dessen Gestalt erfreut, befahl Alexander, Bären, Eber und endlich Damhirsche loszulassen, wobei der Hund aber verächtlich ohne Bewegung liegen blieb. Diese Trägheit des großen Tieres ärgerte den stolzen Fürsten so sehr, daß er es töten ließ. Dies meldete das Gerücht dem König. Er schickte daher einen zweiten, jedoch diesmal mit der Anweisung, es nicht mit kleinen Tieren, sondern mit einem Löwen oder Elefanten zu versuchen: er habe nur zwei solcher Hunde gehabt, würde auch dieser getötet, so gäbe es keinen mehr.

Alexander zögerte nicht, und alsbald sah er einen Löwen bezwungen. Darauf ließ er einen Elefanten vorführen und wurde durch ein alles übersteigendes Schauspiel erfreut. Zuerst nämlich begann der Hund, während sich am ganzen Körper alle Haare sträubten, laut zu bellen, sprang dann an den Nacken und richtete sich gegen das Untier auf, kämpfte bald von dieser, bald von jener Seite mit einer Kunstfertigkeit, wie sie jeweils am meisten notwendig war, im Wechsel angreifend und zurückweichend, bis er durch ständige Wendungen den Elefanten schwindelig machte, so daß bei seinem Sturz der Boden heftig erzitterte.

Dem Geschlecht der Hunde werden zweimal im Jahr Würfe zuteil. Die richtige Zeit für die Fortpflanzung ist ein Alter von einem Jahre. Die Hündinnen tragen sechzig Tage. Sie bringen blinde Junge zur Welt, und je reichlicher diese mit Milch ernährt werden, desto später öffnen sich ihre Augen, nicht jedoch nach dem einundzwanzigsten und nicht vor dem siebenten Tag. Manche behaupten, wenn nur ein Junges zur Welt käme, könne es schon am neunten Tage sehen, seien es aber zwei, am Zehnten, und soviele einzelne Jungen noch hinzukämen, soviele Tage würde sich das Sehen verzögern. Auch soll ein Weibchen, das von einer zum ersten Mal werfenden Hündin geboren wird, Faune [Gespenster] sehen. Das beste Junge eines Wurfs ist das, welches am spätesten sehen lernt oder welches die Mutter zuerst auf das Lager trägt.

Die Tollwut der Hunde ist, wenn der Sirius glüht, dem Menschen sehr verderblich, denn die Gebissenen befällt, wie bereits gesagt, eine tödliche Wasserscheu. Man beugt dieser Krankheit vor, indem man während jener dreißig Tage (Hundstage) hauptsächlich Hühnermist oder, wenn die Krankheit schon vorher ausgebrochen ist, Nieswurz unter das Futter der Hunde mischt. Erst kürzlich aber wurde das einzige Heilmittel gegen den Biß gleichsam durch ein Orakel entdeckt, nämlich in der Wurzel der Waldrose, die Hundsrose genannt wird. Columella schreibt, wenn man dem Hund am vierzigsten Tage nach seiner Geburt den Schwanz durch einen Biß verstümmle und dessen letztes Glied abnehme, komme der Nerv zum Vorschein; nach dessen Entfernung wachse weder der Schwanz nach, noch bekomme der Hund die Tollwut. Unter den Vorzeichen haben wir auch gefunden – was ich wenigstens anführen möchte –, daß ein Hund gesprochen und daß, als Tarquinius entthront wurde, eine Schlange gebellt habe.

CLAUDIUS AELIANUS
Capriccios

Wie die ägyptischen Hunde aus dem Nil trinken

Andere Hunde sind klug im Fangen und Aufspüren der Thiere; die ägyptischen wissen ihnen geschickt zu entfliehen. Sie fürchten die im Nil einheimischen, und während der Durst sie zum Trinken treibt, erlaubt ihnen die Furcht nicht, in Ruhe und zur vollen Genüge zu trinken. Deshalb bücken sie sich auch nicht zum

Trinken, damit nicht ein Feind aus der Tiefe heraufkrieche, und sie wegraube; sondern laufen an dem Ufer hin, und schlappen das Wasser mit der Zunge; man könnte sagen, daß sie den Trank raubten, oder, in Wahrheit, eigentlich stöhlen.

Von der Dialektik der Hunde

Wenn die Thiere die Gabe zu schließen, und die Dialektik, und die Fähigkeit, dieses oder jenes mehr als das andre zu wählen, auch besitzen, so können wir wohl mit Recht behaupten, daß die Natur eine unübertreffliche Lehrerin sey. Ein Mann, der etwas von der Dialektik gekostet hatte, und einigermaßen der Jagd ergeben war, erzählte mir Folgendes: Ein Jagdhund, sagte er, verfolgte die Spuren eines Hasen; der Hase selbst war nicht sichtbar; der Hund aber kam beim Verfolgen an einen Graben, und war zweifelhaft, ob es besser wäre, nach der rechten, oder nach der andern Seite sich hin zu wenden; als er aber die Sache hinlänglich erwogen zu haben schien, sprang er geradeaus über den Graben. Der Mann nun, der zugleich ein Dialektiker und ein Jäger war, versuchte folgende Erklärung des erzählten Ereignisses. Als der Hund stille stand, erwog er die Sache, und sagte zu sich selbst: der Hase hat sich entweder hierhin, oder dahin, oder dorthin gewendet; nun ist er weder hier noch dahin gegangen; also dorthin. Und dieß schien mir keine Spitzfindigkeit. Denn da die Spuren diesseits des Grabens nicht sichtbar waren, so blieb nichts anderes übrig, als daß der Hase übergesprungen war;

er sprang also auch über, ihm nach. Denn der Hund oder die Hündin verstand sich auf die Fährte, und war mit guter Spürkraft begabt.

Geschichte von einem Hunde, welcher Geld bewachte

Ein eigenthümliches Zeugniß von der Liebe der Hunde zu ihren Ernährern ist auch Folgendes. Ein Kolophonier reist nach Teos, um Einiges einzukaufen; denn er war ein Handelsmann, und lebte von Tausch und Hökerei mit Waaren, und hatte Geld mit, nebst einem Sclaven und einem Hunde. Der Sclave trug das Geld. Als sie eine Strecke Wegs zurückgelegt hatten, beugte der Sclave vom Weg aus, weil ein natürliches Bedürfniß ihn drängte, und der Hund folgte ihm. Das Bündelchen mit dem Gelde legte der junge Mensch ab, und dachte nicht daran, es wieder aufzunehmen, sondern ging weiter, der Hund aber legte sich auf das Geld, und wartete ruhig. So kamen der Herr und der Sclave nach Teos, kehrten aber unverrichteter Sache zurück, weil sie kein Geld zum Kaufen hatten. Nun gingen sie denselben Weg zurück, wo der Sclave den Beutel zurückgelassen hatte, und finden ihren Hund darauf liegend, kaum noch athmend vor Hunger. Da nun dieser den Herrn und seinen Mitsclaven erblickte, legt er sich von dem Bündel weg, und endigt zu gleicher Zeit seine Wache und sein Leben. So war also auch der Hund Argos, göttlicher Homer, nicht eine Dichtung von dir, noch eine poetische Prahlerei, wenn auch dem Tier das begegnet ist, was ich eben gesagt habe.

Klugheit der Jagdhunde

Jeder Jagdhund freut sich, wenn er selbst ein Wild gefangen hat, und macht Gebrauch von der Beute, wie von einem Kampfpreis, wenn es sein Herr ihm erlaubt; wo nicht, so hält er bei dem lebendigen Thiere Wache, bis der Jäger dazu kommt, und über den Fang nach Gutdünken entscheidet. Stößt er auf einen todten Hasen oder Schwein, so berührt er ihn nicht; denn er eignet sich fremde Arbeit nicht an, noch will er sich anmaaßen, was ihn nichts angeht. Hieraus erhellt, daß er einen gewissen natürlichen Ehrgeiz hat; daß es ihm nicht um Fleisch zu thun ist, sondern, daß er nach dem Siege verlangt. Erwähnung verdient, was der Jagdhund zur Zeit der Jagd thut. An ein langes Seil gebunden, geht er vor dem Jäger her und spürt, wobei er seine Stimme zurückhält und schweigt; und so lange er nichts zu jagen findet, und auf kein Wild stößt, geht er, dem Anschein nach, etwas niedergeschlagen einher, und zieht den Jäger mit Eifer und großer Kraft nach sich. Trifft er nun auf eine Fährte, und wittert er ein Wild, so bleibt er stehn, der Jäger aber tritt näher, und der Hund schmeichelt aus Freude über den Fund seinem Herrn, und küßt ihm die Füße, dann hält er sich wieder an die Fährte und schreitet langsam vorwärts, bis er zu dem Lager des Wildes kommt; weiter aber geht er nicht. Der Jäger versteht ihn, und ruft den Netzwächtern zu, die nun das Netz um das Wild werfen. In dieser Zeit bellt der Hund: denn er weiß, daß seine Stimme jetzt das Schwein auftreibt, so daß es flieht und in das Netz fällt, und darin gefangen wird. Ist dieß geschehen, so ruft der Hund gleichsam einen

Sieges-Päan aus, freut sich und springt umher, wie Soldaten nach dem Siege über die Feinde. Dieß thun die Hunde bei der Schweine- und Hirsch-Jagd.

2
Essay

»Der hunt ist guot und nütze«
(Berthold von Regensburg)

Am Ende des Mittelalters tat Martin Luther einen ungeheuren Spruch. Nach dem Jüngsten Gericht, so verkündete er, werde Gott »einen neuen Himmel und ein neues Erdreich« schaffen und auf diesem Erdreich würden wandeln: »Hündlein mit goldener Haut«.

Der Reformator war tierlieb, seinen Famulus Wolf Sieberger griff er in einer Streitschrift an, weil der gottlose Mensch sich ein Vergnügen daraus machte, Vögel mit Netzen zu jagen. Luthers Traum vom Hundeparadies, der ja große Sympathie mit diesen Tieren bezeugt, steht allerdings in einem gewissen Spannungsverhältnis zu seinem unbefangenen Gebrauch des Schimpfwortes »Hund«. Gewiß, als »Dolmetsch« der Bibel hatte er diese Beleidigung häufig übersetzen müssen; sie lag dem streitbaren Mann aber auch privat nicht fern und eignete sich trefflich zur Klassifizierung seiner theologischen und politischen Widersacher.

Die traditionelle Hundeverachtung wird im Mittelalter auch als Strafe eingesetzt. Eines der merkwürdigsten Bußrituale für Adlige, die sich eines Verstoßes gegen das königliche Gesetz schuldig gemacht hatten, war das »Hundetragen«. Barfuß, im Büßergewand, einen Hund auf dem Rücken, mußte der Delinquent vor den Herrscher treten und um Gnade flehen. Die Wiedergewinnung der königlichen Huld war gleichbedeutend mit der Erlaubnis, den Hund ablegen zu dürfen. Nicht weniger seltsam mutet die mittelalterliche Praxis der Tierprozesse an. Widerspenstige Nutz- und Haustiere konnten unter Anklage gestellt, Schweine in Untersuchungshaft genommen, Hunde in aller Form zum Tode am Galgen verurteilt werden. Solch hohe Strafen wurden mit der Begründung verhängt, sie dienten zur Warnung und Abschreckung für andere Tiere.

Daneben finden sich jedoch auch zahlreiche Belege für die Hochschätzung des Hundes, seine Preisung als schlechthin treues, verläßliches Tier. Die Bandbreite in den mittelalterlichen Zeugnissen – von der Verabscheuung bis zur hymnischen Rühmung des Hundes – hat schlicht mit den sehr unterschiedlichen Lebensbedingungen zu tun: Da gab es auf der einen Seite die herrenlosen, umherstreunenden Hunde, die von den Menschen wie Ungeziefer behandelt wurden, und auf der anderen Seite Jagdhunde, die ein Vermögen wert waren und von ihren adligen Besitzern weitaus mehr Wohltaten empfingen als deren bäuerliche Hintersassen. Ein Großteil der mittelalterlichen Hundeliteratur sind Bücher zur Jagd, die Anleitung zu Auswahl, Aufzucht und Ausbildung der geeigneten Rassen geben. Wie tolerant dabei der zoologische Zeugungsglaube sein konnte, zeigt sich, wenn der angesehene Mediziner Heinrich Mynsinger selbstverständlich die Kreuzung eines Hundes mit einem Affen für möglich hält.

Petitcriu in Gottfried von Straßburgs *Tristan* hingegen ist kostbar ob seiner exotischen Schönheit und seiner Eignung zum Schoßhund. Tristan schickt ihn seiner Geliebten Isolde, um ihr das einsame Leben erträglicher zu machen. Die Frau mit dem putzigen Kleinhund, der Mann mit dem kräftigen Jagd- oder Wachhund – diese Aufteilung zeigt sich schon im höfischen Roman des 12. Jahrhunderts; sie bleibt über Jahrhunderte hinweg gültig.

Ein mittelalterliches Sprichwort lautet: »Wenn ein Hund auch tausend Stunden in die Kirche ginge, bleibt er doch ein Hund.« Grundsätzlich war die Einstellung der Menschen auch zu seinem vertrautesten Haustier durch das Bewußtsein eines deutlichen Abstands gekennzeichnet. Hunde hatten nützlich zu sein; selbst der gehätschelte Schoßhund diente vor allem dem Zweck, adligen Damen die Langeweile zu vertreiben. Bei den anderen Hunden war der Grad der Pflege und Zuwendung davon abhängig, wie gut sie ihre Aufgabe als Hof-, Hüte-, Jagd-, manchmal sogar als Lasthund verrichteten. Zeugnisse von Tierliebe gibt es vor allem in den mittelalterlichen Heiligenlegenden. Aber Heilige sind bekanntlich die Ausnahme.

Eine gewisse Aufwertung erfuhr der Hund allerdings in der religiösen Symbolik. Das Spektrum der Darstellungen ist breitgefächert. Typische Verhaltensweisen des Hundes werden eingesetzt, um die Sündhaftigkeit des Menschen und seinen Weg zur Gnade zu veranschaulichen: Hunde lecken ihre Wunden und werden dadurch »heil« – ein Bild für den Menschen, der durch Beichte und Buße zur geistlichen Reinheit zurückfindet. Die höchste Stufe haben die Hunde erklommen, wenn ihre sprichwörtliche Treue zum Sinnbild für die unerschütterliche Anhänglichkeit des Gläubigen an Gott und seine Kirche wird. Das ist der Hintergrund für eine zunächst befremdlich wirkende Darstellung der Apostel in einem Psalterbuch des 13. Jahrhunderts: Als Hunde stehen sie versammelt um das Kreuz Christi. Es ist die Übertragung einer Alltagserfahrung von Hundebesitzern auf ein biblisches Wort: »Und sie folgten ihm nach.«

HILDEGARD VON BINGEN
Über den Hund

De Cane. Der Hund ist recht warm und hat in seinem Wesen und seinen Gewohnheiten etwas vom Menschen und deshalb fühlt und kennt er den Menschen und liebt ihn und hält sich gern bei ihm auf und ist ihm treu. Der Teufel haßt den Hund und schreckt vor ihm zurück wegen der Treue, die er zum Menschen empfindet.

Der Hund erkennt Feindseligkeit, Zorn und Unredlichkeit am Menschen und knurrt oft deswegen. Und wenn er weiß, daß in einem Hause Feindseligkeit oder Zorn herrscht, knirscht er mit den Zähnen und murrt. Auch wenn ein Mensch einen Verrat plant, knurrt er ihn an und »zanckelt« …

Auch Freude und Trauer des Menschen fühlt er vorher. Wenn Freudiges bevorsteht, bewegt er fröhlich den Schwanz, wenn Trauriges bevorsteht, heult er traurig.

Die Wärme seiner Zunge bringt Wunden und Geschwüren Heilung, wenn er sie mit seiner warmen Zunge leckt. Schuhe aus seinem Fell schwächen wegen dessen Unreinheit, denn es ist oft durch den unreinen Schweiß des Fleisches getränkt. Sein Fleisch ist für den Menschen nicht zu benutzen. Seine Leber und seine Eingeweide sind giftig. Etwas, wovon der Hund gegessen hat, soll der Mensch nicht mehr genießen, weil er sonst von dem Gift des Hundes etwas, das der Hund in die Überreste speit, mit aufnähme.

GOTTFRIED VON STRASSBURG
Petitcriu

Eines Tages ergab es sich, daß Tristan in trübsinnigen Gedanken bei Gilan saß und, ohne daß er es merkte, aufseufzte. Nun, das bemerkte Gilan. Er befahl, man solle sein Hündchen Petitcriu bringen, seine Herzensfreude aus Avalon und das Labsal seiner Augen. Was er befahl, wurde getan. Ein vornehmes, kostbares Purpurtuch, das fremdartig und merkwürdig war und in der Größe zum Tisch paßte, wurde vor ihm auf den Tisch gebreitet und ein Hündchen draufgesetzt. Das war bezaubernd, so hörte ich erzählen, und dem Herzog aus dem Feenreich Avalon von einer Göttin geschickt worden, und zwar aus Zuneigung und Liebe. Es war in zweifacher Hinsicht mit Kunstfertigkeit ausgestattet, nämlich in der Farbe und in seiner Zauberkraft, so daß eine Zunge niemals so beredt und ein Herz nie so klug sein könnte, daß es seine Schönheit und sein Wesen hätte beschreiben und erzählen können. Seine Farben gingen auf so fremdartige Weise ineinander über, daß niemand richtig erkennen konnte, welche Farbe es denn nun eigentlich hatte. Wenn man seine Brust ansah, schimmerte sein Fell so verschiedenartig, daß niemand etwas anderes behaupten konnte, als daß es weiß wie Schnee sei, an den Lenden grüner als Klee, die eine Seite röter als Scharlach, die andere gelber als Safran. An der Unterseite schien es tiefblau, oben waren die Farben so wunderschön vermischt, daß sich keine von ihnen hervordrängte. Es war nicht grün, nicht rot, nicht weiß, nicht schwarz, nicht gelb, nicht blau, und doch ein wenig von alledem, ich meine richtig purpurglänzend. Wenn man dieses merkwürdige Geschöpf aus Avalon gegen den Strich der Haare betrachtete, so war wohl keiner verständig genug, seine Farbe richtig zu erkennen. Sie war so verschiedenartig und so völlig unbestimmt, als ob da gar keine Farbe war. Um seinen Hals hatte es ein Kettchen aus Gold. An dem hing eine Glocke ... Tristan sah und hörte das seltsame Wunder an. Den Hund und das Glöckchen besah und betrachtete er, nahm jedes für sich wahr, den Hund und sein seltsames Fell, die Glocke und ihren lieblichen Klang. Über beides staunte er sehr, aber er hielt dabei doch das Wunder dieses Hündchens für viel erstaunlicher als das des süßen Glockenklangs, der in seine Ohren hineintönte und ihm alle Trauer nahm. Es erschien ihm wunderbar, daß seine Augen bei klarem Blick doch getäuscht wurden durch alle diese Farben und daß er keine genau erkennen konnte, so sorgfältig er sie auch anschaute. Sanft griff er hin und streichelte es mit den Händen. Als er es berührte, meinte Tristan, er fühle feine Seide, so weich war es überall. Aber es knurrte und bellte nicht, zeigte auch keinen Ärger, wie sehr man auch mit ihm scherzte. Wie man von ihm erzählt, aß und trank es nicht. Als es fortgetragen worden war, war Tristans Schmerz und Klage wieder so frisch wie zuvor ...

FRANCESCO PETRARCA

Der tröstende Weggenosse

Jedwedes Ding erliegt der Zeit; nur das,
Was du mir schenkst, gewinnt an Wert und Nutzen
Im Zeitenlauf. – Ein Hund, an Königspracht
Und Königsmahl gewöhnt, auf Purpurdecken
Nach Prinzenart gewöhnt zu ruhn, der kam
Aus Spanien in dein Haus. Der Heimat Sitte
Vergaß er schnell, und mehr als Spaniens Schlösser
Behagt ihm bald das reiche Römerhaus
Mit guter Kost und langem Schlaf; er fand
Im neuen Haushalt alles nach Regeln,
Und froh genoß er deines Daches Frieden.
Als scheidend ich den Abschiedsgruß dir sprach,
Gabst du zum Trost mir diesen Weggenossen.
Zwar spürt' er wohl, daß von dem höchsten Platze
Er tief hinabstieg; aber willig bot,
Wenn auch betrübt, er seinen Hals der Kette,
Bescheiden folgend dem bescheidnen Herrn.
Nun hat er längst die alte Pracht vergessen,
Springt fröhlich durch das Gras, durchschwimmt den
Fluß,

Schnappt nach den Wellen, tummelt sich im Nassen
Und teilt mein Mahl und meiner Muße Freuden.
Das hohe Schloß, die reichbesetzte Tafel
Entbehrt er gern, denn mehr Genüsse schafft
Ihm Brot und Wasser und mein kleines Haus.
Wie gut ihm das bekommt! Wie glänzt die Haut,
Die reingewaschne! Seine Stirn ist frei,
Sein Blick ist klar, von Wohlbefinden leuchtend.
Den Nacken trägt er höher jetzt als sonst,
Und kräftig ragt der breitgebaute Rücken.
Er sieht mit Stolz das reichgeschmückte Halsband,
Mit Hochgefühl den breiten, roten Gürtel,
Aus dem die weißen Säulen glänzend strahlen.
Daran erkennt er stolzbewußt, daß einst
Er dir gehörte! – Meine Wiese meidet
Des Nachbars frecher Hirt, und seine Herde
Hält er respektvoll fern. Ein strenger Hüter
Bewacht mein Tor; das lästig dreiste Volk
Scheut meine Schwelle, die es sonst bestürmte.
So leb' ich frei, mein eigner Herr. Zur Seite
Hab' ich beständig ihn, und wenn erschöpft
In stiller Kammer ich die Glieder strecke
Und Schlaf mir auf die müden Augen sinkt,
So hält er draußen Wache. Schlaf' ich länger,
Als sich's gebührt, so macht er Lärm, erinnert,
Laut scheltend, daß die Sonne schon erwacht,
Und kratzt die Tür mit ungeduld'gem Fuß.
Tret' ich heraus, ruft er mir freudig Beifall,
Läuft mir voran den wohlbekannten Weg,
Schaut oft zurück. Hab' ich an Baches Rand
Mich weich gebettet, Träumen nachzuhängen,
Macht er die Runde, mustert jeden Zugang,

Zur Erde streckt er dann die weiße Brust,
Weist mir den Rücken, fremdem Volk die Zähne!
Am klaren Quell weiß ich ein stilles Plätzchen,
Umringt von Fels und Flut, nur Vögel finden
Den Zugang; oft mit bangem Herzen eilt' ich
Zum lieben Ort. Da macht er Halt, besetzt
Den Weg und sperrt den Fels mit starkem Leibe.
Dort meldet jedes Nah'n er leise an,
Stürmt dann hervor, wenn ich's nicht hindre, – sorgsam
Bewacht er so des Dichters stilles Sinnen.
Je nach Geheiß zeigt er sich wild und zahm,
Bös gegen Fremde, artig gegen Freunde,
Die schmeichelnd er mit frohem Wedeln grüßt,
Die Ohren senkend. Doch wer ihn erblickt,
Wie er den Weg, quer hingestreckt, versperrt,
Der macht sich zitternd fort. Der arme Landmann,
Der um verschlungnen Rechtsfall, um der Wirtschaft
Verlegenheit, auch um der Töchter Mitgift
Mich zu befragen liebte, – schien ich doch
Ein zweiter Appius und Acilius ihm –
Er stört nicht mehr des Dichtersitzes Frieden,
Sorgt selbst für seine Sache. Meinen Wunsch,
Der mir des Lebens höchstes Glück erscheint,
Mit mir allein zu sein, seh' ich erfüllt,
Und tausend Freuden dank' ich deiner Gabe! –
Er tanzt im Tal, am Bachesrand sich müde,
Den hellen Sang der Kinder äfft er nach,
Treibt unaufhörlich Possen. Doch die Gänse,
Die durch die Pfütze watscheln, nimmt voll Grimm
Er stets auf Korn. Er jagt sie längs dem Ufer
Auf hohe Klippen; flieht ins tiefe Wasser

Ein arg verfolgter Vogel, stürmt er nach,
Schleppt aus des Baches Mitte ihn ans Land.
Durch seine Beute meine Kost zu bessern.
Doch spaßt er nur, weil ihn die Wasserjagd
Ergötzt, – und zürnt er auch ein wenig, ist's,
Weil ihm das Schnattern auf die Nerven fällt!
Er ist ja wie ein Lamm; kein junges Tier,
Kein Schäfchen, kein verirrtes Zicklein wird
Er jemals necken; ja, ich sah ihn stutzen,
Als jäh ein Hase seinen Weg gekreuzt.
Doch kot'ge Säue, krafterfüllte Rinder
Packt mutig er mit scharfem Zahn ans Ohr. –
So war der Hund geartet, den aus Indien
Einst Alexander als Geschenk erhielt.
Das war ein Königshund und darum stolz.
Er schnappte nicht nach so gemeinem Wild,
Wie Hirsche, Bären, Eber sind; er sparte
Nur für die höchste Jagdlust seine Kraft.
Drum ward er arg verkannt von seinem Herrn,
Der hitzig, wie er war, das edle Tier,
Das bessres Los verdiente, töten ließ.
Man schickt ein andres Tier. Das war geübt,
Die grimmen Löwen, ries'ge Elefanten
Zu werfen, daß vom Fall die Erde dröhnte.
Das wirkte. Jetzt ersah der junge König,
Wie's um die Hunde stand; es tat ihm leid,
Daß er geirrt und übereilt den Kämpfer
Erschlagen, weil ein würd'ger Gegner fehlte. –
Des meinen edle Art kenn' ich genau:
Ein säugend Lämmchen reizt ihn ohne Schaden;
Jedoch die Löwin, ja die Tigerin,
Der man ihr Junges nahm, erschreckt ihn nicht!

Mich deucht, du warst dabei, wie im Palast
Des höchsten Kirchenherrn er sich betrug.
Er tobte plötzlich, lärmte, bellte wütend
Und stürmte grimmig vor, das Haar gesträubt,
Zum Angriff auf den Löwen, den im Käfig
Man dort ihm zeigte. Ja, es fiel mir schwer
Ihn wegzubringen, wie betrübt er war,
Zeigt' er durch tiefes, langes Heulen an.
Doch nun genug! Zum Schluß noch meld' ich eins:
Wenn er von deinen Leuten wen erblickt,
Aus Zufall oder wenn sie Botschaft bringen,
– Denn ob auch fern, bleibst du den Deinen nah –
Dann faßt ihn Sehnsucht nach des Schlosses Hallen,
Dann sind das Tal, die Fluren ihm verhaßt,
Dann sehnt er sich das alte Glück herbei,
Und ließ' ihm freie Wahl das Schicksal, ja!
Er eilte freudig auf Colonnas Burg! –

HEINRICH MYNSINGER
Von den edlen Hunden

Zunächst ist unter den Jagdhunden und den Leithunden derjenige der edelste, der die folgenden Merkmale aufweist. Seine Ohren sind lang und das Maul hängt, und seine Nasenlöcher sind weit geschlitzt, die obere Lefze hängt ihm auch herab, und seine Stimme ist hell und der Schwanz ist nicht zu lang und etwas zur rechten Seite geneigt, und er trägt ihn über sich, und sein Arschloch ist hinten weit. Und wenn man eine solche Art von edlem Jagdhund oder Leithund findet, und man will dann diesen edlen Hund züchten, so soll man einen Hund oder eine Hündin suchen, die die eben genannten Merkmale des Adels an sich haben und die einander an Größe, an Gestalt, an Farbe, an Alter und an Stärke fast gleich sind (doch die Farbe ist nicht so wichtig), und die Hündin soll man einschließen und hungern und abmagern lassen, bis sie inwendig wohl wird und gereinigt ist; desgleichen soll man auch den Hund mit Fasten und mit Hungern mager und inwendig leer machen, und danach soll man ihm zu essen geben und in das Futter soll man Milch tun, Schmalz und frischen neuen Käse, und danach soll man sie einsperren und verschließen in einer Kammer oder in einem angemessenen Gemach für neun Tage oder so lange, bis man merkt, daß die Hündin trächtig geworden ist, und in den neun Tagen soll man sie nicht heraus lassen. Und wenn also die Hündin trächtig geworden ist, so soll man den Hund heraus lassen und die Hündin in der Gefangenschaft behalten und sie selten daraus entlassen, und je näher die Zeit kommt, da sie werfen soll, umso mehr soll man ihr zu essen geben, damit die Welpen etwas zu saugen finden mögen. Und es ist gut, wenn man ihr Milch zu essen gibt, mit ein wenig Milchschmalz und Brot und Fleisch hineingebrockt. Wenn sie nun aber geworfen hat, so soll man sie essen lassen gemäß der Zahl der Welpen. Sind es also wenige, so soll man ihr weniger zu essen geben, sind es aber viele, so soll man ihr umso mehr geben. Doch soll man sie so mit dem Essen halten, daß sie nicht zu mager noch zu dick werden, denn zu wenig Gewicht mindert die Milch und zu viel Gewicht nimmt der Milch die Hitze und die Kraft, wodurch die Milch kalt und dünn wird. Und man soll die Welpen rechtzeitig der Muttermilch entwöhnen und sie danach so ernähren, daß sie nicht zu fett noch zu mager werden. Und zunächst soll man ihnen zu essen Käsewasser (Molke) mit Milch geben, und die Milch soll fett und schmalzig sein. Und je mehr und besser sie wachsen, desto weniger soll man ihnen von dem Käsewasser in ihr Futter tun. Und wenn sie ein Jahr alt sind, so sind sie lebhaft und behend genug, und deshalb soll man, wenn sie dann anderthalb Jahre alt sind, mit ihnen jagdlich arbeiten, doch zunächst sanft, daß ihnen vom zusätzlichen Laufen und der zusätzlichen Übung die Feuchtigkeit in den Gliedern, die noch zart sind und mit denen sie sich üben sollen, nicht ausdörre und sie nicht zuschanden werden, und danach von Tag zu Tag mehr, bis sie selbst fast allein beginnen, sich zu üben. Und wie es nun gesagt wurde über die Geburt und die Nahrung der Jagdhunde und der Leithunde, so soll man es auch mit den Windhunden tun, wenn man edle Windhunde großziehen und haben will. Nur gibt es Unterschiede bei den Merkmalen, an denen man einen edlen Windhund erkennt, die anders sind als die obenbeschriebenen Merkmale, an denen man den edlen Jagdhund oder Leithund erkennt. Und den edlen Windhund soll man nun so erkennen. Er hat einen langen, schmalen Kopf und die Ohren daran sind spitz und nach hinten gelegt und sind klein und die Oberlefze liegt ein wenig über der unteren. Der Hals ist lang und etwas über den Kopf erhöht, da, wo er an den Kopf stößt. Die Brust ist spitzig und stark, und die Rippen sind lang, und dic Scitcn, die nach den Rippen und nach dem Bauch kommen, sind dünn. Und der

Schwanz ist nicht dick noch zu lang und die Beine sind hoch und mehr dünn als dick. Und er knurrt und bellt selten oder nie, denn es ist seine Art, daß er das Bellen und Knurren haßt, das die Hunde tun, die hüten, und darum bellt er nicht noch läuft er auf Fremde zu, wie es sonst die Hunde tun. Und diesen edlen Windhund, wenn er der Milch entwöhnt wird, soll man mehr mit Milch als mit Käsewasser ernähren. Und die großen Hofhunde, die Wolfshunde sind, soll man auch halten mit ihresgleichen und einsperren und sie behandeln, wie es jetzt von den Jagdhunden und den Windhunden gesagt wurde. Doch wenn man diesen von der Milch entwöhnt, soll man ihm gröbere und trockenere Speise geben als dem Jagdhund und dem Windhund, und die Hunde, die Welpen eines Windspiels und eines Hofhundes sind, die man Zwydarm nennt, sind stark und schnell und darum sind sie fast gut.

Und es gilt zu wissen, daß unter den unedlen Hunden die kleinen Hunde, wie die Meister schreiben, sich zu allerlei Kunststücken bringen lassen. Und wenn ein Herr einen kleinen Hund haben möchte, der viel Gaukelspiel treiben soll, so soll man, wie die Meister schreiben, einen Hund nehmen, der ein Welpe ist von einem Fuchs und einer Hündin oder von einem Hund und einer Füchsin, wenn man so einen bekommen kann, wie es von Natur aus ja möglich ist. Wenn man aber keinen bekommen kann, so soll man sonst einen kleinen Haushund nehmen, der rot ist, und den soll man bei einem Affen wohnen lassen, so lernt er bei dem Affen mancherlei schimpfliche Dinge tun. Und wenn die Äffin von ihm trächtig wird, wie das von Natur aus wohl geschehen kann, so wird der Hund, der daher kommt, zu jedem schimpflichen Spiel sehr behend und geschickt sein.

Und nun ist noch zu wissen, daß ein zuverlässiger Hofhund, der keine Freundschaft zu niemandem hat und der auch niemanden schont, dazu zu bringen ist, wie die Meister schreiben, daß man mit ihm die Diebe und die Bösewichte aufspüren kann. Man soll ihn, wie der große Albertus schreibt, dazu also anleiten und erziehen: Es soll sich also einer wappnen mit einer guten dicken Haut, durch die der Hund nicht beißen kann, und auf den soll man den Hund hetzen, und der mit der Haut soll fliehen, und wenn der Hund ihm nun nachläuft, so soll er vor ihm niederfallen und den Hund wohl und fest in die Haut beißen lassen. Am nächsten Tag soll man ihn aber auf einen andern hetzen, der auch mit einer dicken Haut umgeben und geschützt ist. Und das soll man so lange und richtig tun, bis er dadurch gewöhnt ist, einen Dieb oder einen Bösewicht aufzuspüren, wenn man ihn nur auf seine Fußstapfen weist, so wie man auch die Vogelhunde durch Schläge und Drohungen lehrt, das Rebhuhn und die Wachtel an deren Urin aufzuspüren, indem man sie zunächst in die Käfige der Hühner und Wachteln bringt, die jetzt gefangen sind. Und der Grund, warum allein der Hund, der keine Liebe noch Freundschaft zu niemandem hat und auch niemanden schont oder an ihn gewöhnt ist, gut dazu abzurichten ist (und kein anderer) liegt darin, daß, wenn er zuvor durch jemanden geschmeichelt worden wäre, den er lieb hat und den er schonte, er dann demjenigen treu nachfolgte, auch unterwegs aus lauter Liebe mehr dessen Fußstapfen nachginge als denen des Diebs aus Feindschaft, und er würde dadurch gehindert, daß er den Dieb, den er haßte, nicht mehr richtig und sicher riechend aufspüren könnte, so wie die Jagdhunde manchmal, wenn sie auf die unterschiedlichste Spur kommen, irren und verwirrt werden.

Zum letzten gilt es darauf zu achten, daß man die edlen Hunde gesund hält, indem man sie nicht zu viel schlafen läßt, denn durch das viele Schlafen füllt sich der Magen des Hundes mit bösen Säften und wird dadurch träg und siech, und darum soll man ihn nach dem Essen nicht länger schlafen lassen, als bis er das Essen verdaut hat. Sein Essen soll auch dünn und feucht sein, denn dadurch wird seine Hitze, die er von Natur aus hat, gesänftigt. Und wenn der Hund also nicht zu viel schläft und das Essen wohl verdaut hat und von den bösen Dämpfen wohl gereinigt wird und gesund ist, so sind ihm die Haare nicht lang; wenn ihm aber die Haare lang wachsen und fest sind, so wird er nicht richtig von den bösen Dämpfen gereinigt. Und deshalb wird ihm die Haut böse, räudig und stinkend, so wie es nachher beschrieben ist.

FRANÇOIS RABELAIS
Pariser Duftspur

Der Spitzbube Panurg rächt sich an einer vornehmen Dame, die ihn abgewiesen hat, indem er ihre Kleider mit den Sekreten einer läufigen Hündin (einer »orgoosischen Lyciska«) besprengt.

Wie Panurg der Pariser Dam einen Streich spielt', der nicht zu ihrem Vortheil war.

Nun merket wohl: den Tag darauf fiel eben das hohe Frohnleichnamsfest, an welchem alle Weiber sich in ihren höchsten Kleiderstaat werfen: wie denn auch vorerwähnte Dam auf diesen Tag ein stolzes Kleid von karmesinrothem Atlaß trug, nebst einem prächtigen weissen Sammt-Rock. Panurg, am Feyerabend zuvor spionirt' in allen Gassen so lang umher bis ihm gelang eine orgoosische Lyciska aufzutreiben; die band er sich an seinen Gurt fest, führet' sie auf seine Kammer, füttert' sie den Tag und die Nacht durch bestens, früh am Morgen aber schlug er sie todt, und nahm davon das, was den griechischen Geomanten bewußt ist; hackt' es in kleine Stückel so fein er konnt, verbarg es wohl, und ging damit an den Ort hin, wo die Dam, um zu dem Zug zu stossen, erscheinen mußt', wie es der Brauch am selbigen Fest ist. Als er sie nun kommen sahe, reicht' er ihr mit höflichem Gruß den Weihbrunn dar; darauf nach einer kleinen Weil, als sie ihr Sprüchlein ausgebetet pflanzt' er sich zu ihr in ihre Bank, und gab ihr ein beschrieben Blatt mit einem Rundreim, lautend wie folget:

Rund-Reim.

Für dießmal, als ich euch o holde Schöne!
Mein Leid geklagt, wiest ihr mir scheel die Zähne,
Verstiesset ohn Erbarmen mich von euch;
Der ich doch nie mit einem bösen Streich
In Wort noch Werk, Schimpf oder Scherz euch höhne.

Misfällt euch aber so mein Liebsgestöhne,
Schickt mir nicht Mäkler, diesen oder jene,
Sagt lieber selbst: Freund, trollt euch fort sogleich
Für dieses Mal.

Thu ich euch doch kein Leid, wenn ich erwähne
Daß mir mein Herz entbrennt wie dürre Späne,
Von eurer Schönheit die so voll und reich.
Drum gönnet mir daß ich mein Sattelzeug,
Mehr fordr ich nicht, auf eures fröhlich lehne
Für dieses Mal.

Und während sie das Papier nun aufschlug, um nachzusehen was darinn stünd, da besäet' Panurg sie hurtig von hinten mit seiner Spezerey an vielen Stellen, sonderlich in den Falten der Aermel und des Kleides: sprach dann zu ihr: Gestrenge Frau, den armen Amanten geht es oft hart: was mich betrifft, so hoff, es werden die schlimmen Nächt, Stürm und Gefecht die ich um euch erduldet hab, mir von der Fegefeuerspein dereinstmals noch in Abzug kommen. Bittet zum wenigsten Gott für mich, daß er mir woll in meinem Elend Geduld bescheeren!

Er hätt es noch nicht ausgeredet, als alle Hund soviel nur in der Kirchen waren, auf die Dam zu schossen nach der Witterung der Spezerey womit er sie bestreuet. Groß und kleine, dick und dünne kamen sie schaarenweis, spitzten die Glieder, umschnoperten und beharnten sie dann über und über! es war der leidigste Spuk von der Welt.

Panurg verscheucht' sie ein klein wenig, sodann beurlaubt' er sich von ihr, und schlupft' in ein Kapell, die

Hatz mit anzusehen. Denn das Hundsgeschmeiß bekackt' und beharnt' ihr die ganzen Kleider, bis endlich gar ein grosser Windhund ihr aufs Haupt pißt', etliche in die Aermel, andre aufs Gesäß, die kleinen seichten ihr auf die Schuh, und all die andern Weiber darneben konnten sie mit genauer Noth vor den Hunden retten. Da lacht Panurg und sprach zu einem der Herrn von der Stadt: Ich glaub die Dam ist läufisch, oder es hat sie ein Windhund frisch belegt. Und als er die Hund itzt, wie sie pflegen wo eine läufische Hündinn ist, rings um sie knurren und brömmeln sah, lief er fort, den Pantagruel herbeyzuholen: und überall wo er nur Hund auf den Gassen fand, da gab er ihnen mit dem Fuß einen Tritt und sprach: warum gehet ihr nicht mit euern Gesellen zur Hochzeit? vorwärts in Teufels Namen, vorwärts, marsch! Und als er heim kam, sprach er zum Pantagruel: Meister! kommt, ich bitt euch, und sehet alle Hund des Landes um eine schöne Dam versamelt, es ist die schönst' am ganzen Ort, und wollen sie rammeln. – Pantagruel war es sehr wohl zufrieden und nahm das Mysterium in Augenschein, das ihm gar schön und neu bedünkte. Aber das Best kam bay dem Umgang, in welchem ihr über sechshunderttausend und vierzehn Hund zur Seiten gingen und tausend gebranntes Herzeleid thäten: denn überall wo sie ging und stund, da folgten ihr immer neue Hund auf der Spur nach und beseichten den Weg, wo sie mit ihren Kleidern gestreift war. Und alles Volk blieb stehen und sah dem Schauspiel zu, den Hundsgebährden, wie sie ihr bis zu Halse stiegen und all ihr gutes Zeug verdarben. Es war zuletzt kein Rettung mehr als bis sie in ihre vier Pfäl entwischt' und immer die Hund ihr nach, und sie versteckt' sich, und die Zofen lachten. Kaum war sie aber ins Haus hinein und das Pförtlein hinter ihr zugeschlossen, so kamen auf eine halbe Meil alle Hund herbey und brunzelten so hitzig gegen die Tür des Hauses, daß aus dem Harn ein Bach entstund, darinn die Enten geschwommen wären. Und dieses ist derselbige Bach, der itzo auf Sanct Victor läuft, wo Guobelin seinen Scharlach drinn färbt wegen des Hundsharns.

MIGUEL DE CERVANTES
Berganza I

Der Hund Berganza erzählt dem Hund Scipio seine Lebensgeschichte: Er muß aus seiner Heimatstadt, in der man ihn erschlagen will, fliehen und wird Hirtenhund.

Ich machte mich aus dem Staube, nahm den Weg zwischen die Vorder- und die Hinterläufe und lief hinter San Bernardo hinaus in Gottes freie Welt, wohin mein Geschick mich eben führen wollte. In jener Nacht schlief ich unter freiem Himmel, und tags darauf bescherte mir das Schicksal ein Rudel oder eine Herde Schafe und Hammel. Als ich sie sah, glaubte ich darin mein höchstes Glück gefunden zu haben, schien es mir doch das den Hunden eigene und natürliche Amt zu sein, Herden zu hüten, ein Amt, das große Würde besitzt, weil es bestimmt ist, die Schwachen und Ohnmächtigen vor den Mächtigen und Übermütigen zu schützen und jene gegen diese zu verteidigen. Kaum hatte mich einer der drei Hirten, die die Herde hüteten, erblickt, als er nach mir rief und mich mit einem »To! To!« anlockte. Und ich, der ich nichts anderes begehrte, senkte den Kopf, wedelte mit der Rute und lief ihm zu. Er fuhr mir mit der Hand über den Rücken, öffnete mir die Lefzen, spuckte hinein, beschaute die Fangzähne, sah daran, wie alt ich war, und sagte den anderen Hirten, ich hätte alle Zeichen eines Rassehundes an mir. In diesem Augenblick langte auch der Besitzer der Herde an, der auf einer mausfahlen Stute in hohem Sitz, mit kurzem Bügel geritten kam, eine Lanze und eine Tartsche trug, so daß er eher einem Strandreiter glich als einem Herdenbesitzer. Er fragte den Hirten: »Was ist das für ein Hund? Er schaut nach Rasse aus.« »Das könnt Ihr wohl glauben, Euer Gnaden«, erwiderte der Hirt, »denn ich habe ihn mir genau angeschaut, und es ist an ihm kein Zeichen, das nicht anzeigen oder versprechen würde, daß er ein vortrefflicher Hund wird. Er ist eben jetzt zugelaufen, und ich weiß nicht, wem er gehören könnte; sicher weiß ich nur, daß er zu keiner der Herden da im Umkreis gehört.« »Wenn dem so ist«, entgegnete der Herr, »dann leg ihm das Halsband Leoncillos um, des Hundes, der uns verendet ist; füttere ihn wie die andern und zärtle ihn, damit er sich an die Herde gewöhne und bei ihr bleibe.« Dies gesagt, ritt er fort. Der Hirt setzte mir sogleich in einem kleinen Trog eine tüchtige Portion Milchsuppe vor und legte mir dann ein Stachelhalsband um. Er gab mir auch gleich einen Namen und nannte mich »Barcino«. Ich sah mich gesättigt und war mit meinem zweiten Herrn und meinem neuen

Amt zufrieden; ich zeigte mich bei der Bewachung der Herde beflissen und aufmerksam, verließ sie nur zur Zeit der Siesta, die ich entweder im Schatten eines Baumes, eines Erdhügels oder eines Felsens verbrachte oder auch im Schatten eines Strauchs am Ufer eines der vielen Bäche, die dort fließen.

[...]

Ich fühlte mich also in meinem Amt, die Herde zu bewachen, sehr wohl, weil es mir schien, daß ich solcherart mein Brot durch eigenen Schweiß verdiente und der Müßiggang, der aller Laster Anfang ist, nichts mit mir zu tun hatte, und wenn ich mich auch am Tag ausruhte, so schlief ich doch in den Nächten nicht, denn häufig überfielen uns Wölfe und zwangen uns zur Abwehr. Kaum hatten mir die Hirten zugerufen: »Auf den Wolf, Barcino!«, als ich, allen anderen Hunden voraus, in die Richtung lief, wo der Wolf sein sollte; ich lief durch Täler, durchsuchte die Wälder, streifte durch das Unterholz, sprang über Gräben, überquerte Wege, und am Morgen kehrte ich zur Herde zurück, ohne einen Wolf oder auch nur eine Spur von ihm entdeckt zu haben; kam keuchend, todmüde, zerschlagen und die Läufe zerfetzt von dürren Ästen zurück und fand, daß der Wolf ein Schaf oder einen Hammel gerissen und halb aufgefressen hatte. Ich verzweifelte fast, als ich sah, wie wenig meine Wachsamkeit und mein Fleiß nützen wollten. Der Besitzer der Herde kam; die Hirten gingen ihm mit dem Fell der toten Tiere entgegen; er warf den Hirten Nachlässigkeit vor und befahl, die Hunde ihrer Faulheit wegen zu bestrafen; so regnete es Prügel auf uns und auf die Hirten Vorwürfe. Als ich mich eines Tages wiederum so unschuldig bestraft sah und erkannte, daß meine Wachsamkeit, meine Schnelligkeit und mein Mut gar nichts nützten, um den Wolf zu fassen, entschloß ich mich, mein Vorgehen zu ändern, nicht fortzulaufen, um den Wolf fern der Herde zu suchen, wie ich es bisher gehalten, sondern in der Nähe zu bleiben; denn wenn der Wolf hieherkam, würde ich ihn leichter zu fassen bekommen. Jede Woche wurden wir Hunde einmal auf den Wolf gehetzt, und eines Nachts, da sah ich dann die Wölfe, vor denen es für die Herde keinerlei Schutz gab. Ich duckte mich hinter einem Gebüsch; die Hunde, meine Kameraden, rannten an mir vorüber, und von meinem Versteck aus sah ich, wie zwei Hirten einen der besten Hammel der Herde ergriffen, ihn töteten, und zwar solcherart, daß man am Morgen glauben konnte, ein Wolf wäre der Würger gewesen. Ich erschrak und staunte, als ich sah, daß die Hirten selber die Wölfe waren und gerade jene, die die Herde hätten schützen sollen, in sie einbrachen. Die Hirten meldeten dem Herrn sogleich den Schaden, den angeblich der Wolf angerichtet, übergaben ihm das Fell und einen Teil des Fleisches, indes sie den größeren und besseren Teil selber verzehrten. Wieder schalt sie der Herr, und wieder kam die Strafe über uns Hunde. Es gab keine Wölfe; die Herde nahm ab; ich wollte dies aufdecken, allein ich war stumm: dies alles machte mich sehr bekümmert. »Gott steh' mir bei!« sagte ich bei mir selbst. »Wer könnte doch solcher Gemeinheit beikommen? Wer nur könnte begreiflich machen, daß hier Abwehr Angriff war, daß die Wachen schliefen, die Treue raubte und jener, der euch hütet, euch tötet?«

FRIEDRICH VON LOGAU

Ein Krieges-Hund redet von sich selbst

Hunde, die das Vieh behüten,
Hunde, die am Bande wüten,
Hunde, die nach Wilde jagen,
Hunde, welche stehn und tragen,
Hunde, die zu Tische schmeicheln,
Hunde, die die Frauen streicheln:
Diese Hunde gar zusammen
Kummen nur auß faulem Stammen.
Aber ich bin von den Hunden,
Die sich in den Krieg gefunden,
Bleibe nur, wo Helden bleiben,
Wann sie Küh und Pferde treiben,
Habe Bündnüß mit den Dieben,
Trag am Rauben ein Belieben,
Pflege, bin ich in Quartiren,
Gäns und Hüner zuzuführen,
Kan die schlauen Bauern suchen,
Wann sie sich ins Holtz verkruchen;
Wann sie nach den Pferden kummen,
Die mein Herr hat wo genummen,
Kan ich sie von dannen hetzen,
Daß sie Hut und Schuh versetzen,
Kan durch Schaden, kan durch Zehren
Helfen Haus und Hof verheeren.
Cavalliers, die kan ich leiden;
Bauren müssen mich vermeiden;
Bin nun drum in meinem Orden
Hunde-Cavallier geworden.

3
Essay

»Ich habe meinem Schmerz einen Namen gegeben und rufe ihn ›Hund‹« (Friedrich Nietzsche)

»Ein Hund ist ein von Flöhen bewohnter Organismus, der bellt.« Diese Definition stammt von Gottfried Wilhelm Leibniz, dem bedeutendsten deutschen Philosophen des ausgehenden 17. Jahrhunderts. Sie klingt nicht gerade liebevoll. Verglichen mit seinem ebenso berühmten philosophischen Zeitgenossen René Descartes war Leibniz allerdings geradezu ein Tierfreund. Der Hund war für ihn immerhin ein »Organismus«. Wie allen Tieren sprach Leibniz ihm eine »vis activa« (eine innere Bewußtseinskraft) zu, die die Äußerung einer unsterblichen Seele sei. Für Descartes waren Tiere Naturmaschinen, deren Mechanik nicht sehr viel anders als das Räderwerk einer gut gearbeiteten Uhr funktioniere. Von dem Descartes-Schüler Nicolas Malebranche wird berichtet, er habe in der Öffentlichkeit demonstrativ eine sich »mit freundlichem Wedeln« nähernde Hündin so heftig getreten, daß sie laut aufjaulte. Die Schandtat habe der fromme Christ dann mit den Worten gerechtfertigt, es handle sich ja nur um eine Maschine.

Dieser rationalistische Geist, der alles Natürliche als berechenbaren Gegenstand begreift, kreiert eine neue medizinische Forschungsmethode: den Tierversuch. Die ersten Experimente mit Hausmäusen fallen in das Jahr 1664, schon 1678 werden Hunde ohne Betäubung operiert, um Aufschluß über die Arbeit der Verdauungsorgane zu gewinnen.

Aus dieser Epoche datiert eine bis heute gültige Zweiteilung in der Beziehung Mensch–Tier. Auf der einen Seite steht die wissenschaftliche und wirtschaftliche Nutzung der Fauna, kulminierend in den modernen Forschungslaboratorien und der industriellen Massentierhaltung. Tiere sind hier bloße Sachmittel zum Zweck. Auf der anderen Seite wuchs das Bedürfnis, sich Tiere als Freund und Tröster ins Haus zu holen. Zunächst waren es vor allem Hunde und Katzen; ab dem 19. und vor allem 20. Jahrhundert kommen die vielen Kleintierarten hinzu, die in erster Linie den Stadtkindern ein wenig Natur in ihre steinerne Umwelt bringen sollen.

Gleichsam in der Mitte zwischen Wissenschaft und Liebe stehen die Zoologen und Verhaltensforscher, die ab dem 18. Jahrhundert, dem Zeitalter der Aufklärung, versuchen, auf dem Weg der Beobachtung und Beschreibung das menschliche Verständnis vom Körperbau und von den »Gemütsbewegungen« der Tiere zu vertiefen. Die Linie reicht von Linné, dem Klassifikator der Flora und Fauna, über den großen Naturforscher Buffon im 18., Darwin und Brehm im 19. bis hin zu Konrad Lorenz im 20. Jahrhundert. Die Aufklärung ist es auch, die erste Ansätze einer Tierethik entwickelt und dabei den originär christlichen Gedanken einer »Mitgeschöpflichkeit« der Tiere (Gott hat sie wie uns geschaffen, also stehen auch sie ursprünglich unter Gottes Schutz) mit der neuzeitlichen Natur- und Moralphilosophie verbindet. Gerade die höheren Säugetiere sind sensible Lebewesen wie wir; sie fühlen Furcht, Freude, Lust und Schmerz und können, was sie empfinden, auch ausdrücken. Warum also sollten ihnen Grundrechte vorenthalten werden, warum sollte nicht zumindest ein Verbot gelten, Tiere sinnlos zu quälen, sie nach Belieben zu töten?

Den eindringlichsten Appell zum Tierschutz hat 1789, im Jahr der Französischen Revolution, der englische Philosoph Jeremy Bentham formuliert. Er zeigt, wie eng die Tierrechtsdiskussion um 1800 noch mit der Aufklärungsdebatte über die Gleichwertigkeit aller Menschen verknüpft war. Die Zeiten, in denen die Weißen sich schwarze Sklaven hielten, die sie wie Tiere zu behandeln pflegten, waren noch nicht vorbei:

> *Der Tag mag kommen, an dem der Rest der belebten Schöpfung jene Rechte erwerben wird, die ihm nur von der Hand der Tyrannei vorenthalten werden konnten. Die Franzosen haben bereits erkannt, daß die Schwärze der Haut kein Grund ist, ein menschliches Wesen der Laune eines Peinigers auszuliefern. Vielleicht wird eines Tages erkannt werden, daß die Anzahl der Beine, die Behaarung der Haut oder die Endung des Kreuzbeins ebenso wenig Gründe dafür sind, ein empfindendes Wesen diesem Schicksal zu überlassen. Was sonst sollte die unüberschreitbare Linie ausmachen? Ist es die Fähigkeit des Verstandes oder vielleicht die Fähigkeit der Rede? Ein voll ausgewachsenes Pferd aber oder ein Hund ist unvergleichlich verständiger und mitteilsamer als ein*

einen Tag oder eine Woche alter Säugling oder sogar als ein Säugling von einem Monat. Doch selbst wenn es anders wäre, was würde das ausmachen? Die Frage ist nicht: Können sie denken? Können sie sprechen? Sondern: Können sie leiden?

Mehr als 200 Jahre nach Bentham wird diese Frage in der modernen Intensivhaltung von Nutztieren offenbar weniger denn je gestellt. Die Fleischindustrie der Gegenwart macht alle zu Cartesianern.

Dem Hund ging es – soweit er nicht als Versuchstier im Labor (oder wie die russische Mischlingshündin Laika im Weltraum) landete – vergleichsweise gut in dieser traurigen Entwicklung. Im 19. Jahrhundert hielten gepflegte Hunde zunehmend Einzug in die Wohnzimmer, ab dieser Zeit tauchen nicht zufällig auch immer mehr Hunde in der Literatur auf. Zahlreiche Philosophen und Schriftsteller werden selbst zu Hundehaltern und legen, exzentrisch wie sie nun einmal sind, eine geradezu pudelnärrische Liebe zu ihrem Tier an den Tag (Jean Paul, Schopenhauer). Die Hunde, die nun auch in einem durchschnittlichen bürgerlichen Haushalt zum engsten Familienkreis gehören, bezeichnet man im 19. Jahrhundert noch – in Erinnerung an die aristokratische Tradition – als »Luxushunde«. »Unter Luxushund«, schreibt ein deutscher Kynologe im Jahr 1896, »versteht man zunächst den *nicht jagenden* Hund, dann aber ist Luxushund der Gegensatz von ›Gebrauchshund‹. Der Luxushund leistet dem Menschen keine notwendigen Dienste, sein Herr hält ihn zum Vergnügen, seine Dienste sind nebensächlicher Art.« Erst im 20. Jahrhundert erhält der

Luxushund dann den heute gebräuchlichen Namen »Familienhund«. Familienhunde machen in Deutschland und anderen westeuropäischen Ländern von nun an den größten Teil der Hundepopulation aus; daneben gibt es aber nach wie vor die Jagdhunde sowie schließlich die Gebrauchshunde, die auf die verschiedensten Einsatzgebiete spezialisiert sind: Blinden-, Polizei-, Drogen-, Therapie-, Zirkus-, Lawinen- und Sprengstoffspürhunde, um nur einige zu nennen.

Daß der bürgerliche Stolz auf einen schönen, vorzeigbaren Hund auch getrieben war von dem Wunsch, es dem Adel gleichzutun, zeigte sich bald schon im aufblühenden Zuchtwesen. Im 19. Jahrhundert entstanden die ersten Vereine zur »Veredelung der Hunderassen«, die sich rasch vermehrten. Gewöhnliche Kaufleute, Rechtsanwälte, Gewerbetreibende und Handwerksmeister führten nun Fürsten und Gräfinnen – Hasso von Reitzenstein, Nelly von Hohenwartberg – an der Leine, die auf eine exquisite Herkunft verweisen konnten. »Was den neuen Herren selber fehlte, gaben sie ihren vierbeinigen Sprößlingen: klangvolle, adlige Namen und Stammbäume, die jedem genealogischen Vergleich standhalten sollten«, schreibt der Hundeforscher Erik Zimen.

Mit dem Aufstieg Deutschlands zur wirtschaftlichen und militärischen Weltmacht nach der Reichsgründung 1871 intensivierten sich die Bemühungen, Hunde zu züchten, die auf den ersten Blick als »deutsche Rassen« zu erkennen sein sollten. Vor allem vom englischen Hund mußte der deutsche sich klar unterscheiden. Zum repräsentativen Nationalhund wurde die »deutsche Dogge«, das Lieblingstier Otto von Bismarcks. Bei nahezu jedem öffentlichen Auftritt ließ sich der Kanzler von einer seiner Doggen begleiten, die Hunde »gehörten«, so die Kulturhistorikerin Jutta Buchner, »zu Bismarck wie ein Adelswappen oder Markenzeichen« (mehrere Bismarck-Denkmäler zeigen ihn mit Dogge). Tyras, Rebekka, Sultan – um die berühmtesten zu nennen – waren für Bismarck nicht einfach nur Teil seines Privatlebens. Er nannte sie »Reichshunde« und verstand das gemeinsame Auftreten mit ihnen als Demonstration deutscher Stärke und Unnachgiebigkeit. Mit Bismarcks Demission als Reichskanzler 1890 war allerdings auch die politische Karriere der Dogge zu Ende. Wilhelm II., der ihn entließ, umgab sich mit Dackeln, sein Nachfolger Bülow hatte einen Pudel.

Das Pendant zur Dogge, die geeignet war, die Männlichkeitsaura ihres Halters zu verstärken, war der Damenhund Mops. Die Beliebtheit dieses ehemaligen Adelshundes vor allem bei älteren Frauen muß ein solches Ausmaß erreicht haben, daß Alfred Brehm in seinem weitverbreiteten *Tierleben* eine regelrechte Mops-Mode konstatierte – mit Widerwillen übrigens, denn Brehm hielt den Mops für ein »abscheuliches Tier«, eine Fehlzüchtung, der er nur wünschte, »den Weg alles Fleisches« zu gehen. Schon zu seiner eigentlichen Glanzzeit war der Mops ein Hund, an dem sich die Geister schieden, über den man sich gerne auch lustig machte. Der fette, träge, dumme Mops im Schoß älterer Damen (die nicht viel anders aussehen) ist schon um 1900 Gegenstand zahlloser Karikaturen. Diese Tradition der Mops-Komik wurde im 20. Jahrhundert nahtlos fortgesetzt, man denke an Loriots wunderbaren Film über den »wilden Waldmops« oder Ernst Jandls nicht minder überwältigendes Gedicht *ottos Mops* (ein bislang letztes Kapitel schreibt www.rennmops.com).

Es lohnt sich durchaus, nach den Gründen für die Beliebtheit des Mopses zu fragen. Ein Hundebuch von 1895 schildert seine Vorzüge so:

> *Als Gesellschafter zeigt der Mops sich als ein gutmütiger, munterer, auf seine Umgebung stets aufmerksamer Hund; seine Intelligenz ist vielleicht nicht so bedeutend, allein sein drolliges Wesen, seine Reinlichkeit und sein glatt und weich behaartes, von üblen Ausdünstungen freies Fell haben diese Hunderasse länger als viele andere in ihrer Stellung als Luxus- und Damenhunde erhalten.*

Eine entscheidende Rolle spielt also offenbar die »Reinlichkeit« des Tiers, das ausdünstungsfreie Fell. Sauberkeit war eines der hohen Ideale der Wilhelminischen Zeit. Das Zusammenleben mit Tieren stellte jedoch eine stete Gefährdung der Haushygiene dar. Es überrascht deshalb nicht, daß in den Großstädten Hundebäder eingerichtet wurden, in denen die mit Maulkorb versehenen Vierbeiner von qualifizierten Hundebadewärtern eingeseift, geduscht und im Bedarfsfall geschoren wurden. Wohl sollte der Hund Natur ins Haus bringen, allzu natürlich durfte sie indessen nicht sein.

Bei alledem darf nicht vergessen werden, daß es nach wie vor auch die Parias unter den Stadthunden gab. Der hierarchischen Gliederung der wilhelminischen Gesellschaft entsprach eine Stufenleiter der Hunde, auf der zuunterst der »gemeine Gassenhund« stand: Mischlinge mit räudigem Fell, die entweder herrenlos waren oder Besitzern gehörten, die sich nicht weiter um sie kümmerten. Darüber rangierte der Haushund ohne Abstammungsnachweis, der seinerseits nicht an den beglaubigten Rassehund heranreichte. Wenn sie es sich leisten konnten, versuchten auch Angehörige des mittleren und unteren Bürgertums, Rassehunde zu erwerben. Bei den Ärmeren und Ärmsten hingegen konnte es durchaus vorkommen, daß man Hundefleisch aß.

Friedrich Hebbels Erinnerung an den Hund seiner Kindheitsjahre ist ein Beleg dafür, daß Familien, die am Rand des Existenzminimums lebten, häufig den Haushund aussetzen oder an neue Besitzer übergeben mußten, wenn sie nicht mehr das Geld für sein bescheidenes Futter aufbringen konnten. Man hat vermutet, daß den einfachen Leuten damals diese Trennung nicht allzu schwerfiel. Hebbels Gedicht *Schau ich in die tiefste Ferne* bezeugt das Gegenteil. Es ist eine wunderbare Beschwörung der tiefen Solidarität zwischen (noch) vernunftlosem Menschen und vernunftloser Kreatur. Ergreifend schildert er zunächst das glückliche gemeinsame Aufwachsen von Kind und Hund, das gerade aufgrund des Gedeihens beider in einen ausweglosen Konflikt führt: Es gibt nur Essen für einen, die Eltern schaffen das Tier fort. Das Verschwinden des Hundes ist aber auch das Ende der Kindheit. Der Knabe ist in eine Welt eingetreten, in der die Gesetze der Erwachsenen gelten, in der gerechnet wird, ob das Brot reicht, und in der die nutzlose Liebe nicht zählt.

CARL VON LINNÉ

Definition Hund

Frißt Fleisch, Aas, mehlige Pflanzenstoffe, kein Kraut, verdaut Knochen, erbricht sich nach Gras; lost auf einen Stein: Griechisch Weiß, äußerst beizend. Trinkt leckend; wässert seitlich, in guter Gesellschaft oft hundertmal, beriecht des Nächsten After; Nase feucht, wittert vorzüglich; läuft der Quere, geht auf den Zehen; schwitzt sehr wenig, in der Hitze läßt er die Zunge hängen; vor dem Schlafengehen umkreist er die Lagerstätte; hört im Schlafe ziemlich scharf, träumt. Die Hündin ist grausam gegen eifersüchtige Freier; in der Laufzeit treibt sie es mit vielen; sie beißt diese; in der Begattung innig verbunden; trägt neun Wochen, wölft vier bis acht; die Männchen dem Vater, die Weibchen der Mutter ähnlich. Treu über alles; Hausgenosse des Menschen; wedelt beim Nahen des Herrn, läßt ihn nicht schlagen; geht jener, so läuft er voraus, am Kreuzweg sieht er sich um; gelehrig, erforscht Verlorenes, macht nachts die Runde, meldet Nahende, wacht bei Gütern, wehrt das Vieh von den Feldern ab, hält Rentiere zusammen, bewacht Rinder und Schafe vor wilden Tieren, hält Löwen im Schach, treibt das Wild auf, stellt Enten, schleicht im Sprunge an das Netz, bringt das vom Jäger Erlegte, ohne zu naschen, zieht in Frankreich den Bratspieß, in Sibirien den Wagen. Bettelt bei Tische; hat er gestohlen, kneift er ängstlich den Schwanz ein; frißt gierig. Zu Hause Herr unter den Seinigen. Feind der Bettler, greift ungereizt Unbekannte an. Mit Lecken heilt er Wunden, Gicht und Krebs. Heult zur Musik, beißt in einen vorgeworfenen

Stein, bei nahem Gewitter unwohl und übelriechend. Hat seine Not mit dem Bandwurm. Verbreitung der Tollwut. Wird zuletzt blind und benagt sich selbst.

JEAN JACQUES ROUSSEAU
Der Instinkt

Die moderne Philosophie, welche nur das annimmt, was sie zu erklären vermag, nimmt keinen Anstand, jene unerklärliche, Instinkt genannte Fähigkeit anzuerkennen, welche die Tiere, ohne daß sie sich auch nur die geringste Kenntnis erworben hätten, zu einem bestimmten Ziele zu treiben scheint. Der Instinkt ist nach der Definition eines unserer gelehrtesten Philosophen lediglich eine der Reflexion beraubte, aber erst durch Reflexion gewonnene Gewohnheit; und aus der Art und Weise, wie er diesen Fortschritt erklärt, sieht man sich zu dem Schlusse gezwungen, daß die Kinder mehr reflektieren als die Erwachsenen, ein in so hohem Grade seltsames Paradoxon, daß es sich schon der Mühe verlohnt, dasselbe einer näheren Prüfung zu unterziehen. Ohne weiter auf diese Erörterung einzugehen, erlaube ich mir nur die Frage aufzuwerfen, mit welchem Namen ich den Eifer bezeichnen soll, mit dem mein Hund die Maulwürfe bekriegt, die er nicht einmal frißt, die Geduld, mit welcher er ihnen bisweilen stundenlang auflauert, und die Geschicklichkeit, mit welcher er sie packt, sie in dem Augenblicke ihres Aufstoßens aus der Erde wirft und dann tötet, um sie liegenzulassen, ohne daß ihn jemand zu dieser Jagd dressiert und ihm beigebracht hätte, daß es hier Maulwürfe gibt. Weiter frage ich, und das ist noch von ungleich höherer Wichtigkeit, weshalb sich der nämliche Hund, als ich ihm zum erstenmal drohte, mit dem Rücken auf die Erde warf und sich mit zusammengezogenen Pfötchen in eine so bittende Stellung legte, daß sie ganz geeignet war, mich zu rühren. Sicherlich hätte er sich gehütet, in dieser Stellung zu bleiben, wenn ich, ohne mich erweichen zu lassen, ihn in diesem Zustand geschlagen hätte. Wie! Hatte mein noch ganz kleiner und kaum erst geborener Hund etwa schon moralische Begriffe erworben? Wußte er etwa schon, was Gnade und Großmut war? Vermöge welcher gewonnenen Einsichten gab er sich der Hoffnung hin, mich dadurch zu besänftigen, daß er sich mir ganz auf Gnade oder Ungnade ergab? Alle Hunde der Welt handeln in demselben Falle fast genau ebenso, und ich behaupte hier nichts, wovon sich nicht ein jeder selbst überzeugen könnte. Hätten doch die Philosophen, die den Instinkt in so verächtlicher Weise verwerfen, die Güte, diese Tatsache durch das alleinige Spiel der Sinneseindrücke und der durch sie erworbenen Kenntnisse zu erklären, und zwar so zu erklären, daß es auch einem jeden vernünftigen Menschen verständlich wäre. Dann würde ich nichts mehr zu erwidern haben und nie wieder vom Instinkt reden.

GEORGES LOUIS LECLERC DE BUFFON
Welthunde

Die Unentbehrlichkeit dieses Thiergeschlechtes in der Ordnung der Natur leuchtet am deutlichsten in die Augen, wenn man einen Augenblick annimmt, es wäre nie vorhanden gewesen. Wie hätte der Mensch, ohne Beihilfe der Hunde, sich anderer Thiere bemächtigen, sie zähmen oder unter seine Bothmäßigkeit bringen sollen? Durch welche Mittel sollte der Mensch noch jetzo wilde und schädliche Raubthiere aufsuchen, jagen und vertilgen? Um bei hinlänglicher Sicherheit Herr aller lebenden Geschöpfe zu seyn, war es nothwendig, sich unter den Thieren selbst erst einen Anhang zu verschaffen, und vornämlich diejenigen durch Freundlichkeit und Liebkosungen zu gewinnen, denen er die meiste Bereitwilligkeit, sich an ihn zu gewöhnen, und eine vorzügliche Neigung, ihm zu gehorsamen, zutraute; damit er sich ihres Beistandes hernach wider die andern bedienen konnte. Des Menschen erste Kunst war also die Abrichtung des Hundes; die glückliche Folge dieser Kunst aber war die Eroberung und der ruhige Besitz des ganzen Erdbodens.

Doch wollen wir, soviel in unserer Gewalt ist, alle Verschiedenheiten und Ähnlichkeiten berühren, welche die Pflege, Wartung, Nahrung und der Himmelsstrich bei diesen Thieren hervorbringen konnten.

Der große dänische Hund, der Bauernhund oder Spitz und das Windspiel sind, wenn gleich beim ersten Anblick ihr Unterschied noch so groß zu seyn scheinet, gleichwohl nur einerlei Art von Hunden. Im großen dänischen erblickt man weiter nichts, als einen stärkern und stammhaftern Bauernhund, welcher sich im Windspiel schlanker und gestreckter darstellet. An beiden blicken die Vortheile der mehrern Wartung deutlich hervor. Zwischen einem großen dänischen, einem Bauern- und einem Windhund ist aber kein weiterer Unterschied wahrzunehmen als zwischen einem Holländer, Franzosen und Italiäner. Nimmt man also den Bauernhund für den ursprünglichen oder vielmehr für den einheimischen Hund in Frankreich an, so müßten in einem kältern Himmelsstrich von ihm der große dänische Hund, in einem wärmern aber das Windspiel erzeuget worden seyn. Und findet man dieses nicht wirklich durch die Erfahrung bestätiget, insofern wir die großen dänischen Hunde aus nördlichen Ländern, das Windspiel aber aus Konstantinopel und aus der Levante bekommen. Der Spitz oder Hirtenhund, der Wolfshund und jene Gattung desselben, die wir den tiberischen Hund nennen, sind eigentlich alle drei nur einerlei Hunde. Man könnte diesen sogar noch die Hunde der Lappländer, Kanadenser, der Hottentotten und alle andere Hunde mit steifen Ohren an die Seite setzen. Der einzige Umstand, wodurch sie sich von dem Schäferhund hauptsächlich unterscheiden, besteht in der veränderlichen Leibesgröße, weil sie bald mehr oder weniger stammhaft und mit einem bald mehr oder weniger groben, langen und dichten Haar bedecket sind.

Den Jagdhund, Spürhund, Dachshund, Budel und sogar den spanischen Wachtelhund hat man als einerlei Hunde zu betrachten. Sie haben fast einerlei Gestalt und natürliche Triebe. Ihr Unterschied besteht größtentheils in der Höhe der Beine und in der Breite der Ohren, welche letztere doch bei allen diesen Hunden lang, weich und herabhängend erscheinen. Sie gehören sämmtlich unter diesem Himmelsstrich zu Hause, und mir scheint es unbillig zu seyn, wenn man den sogenannten bengalischen Spür- oder Tigerhund, der blos an der Beschaffenheit seines Felles von unserm Spürhund abweichet, von ihnen trennen wollte.

Ich kann mich nicht überreden, daß dieser Hund ursprünglich aus Bengalen oder andern indianischen Orten komme, oder daß er, wie einige vorgeben, gerade der indianische Hund sey, von welchem die Alten, wenn sie eben seiner gedenken, behaupten wollen, er sey von einem Tiger und einer Hündin entsprossen; denn eben dieser Hund ist in Italien schon vor mehr als hundert und fünfzig Jahren als ein Hund bekannt gewesen, der nicht für einen aus Indien abstammenden, sondern für einen gewöhnlichen Spürhund angesehen worden.

In Engelland, Frankreich, Deutschland u.s.w. scheinen die Jagd-, Spür- und Dachshunde vornämlich zu Hause zu seyn. In wärmern Himmelsstrichen, als in der Türkei und Persien, pflegen sie gleich auszuarten. Spanien hingegen und die Barbarei sind eigentlich das Vaterland der spanischen Wachtelhunde und Budel. Die Temperatur dieser Himmelsstriche verschafft allen Thieren längere, seidenartigere und feinere Haare, als diese in irgend einem andern Lande bekommen würden.

Der Bullenbeißer oder die englische Dogge und der Hund, welchen man im sehr uneigentlichen Verstande den kleinen dänischen Hund zu nennen pflegt, weil er mit dem großen dänischen Hund blos die kurzen Haare gemein hat, der türkische und, wenn man will, auch der isländische Hund stellen ebenfalls nur eine Gattung vor, welche in einem so kalten Himmelsstrich, als Island ist, einen dickern Pelz angeleget, in den sehr heißen Ländern aber, wie Afrika und Indien, die warme Bedeckung wieder abgeleget haben mag. Es ist ein wirklicher Irrthum, wenn man den ganz kahlen, den türkischen Hund nennet, weil in dem gemäßigten Himmelsstrich der Türkei ein Hund unmöglich, desto leichter aber in Guinea und in den heißesten Gegenden Indiens, die Haare verlieren kann. Man hat sich daher unter dem türkischen blos einen kleinen dänischen Hund vorzustellen, welcher, durch den zufälligen Aufenthalt in den heißesten Ländern, wo er hingebracht worden, seine Haare verlohren, dessen Raße man hernach in die Türkei gebracht, und in diesem Lande mit Sorgfalt und Mühe zu vermehren gesuchet hat.

Die ersten Hunde dieser Art, welche man in Europa gesehen, waren zu Aldrovands Zeiten, wie er berichtet, nach Italien gebracht worden, sie haben sich aber da, seiner Aussage nach, weder halten, noch vermehren können, weil der Himmelsstrich für ihre Zärtlichkeit viel zu kalt gewesen. Da inzwischen Aldrovand von diesen kahlen oder nackichten Hunden keine weitere Beschreibung liefert, so können wir auch nicht sagen, ob sie unsern sogenannten türkischen Hunden ähnlich waren und ob man sie folglich mit unter die kleinen dänischen Hunde zu rechnen habe; weil in den allerheißesten Ländern alle Hunde, von welcher Art, oder aus welchem Lande sie auch seyn mögen, kahl werden, und, wie schon erinnert worden, sogar die Stimme verlieren. In einigen Ländern sind sie gänzlich stumm, in andern vergeht ihnen blos das Vermögen zu bellen; sie heulen dann entweder, gleich den Wölfen, oder gelfern, wie die Füchse, und scheinen auch durch diese Veränderung ihrem naturlichen Zustand wieder näher zu kommen. Denn sie pflegen auch andere Gestalten und andere Naturtriebe anzunehmen. Sie werden häßlich und bekommen zugleich steife, spitzige Ohren.

Man hat auch angemerket, daß die Hunde nur in gemäßigten Himmelsstrichen ihr Feuer, Muth, Verschlagenheit und andere ihnen eigne Fähigkeiten erhalten. Ihr Verlust an allen diesen Vorzügen ist also sehr beträchtlich, wenn sie unter allzuheiße Himmelsstriche gebracht werden. Es hat aber dennoch das Ansehen, als ob die Natur überhaupt nichts ganz Unnützes habe hervorbringen wollen, weil die Hunde in den Ländern, wo sie nicht zu gleichen Absichten, als bei uns, tauglich sind, mit Appetit verzehret werden. Die Neger schätzen das Hundefleisch höher, als das Fleisch aller andern Thiere. Man bringt bei ihnen die Hunde ordentlich zu Markte. Sie werden von den Einwohnern theurer, als Schöpse und Ziegen, ja noch theurer, als alles Wildpret, bezahlet. Kurz, bei den Schmäusen der Neger ist ein gebratner Hund allemal das herrlichste Gerichte.

Man könnte zwar muthmaßen, der herrschende Geschmack der Neger am Fleisch solcher Thiere habe vielleicht seinen Grund in der veränderten Beschaffenheit dieses Fleisches, wenn es etwan, ohnerachtet seines schlechten Geschmacks in unsern gemäßigtern Himmelsstrichen, unter diesen brennenden Himmelsstrichen einen vorzüglichern Geschmack annähme. Allein ich denke hierbei ganz anders und glaube, daß es hierbei vielmehr auf die unterschiedlichen Naturen der Menschen, als der Hunde ankomme, weil die kanadensischen Wilden, die ein kaltes Land bewohnen, das Hundefleisch ebenso hoch schätzen, als die Neger, und sogar unsre Mißionarien selbiges zuweilen sonder Eckel genossen haben. »Bei ihren Schmäusen«, sagt der Pater Sabard Theodat, »genießen sie das Hundefleisch statt der Schöpse. Da ich ihren Hundefesten unterschiedenemale beigewohnet, muß ich offenherzig bekennen, daß ich, ohnerachtet des anfänglich empfundenen Abscheus, kaum zweimal davon gekostet hatte, als ich das Hundefleisch in der That wohlschmeckend, und im Geschmacke dem Schweinefleisch ähnlich fand.«

HEINRICH WILHELM DÖBEL

Wie die Jagdhunde zu pflegen und bey Gesundheit zu erhalten

Alle Jahr, ehe die Jagd im Sommer angehet, müssen die Hunde purgieret, adergelassen und geschmieret werden. Denn sonst schlagen sie aus und werden räudig. Und überdies wird der ganze Körper hierdurch bey den Hunden renovieret und das verhitzte Geblüt verändert.

Diese Kur geschieht folgender Weise: Erstlich müssen die Hunde purgieret werden. Hierzu nimmt man Schafe, rechnet auf 18 bis 20 Hunde ein Schaf. Solche werden nun totgeschlagen und in große Kessel geworfen, samt dem Felle und Wolle recht gar und weich gekocht, daß das Fleisch von den Knochen rein abfalle.

Mit dieser Brühe wird das Schrot und Brot angebrühet, so es ein wenig gestanden, in die Futter-Tröge ausgethan, und das Fleisch samt der Wolle auch in die Suppe gebracht. Doch muß es vorhero ganz klein gepflickt werden. Weil die Suppe noch heiß ist, wird Butter hinein gethan, auf 100 Hunde 12 Pfund, hierzu noch klein gestoßenen Schwefel, 5 Pfund, und Lorbeeren 6 Pfund, Alaun 2 Pfund. Dieses alles untereinander in die Suppe gerühret, bis es laulicht wird, und alsdenn die Hunde fressen lassen, davon purgieren sie.

Den dritten Tag nach der Purgation läßt man den Hunden die Median-Adern am Halse, selbige sind an beyden Seiten am Halse zu finden. Dem Hunde wird der Hals kurz vor die Blätter mit einem dünnen Leinchen fest umbunden, so laufen die Adern an der Seite am Halse hinauf nach dem Kopfe auf, und sticht man sie mit einer Lanzette. Man muß sich aber auch fein in acht nehmen, daß nicht durch die Nerven gestochen wird.

Nach dem Aderlassen läßt man sie wieder drey Tage frei, sodenn wird die Schmiere gemacht, wie hier folget. Auf 150 Stück Hunde wird genommen:

50 Kannen Lein-Öl
12 Kannen Essig
16 Pfund Schwefel
7 Pfund Kupfer-Wasser
6 Pfund Gallus
2 Pfund Lorbeeren

Das Lein-Öl läßt man erst in einem Kessel heiß werden, hernach wird Essig darein gethan, daß es so zusammen heiß werde. Die Species werden klein gestoßen und dazu gethan, und da man es nur so sanfte kochen lassen, beständig umgerühret und in acht genommen, daß es nicht überläuft, es muß aber recht gut gekocht werden. Sodenn wird es vom Feuer genommen und hingesetzt, daß es verschlägt und bis es so laulicht ist, daß man die Finger darinnen leiden kann. Damit werden alsdenn die Hunde über und über gewaschen, darauf auch gleich in einen engen Stall gethan, und ihnen reines und nicht zu wenig Stroh hinein gegeben. Darinnen läßt man sie fünf bis sechs Tage, und auf dem ersten Strohe liegen, füttert sie auch im Stalle, giebt ihnen aber frisch Wasser, so viel sie nöthig haben. Nachgehends wird das erste Stroh heraus geräumet und ihnen wieder frisch Stroh gegeben, und das alle Tage: so müssen sie in 14 Tagen trocken und reine auf der Haut werden. Nach diesem wird Seife und warm Wasser genommen und die Hunde damit reine gewaschen. Also ist dann die Kur vorbey.

Es ist dieses, wie schon vorhin gedacht, ein sehr nützlich und nöthig Werk, und kann im Maio oder Junio geschehen. Bleibet von dieser Salbe was übrig, so setze man es hin ins Kühle. Denn es ist eine recht gute Rauden-Salbe. Sobald man nur an einem Hunde etwas in der Haut siehet ausfahren, oder sie kriegen auch schon eine rothe Haut, so dürfen sie nur mit dieser Salbe geschmieret werden, es wird bald hievon anders werden, dann man kann hiemit die völlige Raude kurieren.

Die Hunde werden auch bey guter Gesundheit erhalten, wenn man ihnen ordentlich ihre Suppen giebt, sie fleißig putzet und renovieret, auch alle Tage ihre Ställe ausräumet und auskehret, damit sie nicht voller Flöhe liegen, sie im Sommer alle Wochen etliche Mal badet, mit der Striegel und Kartetsche die Flöhe von ihnen abputzet. Sie müssen auch alle Tage rein Stroh haben, insonderheit aber jederzeit rein und frisches Wasser bekommen. Die Geschirre muß man alle Tage ausputzen und das Wasser nicht zwey, drey Tage darin stehen lassen. Hiernächst muß auch fleißige Aufsicht bey ihnen seyn, daß sie sich nicht zu Schanden beißen, oder wenn sonst einen etwas anficht, daß ihnen bald geholfen werde.

ACTAEON KYNOPHYLOS
Erziehung der Hunde

Der Erziehung der Hunde unterzieht sich nicht allein die Mutter, sondern auch menschlicher Verstand muß ihnen zustatten kommen. Die Hündin beweiset gegen ihre Jungen eine bewundernswürdige Sorgfalt, die von ihrer natürlichen Liebe ein Zeugnis ablegt, sie leckt, sie wärmt und vertheidigt sie, und trägt, falls eins davon wegkriecht, oder sie von ihnen vertrieben wird, sie an der Haut des Halses zurück oder weiter, und sie wendet alle ihre Kräfte und Schmeicheleyen an, um durch Selbstsäugung den Pflichten einer Mutter nachzukommen. Nichts desto weniger würde sie unter dieser Last erliegen müssen, wenn ihr nicht auf mannigfaltige Art menschliche Hülfe geleistet würde. Es werden daher nicht nur einige von den Hunden, wenn sie zu viel geworfen, weggenommen, wie wir bereits erwähnt haben: (man läßt diejenigen bey der Hündin, welche die muntersten und gesundesten sind, und weil sie Hunde edler Art, wegen der Muttermilch, die ihrer Natur recht angemessen ist, werden), sondern weil auch zu Befriedigung des Ueberrests die Milch der Hündin nicht zureichend ist, so muß man ihnen Kuhmilch, oder Milch mit Wasser vermischt, oder Brodt in Milch eingebrockt mit vorsetzen. Gar zu viel Futter ist ihnen höchst schädlich. Ein weiches Lager bedürfen sie, das vom genugsamen Stroh zubereitet ist, damit sie nicht so sehr frieren. Wenigstens müssen sie zween Monate bey der Hündin gelassen werden. Aber der längste Termin ist sechs Monat, da kann man sie von ihrer Mutter und den Tändeleyen, welchen sie sich bey ihr ergeben haben, entfernen, und sie zu ernsthaftern Geschäften angewöhnen. Man überlasse sie nicht so sehr dem Schlafe; denn weil sie von Natur hitzig sind, so wird durch den Schlaf die Hitze vermehrt, welche die üblen Feuchtigkeiten nach dem Magen hinleitet, und wodurch der Grund zu mancherley Krankheiten gelegt wird. Nach sechs Monaten, sagt Columella, soll man den Hund den Tag über an die Kette legen, und ihn bey der Nacht loslassen. Auch soll man diejenigen Hunde, deren gute und edle Rasse wir gern erhalten wollen, nicht durch fremde Hunde säugen lassen, weil die Muttermilch sowohl als auch die Gemüthsart der Hündin, sowohl das Wachsthum des Genies, als auch der Körpers vermehrt.

Wenn aber die Hündin nicht Milch genug hat, so ist ihnen die Ziegenmilch bis in den vierten Monat am zuträglichsten. Nicht gänzlich ist die Regel zu verwerfen, welche Nemesianus giebt, daß die Hunde bey der Mutter vom Frühling an bis zum Herbst mit Molken, Milch und Brodt und Milch aufgezogen werden sollen. Denn wenn man bey ihnen die Fettigkeit verhütet, und sie mit dünner Kost unterhält, damit eine gar zu sättigende und nährende Kost ihren weichen Gliedern nicht zur Last gereiche, weil davon die Bänder der Glieder schlaff werden, wenn sie aber sechs Monate alt geworden, so kann man ihnen derbere Speisen Brodt mit Milch, und schwarzes Brodt, und andere Nahrungsmittel geben. Doch hat man den Vorschlag des Varro auch zu befolgen, daß man jungen Hunden nebst Milch und Brodt auch Fleischbrühen auf Brodt giebt. Auch Knochen sind ihnen mit unter vorzuwerfen, weil der Genuß derselbigen ihrem Körper eine gewisse Festigkeit giebt und ihre Zähne schärft. Werden diese Knochen etwas zerstoßen, so ist es noch besser; die Zähne bekommen dadurch eine besondre Festigkeit, das Maul wird gelenker, die Kinnladen lernen sich anstrengen, die Backen dehnen sich besser aus, und der Geschmack von dem Mark macht sie muthiger und lebhafter. Allein, so einfach diese Erziehung der jungen Hunde ist, so glauben wir doch damit wenig Dank bey denjenigen zu verdienen, welche bey ihren Schooßhündchen andre, ausgesuchtere und vornehmere Vorschriften verlangen, und ihnen anstatt der gemeinen eine vornehme Erziehung angedeihen lassen wollen. Gleichwie aber die allzugroße Verzärtelung bey allen Thieren die Jungen schwächlich und ungesund macht, so erfährt man auch dieses leider an den Hunden. Indem wir also vornehmlich auf die Gesundheit dieser Thiere auch in ihrem zartesten Alter Rücksicht nehmen, so müssen wir mit Bestande der Wahrheit eine gar zu gekünstelte Diätetik mißbilligen, ja, wenn wir es mit den Augen einer gesunden Moral betrachten, so ist es sündlich und unverantwortlich, wenn man auf eine so ausgesuchte Art solche Thiere füttert, die mit den geringern Nahrungsmitteln ganz zuverläßig völlig zufrieden seyn würden. Jedweder vernünftige Mensch, der sich aus dem unvernünftigen und größten Theil der Menschen nichts macht, würde es billig tadeln, wenn man nach dem Beyspiel des Heliogaballi die Hunde mit gebratenen Gänselebern, die auf der Tafel für eine besondere Delicatesse gehalten werden, füttern wollte; und gleichwohl verfällt man auf andere und eben so große Thorheiten, indem man mit Kaffee, Zwieback, Torten, Hühnerfleisch und andern Speisen den Hunden aufwartet. Diese künstliche und vornehme Hundediätetik würden wir gern etwas weitläuftiger durchgehen, und sie unserm kritischen Urtheil unterwerfen, wenn wir auch dabey den gerechten Zorn der Patroninnen dieser Thiere zu befürchten haben sollten; allein wir müssen uns hiervon wegen der Beschaffenheit der Sache selbst ein Stillschweigen auflegen, da sich die Diätetik junger Hunde in vornehmen Häusern eben so sehr vervielfältigt hat, als wie die Gerichte mannigfaltiger Art sind, die auf die Tische aufgetragen werden. Wie viele Küchenzettel würden wir nicht durchlesen, wie viele eigne Beobachtungen würden wir nicht anstellen müssen, wenn wir auch nur etwas Mittelmaßiges hiervon aufsetzen wollten? Genug, die einfachste Erziehung ist die beste. Wenn man inzwischen zu sehr zusammengesetzte Nahrungsmittel giebt, und so sehr künstelt, so verläßt man nicht nur den Weg der Natur, sondern man macht aus den Hunden Piplinge und Sterblinge. Doch die Mode, diese grausame Tyrannin, welche so viel Menschen beherrscht, und unter ihrem Joch erhält, hat auch in Ansehung der Hunde gewisse Kunstgriffe ausgekundschaftet, vermöge welcher sie klein und geschlank bleiben, und sich dadurch in dem Wohlgefallen ihrer Patroninnen recht befestigen sollen. Weil nun diese Gewohnheiten mit der Skylakotrophie in einer sehr genauen Verbindung stehen, so sind wir verpflichtet ihrer hier zu gedenken. Wir wollen aber nur zwo der vornehmsten erwähnen.

Der Lieblingsgeschmack der Damen erstreckt sich fast überall auf kleine Hunde, und hier ist man darauf gefallen, durch die Kunst sie bey einer kleinen Statur zu erhalten. In dieser Absicht wäscht man sie äußerlich mit Branntwein oder Weingeist, und sucht ihnen auch mit dem Getränke denselbigen einzuflößen. Etwas kann dieses Mittel, äußerlich gebraucht, bewirken. Denn wegen seiner austrocknenden Kraft zieht er die Fasern der Haut und des Fleisches zusammen, und kann also in dieser Betrachtung das Wachsthum hindern; innerlich aber gegeben, vermehrt er die natürliche Hitze, welche die Säfte trockner und zäher macht, und auf diese Art trägt er ebenfalls zu dem Kleinbleiben das Seinige bey. Hierzu kommt noch, daß er den Magen zusammenzieht, und dadurch verursacht, daß die Hunde weniger fressen, und also auch weniger genährt werden, wobey natürlicher Weise der Körper klein bleiben muß. Doch treibt die Natur bisweilen nur mit der Kunst ihren Spott, indem, aller Vorsichtigkeit ungeachtet, der Zwerghund eine Riesengröße bekommt. Wir wollen indessen annehmen, daß man seine Absicht hierdurch völlig erreicht, so ist doch diese Art der Auferziehung deswegen nicht zu billigen, weil der Zwang, den man der Natur angelegt hat, üble Folgen nach sich zu ziehen pflegt. Der Hund bleibt zwar klein, aber er wird zugleich von üblen Säften beschwert, und kränkelt, und nur bey seinem kränklichen Zustande ist die Gunst seiner Patronin fähig, ihn schadlos zu halten und aufgeräumt zu machen. Hauptsächlich ist der Ohrenzwang, der diese Thierchen oft zu dem lautesten Schreyen bringt, die gewöhnlichste Wirkung. Hierbey bleibt es nicht, man hat noch ein andres Mittel in seiner Gewalt, wodurch man das Wachsthum hindert, indem man diesen guten Thierchen die Nahrung entzieht. Mir sind Fälle bekannt, daß in gewissen Häusern solche arme Thiere nur aller vier und zwanzig Stunden eine sehr magere und sparsame Mahlzeit bekommen, und dabey können sie freylich nicht zunehmen und fett werden. Wenn es die Mode so mit sich brächte, würde man gewiß auch Schnürleiber vor sie machen lassen, um recht schlanke Hunde zu bekommen. Der Mangel der Nahrung hindert folglich ihr Wachsthum, aber er macht auch ihre Gesundheit so schwächlich, daß jedes kühle Lüftchen ihn empfindlich ist, und daß sie von Vapeurs angefochten werden, so unglaublich es auch manchem unsrer Leser scheinen möchte. Besser wäre es, wenn man alle diese Künstleyen verließe.

BRÜDER GRIMM

Der alte Sultan

Es hatte ein Bauer einen treuen Hund, der Sultan hieß, der war alt geworden und hatte alle Zähne verloren, so daß er nichts mehr fest packen konnte. Zu einer Zeit stand der Bauer mit seiner Frau vor der Haustüre, und sprach »den alten Sultan schieß ich morgen tot, der ist zu nichts mehr nütze«. Die Frau, die Mitleid mit dem treuen Tiere hatte, antwortete »da er uns so lange Jahr gedient hat, und ehrlich bei uns gehalten, so könnten wir ihm wohl das Gnadenbrot geben«. »Ei was«, sagte der Mann, »du bist nicht recht gescheit, er hat keinen Zahn mehr im Maul, und kein Dieb fürchtet sich vor ihm, er kann jetzt abgehen. Hat er uns gedient, so hat er sein gutes Fressen dafür gekriegt.«

Der arme Hund, der nicht weit davon in der Sonne ausgestreckt lag, hatte alles mit angehört, und war traurig daß morgen sein letzter Tag sein sollte. Er hatte einen guten Freund, das war der Wolf, zu dem schlich er Abends hinaus in den Wald, und klagte über das Schicksal, das ihm bevorstände. »Höre, Gevatter«, sagte der Wolf, »sei guten Mutes, ich will dir aus deiner Not helfen. Ich habe etwas ausgedacht. Morgen in aller Frühe geht dein Herr mit seiner Frau ins Heu, und sie nehmen ihr kleines Kind mit, weil niemand im Hause zurückbleibt. Sie pflegen das Kind während der Arbeit hinter die Hecke in den Schatten zu legen: leg dich daneben, gleich als wolltest du es bewachen. Ich will dann aus dem Walde heraustraben und das Kind rauben, du mußt mir eifrig nachspringen als wolltest du mir es wieder abjagen. Ich lasse es fallen, und du bringst es den Eltern wieder zurück, die glauben dann du hättest es gerettet, und sind viel zu dankbar als daß sie dir ein Leid antun sollten: im Gegenteil, du kommst in völlige Gnade, und sie werden es dir an nichts mehr fehlen lassen.«

Der Anschlag gefiel dem Hund, und wie er ausgedacht war so wurde er auch ausgeführt. Der Bauer schrie als er den Wolf mit seinem Kinde durchs Feld laufen sah, als es aber der alte Sultan zurückbrachte, da war er froh, streichelte ihn, und sagte »dir soll kein Härchen gekrümmt werden, du sollst das Gnadenbrot essen, so lange du lebst«. Zu seiner Frau aber sprach er »geh gleich heim, und koche dem alten Sultan einen Weckbrei, den braucht er nicht zu beißen, und bring das Kopfkissen aus meinem Bette, das schenk ich ihm zu seinem Lager«. Von nun an hatte es der alte Sultan so gut als er sichs nur wünschen konnte. Bald hernach besuchte ihn der Wolf, und freute sich daß alles so wohl gelungen war. »Aber Gevatter«, sagte er, »du wirst doch ein Auge zudrücken, wenn ich bei Gelegenheit deinem Herrn ein fettes Schaf weghole. Es wird einem heutzutage schwer sich durchzuschlagen.« »Darauf rechne nicht«, antwortete der Hund, »meinem Herrn bleibe ich treu, das darf ich nicht zugeben.« Der Wolf meinte das wäre nicht im Ernste gesprochen, kam in der Nacht herangeschlichen, und wollte sich das Schaf holen. Aber der Bauer, dem der treue Sultan das Vorhaben des Wolfes verraten hatte, paßte ihm auf, und kämmte ihm mit dem Dreschflegel garstig die Haare. Der Wolf mußte ausreißen, schrie aber dem Hund zu »wart, du schlechter Geselle, dafür sollst du büßen«.

Am andern Morgen schickte der Wolf das Schwein,

und ließ den Hund hinaus in den Wald fordern, da wollten sie ihre Sache ausmachen. Der alte Sultan konnte keinen Beistand finden als eine Katze, die nur drei Beine hatte, und als sie zusammen hinaus gingen, humpelte die arme Katze daher, und streckte dabei vor Schmerz den Schwanz in die Höhe. Der Wolf und sein Beistand waren schon an Ort und Stelle, als sie aber ihren Gegner daher kommen sahen, meinten sie er führte einen Säbel mit sich, weil sie den aufgerichteten Schwanz der Katze dafür ansahen. Und wenn diese so auf drei Beinen hüpfte, dachten sie nicht anders, als höbe sie jedesmal einen Stein auf, und wollte damit auf sie werfen. Da ward ihnen beiden angst; das wilde Schwein verkroch sich ins Laub, und der Wolf sprang auf einen Baum. Der Hund und die Katze, als sie heran kamen, wunderten sich daß sich niemand sehen ließ. Das wilde Schwein aber hatte sich im Laub nicht ganz verstecken können, sondern die Ohren ragten noch heraus. Während die Katze sich bedächtig umschaute, zwinste das Schwein mit den Ohren: die Katze welche meinte es regte sich da eine Maus, sprang darauf zu, und biß herzhaft hinein. Da erhob sich das Schwein mit großem Geschrei, lief fort, und rief »dort auf dem Baum da sitzt der Schuldige«. Der Hund und die Katze schauten hinauf und erblickten den Wolf, der schämte sich daß er sich so furchtsam gezeigt hatte, und nahm von dem Hund den Frieden an.

CLEMENS BRENTANO

Das Hündchen Wackerlos

Der Apotheker Pinkepank erzählt, wie er mit seinen Wunderpillen einen scheintoten Hund gerettet hat.

Als ich einige Tage fortgezogen war, kam ich in einen Wald, da hörte ich ein Kind außerordentlich weinen; ich ging nach der Gegend hin, und da sah ich dasselbe kleine Mägdlein an der Erde sitzen und an einem großen Strumpfe stricken und immer dazu weinen. Ich trat näher und sah, daß es einen kleinen Hund im Schoße liegen hatte und bitterlich auf ihn niederweinte. ›Liebes Kind!‹ sagte ich, ›ach, die Mutter ist gewiß gestorben, weil du so weinst?‹ Da sprang aber das Mägdlein auf und sprach: ›Ach nein, lieber Herr Subject! die Mutter ist frisch und gesund von Seinen guten Pillen, und die Strümpfe für Ihn sind auch gleich fertig; ich habe Tag und Nacht gestrickt; sehe Er die schönen roten Zwicken‹ – und da breitete sie einen schönen fertigen Strumpf vor mir aus. ›Ziehe Er den nur gleich an; indes stricke ich den andern fertig.‹ Ich setzte mich hin, den Strumpf anzuziehen, und während ich meine Schuhe auszog und den Staub herausschüttelte, fragte ich: ›Aber, Kind! warum hast du denn so geweint?‹ Da fing die Kleine, die über meine Ankunft ihren Kummer vergessen hatte, wieder an zu weinen und sagte: ›Ach, lieber Herr Subject! ich wollte zu Ihm in die Stadt und wollte Ihm danken und Ihm die Strümpfe bringen, den einen wollt ich unterwegs fertig stricken; da nahm ich auch unser treues Hündchen Wackerlos mit, das krank war, und wollte Ihn bitten, Er solle dem Hündchen doch eine von seinen Pillen geben, ich wollte Ihm ein Paar Winterhandschuhe von Seidenhasenhaaren dafür stricken; ach, und denke Er sich, als ich bis hierher kam, wollte das treue Hündchen Wackerlos nicht mehr fort. Ich nahm es auf meinen Schoß und setzte mich hier hin, und da sah es mich traurig an und wedelte ein bißchen mit dem Schwanz und streckte sich; ach, und jetzt ist es still und ist tot. Ach! wäre Er nur eher gekommen, da hätte Er ihm vielleicht helfen können; aber jetzt geht es wohl nicht mehr?‹ Dabei sah mich das gute Mägdlein in großen Sorgen an; ich aber hatte den einen Strumpf schon angezogen und sprach: ›Wir wollen es versuchen, liebes Kind!‹ Da brachte sie mir das Hündlein Wackerlos geschwind herbei; ich nahm von meinen Kräutern und drückte ihm Saft davon in den Mund, da tat es die Augen auf; noch ein wenig Saft, da wedelte es ein bißchen mit dem Schwanz; noch ein wenig Saft, da leckte es mir die Hände und sprang an dem guten Mägdlein freudig in die Höhe, welches gar nicht aufhören wollte, mir zu danken. Aber schnell setzte es sich hin und strickte den Strumpf aus, während das Hündchen Wackerlos mir alle seine Künste vormachte: Apportieren, Suchverloren, Aufwarten, Bitten, Schildwachstehen, über den Stock Springen, wie spricht der Hund, Tanzen, sich totstellen, nach welchem letzten Kunststück das Hündchen immer zu mir kam und mir die Hände leckte, um mir zu danken, daß ich es lebendig gemacht. ›Nun bin ich fertig‹, sprach das Mägdlein und rief den Wackerlos, und der mußte mir den Strumpf bringen. Ich zog diesen Strumpf auch an, und diese Strümpfe stehen mir recht hübsch, an Sonn- und Feiertagen werdet ihr sie an meinen Beinen sehen. Darauf brachte mich das Mägdlein zu seiner Mutter, die mir nochmals sehr dankte; den andern Tag aber machte ich mich auf die Reise hieher und habe unterwegs noch einige Menschen lebendig gemacht mit meinem Kraut.

JEAN PAUL
Pudel Ponto

Ich habe dem Leser ein kleines Anhangskapitel über Jean Pauls Hund, einen weißen Pudel, Ponto genannt, versprochen, von dessen Geschick und Verständigkeit der Herr mich gleich bei meinem ersten Besuch mit einem gewissen freudigen Stolz Proben sehen ließ. Früher hatte Jean Paul einen Spitz gehabt, dessen Haar die Damen abschnitten, um es gelockt in Ringen und Medaillons zu tragen ... Ihn habe ich nicht mehr kennen gelernt und weiß von seinen letzten Schicksalen nichts; allein der muntere gelehrige Pudel Ponto ist mir treu im Gedächtnis geblieben. Er mischte sich sogleich zutraulich durch Knurren, Anspringen und Wedeln ins Gespräch und erhielt die ihm verständlichen Antworten durch allerlei Liebkosungen und freundliche Zurufe. »Ich beschäftige mich gern und viel mit Tieren und besonders mit Hunden«, sagte mir Jean Paul, indem er mir seinen Ponto gewissermaßen vorstellte; »sie sind viel verständiger und feiner organisiert, als man glaubt. Geben Sie nur acht, wie fein z.B. das Ohr dieses Tieres unterscheidet.« Er bot ihm darauf einen Bissen dar, mit dem Laut »va« (kurz gesprochen). Ponto rührte ihn nicht an. Der Herr sagte ebenso kurz »da«, und der Pudel schnappte vergnügt zu. »Es liegt nicht am Ton«, erklärte Jean Paul, »denn ich spreche eines so freundlich wie das andere, ja ich will das ›va‹ freundlich und das ›da‹ zurückweisend sprechen, der Hund wird sich nicht irren.« Und wirklich verschnappte sich Ponto im buchstäblichen Sinne des Worts auch nicht ein einziges Mal, wie vielfältig sein Herr auch mit dem ›da‹ und ›va‹ wechselte ...

Da mich das Spiel ergötzte, nahm der Herr plötzlich eine ernsthafte Miene an und sprach sanft verweisend: »Ponto! Was hast du angestellt?« Sogleich zog der arme Ponto, ein Sünder wider Willen (wie viele Menschen auch), den Schweif ein und kroch scheu, mit bestürzter Physiognomie unter den Ofen. »Dort bleibt er liegen, bis ich ihm Verzeihung angedeihen lasse«, sagte Jean Paul. Ich fragte, ob der Hund lange dabei ausharre; »stundenlang, halbe Tage«, war die Antwort. Wirklich blieb Ponto mit dem aufgenötigten bösen Gewissen unbeweglich und traurig hinter dem Ofen liegen, bis endlich der Herr die Worte der Amnestie sprach: »Es ist schon gut, komm nur her.« Da sprang der Begnadigte freudig bellend und knurrend hervor und wußte sich im Übermaß seines Glückes kaum zu fassen.

PETER SCHEITLIN
Hymne an den Pudel

Jeder Pudel ist eine förmlich ausgebildete, abgeschlossene, selbständige Psyche, von äußern Umständen theilweise unabhängig. Er hat Eigenheiten, Sonderbarkeiten, Unerklärbarkeiten, Originalitäten, Genialitäten. Ohne Anleitung ist er schon viel und wird er viel. Er lehrt sich selbst, ahmt den Menschen nach, drängt sich zum Lernen, liebt das Spiel, hat Launen, setzt sich etwas in den Kopf, will nichts lernen, thut dumm, empfindet Langeweile, will thätig seyn, ist neugierig, kennt die Mienen- und Augensprache u.s.w. Eigenwillig können einige allen Schmerz überwinden, andere nicht hassen, andere nicht lieben, einige können verzeihen, andere nie.

Sie können einander in Gefahren und zu Verrichtungen beistehen, zu Hülfe eilen, Mitleiden fühlen, lachen und weinen oder Thränen vergießen, vor Freude jauchzen, aus Liebe zum verlornen Herrn trauern, hungern, verhungern, alle Wunden für ihn verachten, den Menschen ihresgleichen weit vorziehen, und alle Begierden vor den Augen seines Herrn in Zügel halten oder schweigen machen. Ehrfühlig kann sich der Pudel schämen. Er kennt Raum und Zeit vortrefflich, kennt die Stimmen, kennt den Ton der Glocke, den Schritt seines Herrn, die Art wie er klingelt; kurz er ist ein halber, ein zweidrittel Mensch. Er benützt ja seinen Körper so gescheidt als der Mensch den seinigen und wendet seinen Verstand für seine Zwecke vollkommen an. Doch mangelt ihm der dritte Drittheil.

An ihm ist alles Psyche. Er macht nichts dumm, als wenn er selbst es will. In allen andern Hundarten ist noch mehr Trieb, in ihm mehr Intelligenz. Wie rast der Jagdhund der Jagd zu, wie tobt er keuchend, athemlos dem Gewilde nach! Wie wüthet die Dogge auf den Feind los, wie niederträchtig umrennt der Metzgerhund mit lechzender heraushängender Zunge und falschem Auge in halben Kreisen wie der Perpendikel einer Wanduhr mechanisch die vor ihm angstvoll trippelnden Kälber! Wie roh fällt er sie an, wenn sie sich auf die Seite verirren, wie gleichgültig ist er gegen den Schmerz derselben, der ihm erst noch wohl zu gefallen scheint. Wie stürzt der Hühnerhund auf Vögel, hingerissen von der Wuth sie zu erdrosseln! Nichts von allem diesem Unedeln, Unwürdigen, Schimpflichen im Pudel, wenn er nicht verzogen worden, wenn man ihn, sey es auch nur naturgemäß, seinem Genius überlassen hat. Der Pudel ist von Natur gut. Jeder schlechte ist durch Menschen schlecht gemacht worden.

Fassen wir das Wichtigste und Entscheidendste, das ihn auf seiner Höhe vollständig Charakterisirende, in folgende Angaben zusammen:

Der Pudel ist unter den Hunden am besten gebaut. Er hat die schönste Kopfform, den gewandtesten Leib, die schönste Gestalt, eine volle breite Brust, wohlgebaute Beine, ist nicht hoch und nicht niedrig, nicht lang und nicht kurz, und stellt sich am würdigsten dar. Schon körperlich ist er vorzugsweise zu allen Künsten geeignet. Tanzen kann er von selbst lernen, denn seine halbmenschliche Natur treibt ihn, sich an seinem Herrn aufzurichten, auf zwei Beine zu stellen, und aufrecht zu gehen. Bald genug merkt er, daß er es könne, und thut es sehr oft von selbst, wenn er will.

Sein Geschmackssinn ist fein, er unterscheidet zwischen Speisen sehr genau, er ist ein Leckermaul. Sein Geruchssinn ist berühmt. Man sagt, daß seine auseinander gefaltete Geruchshaut so groß sey, daß man damit seinen ganzen Körper überziehen könnte. Er kennt die Kleider seines Herrn durch den Geruchsinn, findet mit Hilfe desselben seine verlorne Spur. Gibt man ihm von einem verlornen Kinde einen Schuh und läßt ihn riechen, so kann er mit der Festhaltung des Eindrucks in seiner Psyche das verlorne Kind von selbst finden; hat er's gefunden, so kommt er freudig mit Bellen die Anzeige zu machen, zerrt an Röcken, läuft voran und zeigt den Weg. Kaum jemals täuscht er sich. Ihm ist der Geruch besonders, als Erkenntnißvermögen, angewiesen. Er fühlt auch fein, er ist für körperlichen Schmerz sehr empfindlich, er ist wehleidig. Die kleinste Gefahr vor dem Prügel macht ihn ängstlich, der kleinste Schmerz zwingt ihm, wie dem Kinde, einen Schrei ab. Sein Gehör ist vortrefflich. Von weitem kennt er die Stimme, unterscheidet sie auch sinnlich, kennt den Unterschied der Glocken und Klingeln sehr gut, kennt die Manier und den Ton des Schrittes seiner Hausgenossen. Aber sein Gesichtssinn ist zurückgeblieben, er sieht nicht wohl. Es ist unter den Thieren ebenfalls keinem gar Alles, sondern nur irgend einem das Meiste gegeben. Er kennt seinen Herrn nur, wenn er ziemlich nahe ist, und läßt sich bisweilen auch durch die Farbe der Kleidung, doch nur auf kurze Zeit, täuschen. Erkennt er nicht bald den Blick, das Gesicht seines Herrn, so doch augenblicklich seine Stimme!

Wir unterscheiden fürs Sinnliche Raum- oder Ort-, Zeit-, Farben- und Tonsinn. Der Ortsinn ist im Pudel vortrefflich. Wie die Katze findet auch er den Weg nach Hause Stunden und Tage weit her. Er läuft in der Stadt oder auf dem Lande willkürlich herum; er besucht, mit der Gewißheit zu finden, irgend ein Haus, in welchem er mit seinem Herrn sey es auch nur einmal gewesen, wenn ihm daselbst wohlgethan worden ist, und besucht Nachmittags die Häuser, vor welchen Knochen liegen, ganz regelmäßig. Darum kann er auch abgerichtet werden, Brod in der Bäckerei, Fleisch im Schlachthause zu holen. Auffallend ist sein Zeitsinn. Er kennt die Tage und merkt an den Vorbereitungen des Samstags, daß der Sonntag komme; er kennt, wie der hungrige Mensch, die Mittagsstunde, kennt auch die Schlachttage im Schlachthause, und läuft nur an solchen dahin. Eben sein Zeit- in Verbindung mit dem Gehörsinn macht ihm das Tanzen leicht möglich. Er hat Tact. So genau oder regelrecht jedoch, als der des Menschen, ist sein Tact nicht; es gibt aber auch viele Menschen, die aus Mangel an Zeitsinn nie Tact halten können.

Die Farben kennt er genau und unterscheidet die Dinge mit Hilfe derselben deutlich, doch ist sein Farbensinn noch völlig unästhetisch, und die Farbenharmonie ist sogar ihm noch völlig unbekannt. Ein Raphael ist ihm so gleichgültig als ein Schmierer. Sonderbar ist der Eindruck der Musik auf ihn. Manche Instrumente kann er wohl leiden, manche gar nicht. Er zieht sich zusammen, macht einen Buckel, zieht den Schwanz zwischen die Beine, nimmt die möglichst unästhetische Stellung an, und – heult. Man vermuthet, die Musik sey ihm peinigend. Hier aber treten schon Verschiedenheiten auf, indem der eine Pudel solches Manœuvre gar nicht, oder nur in sehr unbedeutendem Grade, oder nur bei Instrumenten macht, durch welche andere gar nicht agitirt werden. Es fragt sich, ob er nicht etwa auf seine Art accompagniren wolle. Zum Mitsingen ist er freilich nicht organisirt.

Der Pudel hat ein außerordentlich gutes scharfes Auffassungs- oder Wahrnehmungsvermögen. Nichts entgeht seinem Geruchs-, Gehörs-, und wenn es in seinem engen Kreise liegt, seinem Gesichtssinn. Darum schon heißt er gescheidt. Er ist ganz Beobachtungskunst (ars observandi) und taugt darin zu einem Naturforscher ganz außerordentlich. Wie paßt er aufs Wort seines Herrn! Wie faßt er den Stein, den sein Herr emporhält und den er werfen wird, ins Auge! Wie schaut er ihm durch die Luft nach und nimmt des heruntergefallenen Sprünge auf der Erde wahr! Wie schnell bemerkt er, daß sein Herr einen anderen Rock anziehe, den Hut nehme, den Stock ergreife! Wie guckt er ihn an, guckt ihm in die Augen, ob ihm diese erlauben mitzuspazieren? Wie rennt er, wenn ihm Erlaubniß zugewinkt ist, zur Thüre hinaus? Wie oft schaut er zurück, ob er komme oder nicht; wie gafft er auf dem Spaziergange immer rechts und links um sich; wie schnell hat er Katzen oder Vögel wahrgenommen? Wie läuft er immer voran, und auf die Seiten hinaus, voraus oder vorbeigänglich so viel als möglich zu sehen! Wie läuft er immer in die Häuser am Weg hinein und Treppen auf und ab, um Alles auszukundschaften. Er steht oft stille und schaut sich um; macht sein Herr nur Miene, einen andern Weg zu gehen, wie eilt er zurück! Ist er einen andern Weg gegangen, und hat er ihn aus den Augen verloren, so sucht er ihn auf Wegen, die er noch niemals gegangen! Er ist lauter Aufmerksamkeit mit dem Triebe zu finden oder Spürsinn für Menschen, Thiere und Sachen.

Erinnern wir uns erst noch seines treuen Gedächtnisses und seiner lebhaften Phantasie! Alles zusammen muß ihm viel Gescheidtheit geben. Jahrelang bleibt ihm die Form und Farbe seines Herrn in der Seele, jahrelang verliert er den Weg irgendwohin nicht aus ihr. Sein Gedächtniß ist so groß als sein Geruchsinn; dieses sind seine beiden größten Kräfte oder Erkenntnißvermögen. Man nennt den Hund oft schon wegen seines unterscheidenden Geruchsinnes gescheidt, wie viel mehr wird man ihn wegen seines treuen Gedächtnisses gescheidt nennen, da man ja im täglichen Leben jedes Kind mit großem Gedächtniß gescheidt nennt, und selbst einen dummen Gelehrten, d. h. Vielwisser, für gescheidt hält. Daß zur Aeußerung des Verstandes Gedächtniß, als Vermögen ihn hervorzuholen nöthig ist, versteht sich, weil ja eben diese dem Verstande den Stoff geben, ohne Stoff aber nichts ausgesprochen werden kann. Eben sein Gedächtniß mit Erinnerungs- und Einbildungskraft vermitteln in ihm den Gedanken an den Spaziergang und die Freude daran. Wie lebhaft ist sein Traum? Er knurrt und bellt und zankt im Traum, und wird von Hunden, gegen die er sich wehren muß, herumgezaust. Er beißt um sich. Ihm träumt allerdings nur Hündisches, nur Halbmenschliches. Dem Gartenwurm und Schmetterling träumt gewiß noch nicht. Ist er einmal angeleitet worden, den Sinn der Worte: hol mir die Pantoffeln – den Hut – den Stock; thue die Thüre zu!, stehe auf, lege dich! Wie spricht der Hund? u.s.w. zu verstehen, so vergißt er sie nimmer. Sieht er den Herrn die Stiefel ausziehen, so erinnert er sich, selbst wenn er durch Zwischen-Schicksale jahrelang von diesem Herrn getrennt gewesen wäre.

Hierin eben liegt seine Belehrbarkeit, doch bedarf er dazu auch Geduld, Gutmüthigkeit und Folgsamkeit. Er kann wirklich trommeln, Pistolen abschießen, an

Leitern heraufklettern, vereint mit einer Schaar anderer Hunde eine Höhe, die von einer andern Schaar vertheidigt wird, erstürmen, und mit Cameraden eine Komödie spielen lernen. Einer macht den Arzt, ein anderer den Patienten, beide gehen aufrecht, der Kranke streckt sich nieder, thut elend, der Arzt kommt und fühlt ihm auf den Puls; der Kranke stirbt, er liegt wie todt, der Arzt geht, kommt wieder, zieht ihn am Schwanze, er mukst nicht und bewegt sich nicht. Aufs Wort »der Henker kommt dich zu holen!« springt er wieder auf. Wir wissen, daß man auch nur Pferde und Elephanten, aber nur diese, Aehnliches und Gleiches lehren kann. Vermuthlich lernten es auch die gescheidtern Affen. Man kann es auch schon sehr kleine Kinder lehren. Wer hätte a priori geglaubt, daß man Thieren die Verstellung und Heuchelei lehren könne? Die untersten Thierarten können nicht getäuscht werden, die mittlern können getäuscht werden, die vollkommnern können täuschen. Mehrere können uns unwillkürlich durch ihre von uns nicht verstandenen Naturtriebe täuschen, die Pudel täuschen uns ohne Naturtrieb und Anweisung der Natur, rein nur durch ihre Intelligenz, durch ihren Willen, durch ihre Geschicklichkeit, d. h. durch ihren Herrn, dessen Intelligenz, Willen und Geschicklichkeit in ihre Psyche übergegangen ist. Eben solches Uebergehenmachen nennt man lehren, bilden, erziehen.

Zwei Dinge kommen noch dazu; des Pudels Nachahmungslust und sein Ehrgefühl, d. h. Eitelkeit. Immer schaut er seinen Herrn an, immer schaut er, was er thue, immer will er ihm zu Dienste stehen, er ist der rechte Augendiener. Er denkt wie ein Kind vom Vater, was dieser thue, sey recht, es müsse oder dürfe es ebenfalls thun. Nimmt der Herr eine Griffkegelkugel, so nimmt er zwischen seine Pfoten auch eine, will sie anbeißen, und plagt sich, wenn's ihm nicht gelingen will. Sucht er, mineralogisirend, Steine, so sucht auch er Steine. Gräbt der Herr irgendwo, so fängt auch er mit den Pfoten zu graben an. Tritt der Herr auf die Seite, ein Bedürfniß zu lösen, so eilt er herzu, das Gleiche zu thun. Sitzt der Herr am Fenster und schaut die Aussicht an, so springt auch er auf die Bank neben den Herrn, legt beide Tatzen aufs Gesimse und guckt, allerdings ziemlich gedankenlos, ebenfalls in die schöne Aussicht hinaus.

Der Pudel ist der geachtetste (aber nicht gefürchtetste) und geliebteste Hund, auch weil er der gutmüthigste ist. Kindern ist er ganz besonders lieb, weil er sich auf jede Weise necken, auf sich reiten, sich zupfen und zerren läßt, ohne nur zu knurren, zu beißen und ungeduldig zu werden. Wie gefräßig er ist und in seinem eigenen Hause stets die Küche sucht, und darin der Köchin gar bald gewogen wird, neidisch andern Hausthieren Alles hastig wegfrißt, nur damit sie es nicht haben, und wenn er auch wissen kann, daß er Alles wieder von sich geben müsse (denn der Neid thut auch ihm nicht wohl), fremde Häuser und Küchen aufsucht, auf der Straße Knochen sucht, auf den Miststätten stöbert, auf Tische springt, und aus Küchenkasten Wurst und Braten, seine Lieblingsspeisen, stiehlt, so kann man ihm doch Wurst und Braten tief aus seinem Rachen wieder hervorholen, was bei sehr wenig Hunden zulässig ist, denn nur wenige lassen sich das Fressen wegnehmen. Den, der ihn einmal geschoren, kennt er für sein ganzes Leben und schaut ihn drum an, wo er ihn antrifft. Kommt er nach Jahresfrist wieder ins Haus, um ihn wieder zu scheeren, so kennt er ihn augenblicklich und verbirgt sich. Er will nicht geschoren seyn. Aber seinen Mann kennend, läßt er sich willig aus dem Winkel und Dunkel hervorziehen, und fügt sich ohne Widerspruch in die Nothwendigkeit. Wird er von einem tollen Hunde gebissen, und kommt der Henker ihn zu holen, so merkt er augenblicklich, was ihm drohe. Er verbirgt sich, sein Auge wird sogleich trüb und erschrocken, doch wehrt er sich nicht, und ergibt sich. Es ist, wie wenn er sich durch eine geheime Gewalt gebunden fühle, und – er täuscht sich nicht. Den Todesstich oder Schlag empfängt er, wie das Pferd, mit ruhigem Herzen. Äußerst auffallend, geheimnißvoll und doch nicht unerklärbar ist beinahe aller Hunde schnelles Erkennen des Henkers. Wandert dieser durch ein Dorf, so rennen ihm alle Hunde wüthend nach und bellen ihn an, wenn auch noch kein einziger unter seinen Händen gewesen ist. Sie riechen an ihm ihren oder ihrer Cameraden Tod. Aller Geruch ist nichts als eine Art sympathetischer Ahnung. Träte aber der Henker in ihr Haus, so fürchten sie ihn alle. Wird der Hund einem Arzt übergeben, so unterzieht er sich der Cur sehr gutwillig, und wie der Orang merkt er sehr schnell, was ihm dienlich sey. Anfangs sträubt er sich wie ein Kind. So macht er's auch, wenn er sich einer Operation unterwerfen muß. Kein Thier erkennt so schnell die Meisterschaft des Menschen, daß er diesem gehorchen soll und müsse, und daß Gehorsam für ihn das Beste und Einzige sey.

Sehr artig ist zu sehen, wie er seinen Herrn sucht. Er

läuft mit gesenktem Kopfe die Straße lang, steht still, besinnt sich, kehrt wieder um, steht an einem andern Ende der Straße wieder still, denkt mehr als er schaut, beschreibt Diagonalen, um schneller irgendwo zu seyn, und kennt demnach das Medium oder Tertium wie ein Geometer. Artig zu sehen ist auch, wie er, wenn er auslaufen will und nicht soll, seinen Herrn überlisten will, wie er ihm zu entschleichen sucht, thut als ob er nicht fort wolle, wenn man ihn nicht anschaut, plötzlich den Reißaus nimmt, oder mit füchsischer, überhündischer List an der Wand ein Bein aufhebt, als ob er pissen müsse, damit man ihn sogar heraus jage, und wenn man ihn heraus jagt, augenblicklich, ohne irgendwo zu pissen, zum Schlachthause oder zu einer seiner Dirnen läuft, wenn man ihm aber nicht glaubt, endlich alle Hoffnung, entwischen zu können, aufgibt, mit vollkommner Resignation sich unter den Tisch legt, und das Pissen unterläßt und vergißt. Er hat vollkommen so wie ein Mensch gelogen.

Nicht selten verwundern sich Kinder, Landleute und andere Unwissende oder Nichtdenker über den Verstand des Pudels, unterscheiden zwischen dem, was er von sich aus thut, und was er eingelernt hat, nicht, und legen ihm menschliche Verstandesgeschicklichkeit bei. Wirklich nimmt es uns nicht Wunder, wenn sie sich täuschen, denn kein Mensch ist im Beobachten der Umstände geschickter, keiner schaut den Menschen achtsamer an, keiner bittet anständiger und ausdrucksvoller mit seinen Händen, keiner äußert seine Ungeduld, wenn man ihn nicht berücksichtigt, besser, keiner kann seinen Geruchsinn so in Verstand oder in den Schein des Verstandes verwandeln. Man kann seinen

Geruch und Verstand miteinander prüfen, wenn man, von ihm unbeobachtet, die eine innere Handfläche z. B. mit Eierkuchen reibt, und in die andere wirklich ein Stück Eierkuchen nimmt, die Hände zuschließt, und ihm beide Fäuste nebeneinander vor die Nase hält. Er riecht an beiden, ist eine Weile unschlüssig, und legt endlich, seiner Sache sicher, seine Pfote gar nett auf die Faust mit dem wirklichen Inhalt. Er prüft vorher sorgfältig, ehe er entscheidet; und er will sich nicht täuschen und auch nicht ausgelacht werden.

Mit Prügeln kann man den Pudel nichts lehren. Er wird nur ängstlich, verwirrt, thut's immer weniger, kann's, wie ein Kind, das weinend lernen muß, immer weniger, doch listig thut er auch bisweilen ganz dumm. Mit Gutem kann man ihn sogar ans Widrige gewöhnen, z. B. auf den Vorderfüßen zu gehen oder Branntwein zu trinken. Am liebsten ist ihm Fleisch, Wurst, Braten; Gemüse liebt er nicht, Brod läßt er liegen. Einzelne fressen gern Salat, Aepfel, Zucker, Eier. Aus einem Glase zu trinken, wollen sie lange nicht lernen. Es ist, als ob die Wasserscheu in ihrer Natur liege, und sie das wasserklare Glas einer Disposition wegen scheuen. Auffallend ist die Neigung einzelner zur Milch und zum Brode, noch auffallender die zum Kaffee. Mehrere Pudel werden und sind so recht eigentliche Kaffeefraubasen und ziehen ihn unbedingt allem Andern vor. Beim Früh- und Abendtrinken bringen sie schnell ihr Bechelchen herzu. Sonderbar ist auch, daß der Pudel, je gutmütiger und verständiger er ist, desto minder ein guter Hauswächter ist, desto minder auf den Menschen abgerichtet werden kann. Er liebt und schätzt alle Menschen.

LORD BYRON

Inschrift auf dem Denkmal eines Neufundländer-Hundes

Kehrt zu der Erd ein stolzer Menschensohn,
Ruhmlos, doch von Geburt aus mächtig schon,
Erschöpft des Bildners Kunst des Schmerzes Pracht,
Bis, wer hier ruht, ein stolzes Mal besagt;
Doch was er war, dies steht nicht auf dem Stein –
Nein, das nur, was er hätte sollen sein.
Der arme Hund jedoch, ein Freund so treu,
Der seinem Herrn doch steht so mutig bei,
Ihn stets zuerst bewillkommt und für ihn
Wacht, kämpft, lebt, atmet, duldend alle Mühn,
Stirbt, unbekannt sein Wert und ungeehrt,
Der Himmel seiner Seele selbst verwehrt,
Derweil der Mensch, der eitle Wurm, dort ein
Zu gehn gedenkt ausschließlich und allein.
O schwach Geschöpf der Stunde, Mensch! durch Macht
Verderbt, durch Sklaverei herabgebracht:
Wer recht dich kennt, sagt sich mit Ekel los
Von dir, belebten Staubes feilem Kloß;
Lust deine Liebe, deine Freundschaft Trug,
Dein Lächeln Heucheln, deine Rede Lug,
Feil von Natur, Mensch nur dem Namen nach,
Läßt jedes Tier erröten dich vor Schmach.
Zieht weiter, die ihr diese Urne seht,
Für keinen, den ihr ehret, hier erhöht;
Sie klagt um einen Freund, einst teuer mir –
Nur einen kannt ich: dieser lieget hier.

Newstead Abbey, 30. *November* 1808

ADELBERT VON CHAMISSO

Der Bettler und sein Hund

Drei Taler erlegen für meinen Hund!
So schlage das Wetter mich gleich in den Grund!
Was denken die Herrn von der Polizei?
Was soll nun wieder die Schinderei?

Ich bin ein alter, ein kranker Mann,
Der keinen Groschen verdienen kann;
Ich habe nicht Geld, ich habe nicht Brot,
Ich lebe ja nur von Hunger und Not.

Und wann ich erkrankt, und wann ich verarmt,
Wer hat sich da noch meiner erbarmt?
Wer hat, wann ich auf Gottes Welt
Allein mich fand, zu mir sich gesellt?

Wer hat mich geliebt, wann ich mich gehärmt?
Wer, wann ich fror, hat mich gewärmt?
Wer hat mit mir, wann ich hungrig gemurrt,
Getrost gehungert und nicht geknurrt?

Es geht zur Neige mit uns zwein,
Es muß, mein Tier, geschieden sein;
Du bist, wie ich, nun alt und krank,
Ich soll dich ersäufen, das ist der Dank!

Das ist der Dank, das ist der Lohn!
Dir geht's wie manchem Erdensohn.
Zum Teufel! ich war bei mancher Schlacht,
Den Henker hab ich noch nicht gemacht.

Das ist der Strick, das ist der Stein,
Das ist das Wasser, – es muß ja sein.
Komm her, du Köter, und sieh mich nicht an,
Noch nur ein Fußstoß, so ist es getan.

Wie er in die Schlinge den Hals ihm gesteckt,
Hat wedelnd der Hund die Hand ihm geleckt,
Da zog er die Schlinge sogleich zurück,
Und warf sie schnell um sein eigen Genick.

Und tat einen Fluch, gar schauderhaft,
Und raffte zusammen die letzte Kraft,
Und stürzt' in die Flut sich, die tönend stieg,
In Kreise sich zog und über ihm schwieg.

Wohl sprang der Hund zur Rettung hinzu,
Wohl heult' er die Schiffer aus ihrer Ruh,
Wohl zog er sie winselnd und zerrend her, –
Wie sie ihn fanden, da war er nicht mehr.

Er ward verscharret in stiller Stund,
Es folgt' ihm winselnd nur der Hund,
Der hat, wo den Leib die Erde deckt,
Sich hingestreckt und ist da verreckt.

E. T. A. HOFFMANN
Berganza II

Berganza, der sprechende Hund aus Cervantes' Novelle, erlebt bei E. T. A. Hoffmann weitere Abenteuer. Unter Tränen schildert er einem Schriftsteller, wie er seinen geliebten Herrn, den Musiker Johannes Kreisler, verlassen mußte, weil die Leute Kreisler für wahnsinnig und ihn für tollwütig hielten. Er findet eine neue, zärtliche Herrin, die er mit keinem anderen teilen will.

Ich. Wie, Berganza – deine Stimme stockt – ich sehe Tränen in deinen Augen? – Kannst du denn weinen? – Hast du uns das abgelernt, oder ist dir dieser Ausdruck des Schmerzes natürlich?

Berganza. Ich danke dir. Du hast so zu rechter Zeit meine Erzählung unterbrochen; gemildert ist der Eindruck der gräßlichen Szene, und ehe ich fortfahre, kann ich dir etwas von der Natur meiner lieben Brüder sagen, das du gut tätest, dir recht wohl zu merken. – Hast du denn noch nie einen Hund weinen gesehen? – Allerdings hat die Natur so wie euch auch uns mit eigner Ironie gezwungen, in dem feuchten Element des Wassers den Ausdruck der Rührung und des Schmerzes zu suchen, wogegen sie uns die Erschütterung des Zwerchfells, wodurch die närrischen Laute entstehen, welche ihr Lachen nennt, ganz versagt hat. Das Lachen muß daher wohl rein menschlicher sein als das Weinen. Aber gütig sind wir für euer Lachen durch einen besondern Organismus entschädigt, der *den* Teil unseres Körpers beseelt, welchen euch die Natur ganz versagt, oder, weil, wie manche Physiologen behaupten, ihr ihn, seine Zierde verkennend und verschmähend, beständig eigenmächtig weggeworfen habt, euch zuletzt entzogen hat. – Ich meine nichts anderes, als dasjenige hundertfach modifizierte Hin- und Herbewegen unseres Schweifes, wodurch wir alle Nuancen unseres Wohlgefallens von der leisesten Rührung der Lust bis zur ausgelassensten Freude zu bezeichnen wissen, und welches ihr schlecht genug: wedeln nennt. Adel der Seele – Hoheit – Stärke – Anmut und Grazie sprechen sich bei uns aus in dem Tragen des Schweifes, und sehr schön liegt auch daher in diesem Teil der Ausdruck unseres innern Wohlbefindens, sowie in dem gänzlichen Verstecken, Einklemmen desselben der Ausdruck der höchsten Angst, der qualvollsten Trauer – doch laß uns zu meinem gräßlichen Abenteuer zurückkehren. –

Ich. Deine Reflexion über dich und dein Geschlecht, lieber Berganza, zeugt von deinem philosophischen Geiste, und so lasse ich's mir wohl gefallen, daß du zuweilen die Geschichte unterbrichst.

Berganza. Immer mehr hoffe ich dich von dem Adel meines Geschlechts zu überzeugen. Ist dir nicht die den Katzen eigne Bewegung des Schweifes von jeher ängstlich, ja unerträglich gewesen? Liegt nicht in diesen gewundenen, spiralförmigen Drehungen der Ausdruck der verstellten Freundlichkeit, des versteckten tückischen Hohns, des verbissenen Hasses? – Und dagegen – mit welcher offenen Biederkeit, mit welchem unverstellten Frohsinn wedeln wir! – Bedenke das, mein Lieber, und schätze Hunde! –

*

Berganza. Als ich nun so traurig und in mich gekehrt die Straße herablief, kam ein Trupp Menschen auf mich zu, von denen einige riefen: »Greift den schwarzen Hund – greift ihn! – er ist toll, er ist gewiß toll!« Ich glaubte meines Johannes Widersacher zu erkennen, und da ich voraussehen konnte, daß ich trotz meines Mutes, trotz meiner Geschicklichkeit würde erliegen müssen, sprang ich rasch um die Ecke in ein ansehnliches Haus, dessen Tür gerade offen stand. Alles verkündete Reichtum und Geschmack; die breite lichte Treppe war schön gebohnert; kaum die Stufen mit meinen schmutzigen Tatzen berührend, war ich in drei Sprüngen oben und kauerte mich in einem Ofenwinkel eng zusammen. Nicht lange darauf hörte ich lustiges Kindergeschrei auf dem Flur und die holde Stimme eines schon erwachsenen Mädchens: »Lisette! vergiß nicht die Vögel zu füttern, meinem Seidenhäschen gebe ich schon selbst etwas!« – Da war es, als triebe mich eine geheime unwiderstehliche Gewalt hervor. Ich trat demnach mich krümmend und schwänzelnd in der demütigsten Stellung, die mir zu Gebote steht, heraus, und siehe da – ein gar herrliches Mädchen von höchstens sechzehn Jahren, mit einem muntern goldlockigen Knaben an der Hand, ging gerade über den Hausflur. – Trotz meiner demütigen Stellung erregte ich doch, wie ich es gefürchtet hatte, keinen geringen Schreck. – Das Mädchen schrie laut auf: »Was für ein häßlicher Hund, wie kommt der große Hund hieher!« – drückte den Knaben an sich und schien fliehen zu wollen. Da kroch ich zu ihr hin, und mich zu ihren Füßen schmiegend, winselte ich leise und wehmütig. »Armer Hund, was fehlt dir«, sprach nun das holde Mädchen und streichelte mich mit der kleinen weißen Hand. Nun wußte ich nach und nach mein Vergnügen zu steigern, so daß ich zuletzt meine zierlichsten Sprünge versuchte. Das Mädchen lachte, und der Knabe jauchzte und hüpfte vor Freude. Bald äußerte er, wie Knaben gemeinhin zu tun pflegen, die Lust, auf mir zu reiten; die Schwester wehrte es ihm, ich drückte mich aber an den Boden und lud ihn selbst durch allerlei lustiges Knurren und Schnupfen zum Aufsteigen ein. – Endlich ließ ihm die Schwester seinen Willen, und kaum saß er auf meinem Rücken, so erhob ich mich langsam, und indem ihn die Schwester in gar anmutiger Stellung mit einer Hand hielt, ging es erst im Schritt, dann in kleinen Courbetten den Hausplatz auf und ab. – Noch mehr als vorhin jauchzte und jubelte der Knabe, noch herzlicher lachte die Schwester. Da trat noch ein Mädchen heraus, sie schlug die kleinen Hände zusammen, als sie die Reiterei sah, aber alsbald lief sie heran und hielt den Knaben bei dem andern Arm. Nun durfte ich größere Sprünge wagen, nun ging es vorwärts im kurzen Galopp, und wenn ich prustend und kopfschüttelnd es dem schönsten arabischen Hengste gleich tat, da schrien die Kinder auf vor Freude. Bediente, Mägde kamen Treppe herauf, Treppe herunter – die Küchentür öffnete sich, der stattlichen Köchin entsank die kupferne Kasserolle und fiel klirrend auf den steinernen Boden, da sie die glutroten Fäuste in die Seite stemmte, um das Schauspiel recht herzlich zu belachen. – Immer größer wurde das schaulustige Publikum, immer lauter der Jubel; von dem schallenden Gelächter erdröhnten Wände, Decke und Boden, wenn ich als ein wahrer Pagliasso irgendeinen närrischen Bockssprung ausführte. – Plötzlich blieb ich stehen, man hielt mich für müde, aber als man den Knaben heruntergehoben, sprang ich hoch auf und legte mich dann schmeichelnd zu des braunlockigen Mädchens Füßen. – »Wahrhaftig«, sprach schmunzelnd die dicke Köchin, »wahrhaftig, Fräulein Cäcilia, es ist, als wollte der Hund sie zum Aufsitzen nötigen.« Da fiel der Chor der Bedienten, der Zofen, der Mägde ein: »Ja, ja! – ei, der kluge Hund! – der kluge Hund!« Eine leise Röte überflog Cäciliens Wangen, in dem blauen Auge brannte die Begier nach der kindischen Lust – soll ich – soll ich nicht, schien sie zu fragen, indem sie, den Finger an den Mund gelegt, mich freundlich anblickte. – Bald saß sie auf meinem Rücken; nun ging ich, stolz auf meine holde Last, den Paßgang des Zelters, der die Königin zum Turnier trägt, und indem vorwärts, rückwärts, seitwärts sich der versammelte Troß anreihte, ging es wie ein Triumphaufzug den langen Flur hinauf, hinab! – Plötzlich trat eine große stattliche Frau von mittleren Jahren aus der Ture des Vorzimmers und sprach, indem sie meine schöne Reiterin scharf fixierte: »Seht mir die tollen Kinderpossen!« Cäcilia verließ meinen Rücken und wußte so kindlich bittend mein unvermutetes Einfinden, mein gutes Temperament, mein neckisches Wesen darzustellen, daß endlich die Mutter zum Hausknecht sagte: »Gebt dem Hunde zu fressen, und wenn er sich an das Haus gewöhnt, so mag er hier bleiben und des Nachts Wache halten.«

*

Berganza. Cäcilia hatte noch nie geliebt, jetzt nahm sie die gereizte Sinnlichkeit für jenes hohe Gefühl selbst, und konnte das siedende Blut jenen göttlichen Funken, der sonst in ihrer Brust brannte, auch nicht verlöschen, so glimmte er doch nur mühsam fort und konnte nicht mehr zur reinen Flamme auflodern. – Kurz, die Heirat wurde vollzogen:

Ich. Aber deine Katastrophe, lieber Berganza –

Berganza. Die ist nun, nachdem das Wichtigste vorüber, mit wenigen Worten bald erzählt. Du kannst denken, wie ich den Georg haßte. Er durfte in meiner Gegenwart seine ekelhaften Liebkosungen nur bis zu einem gewissen Grade steigern, gewisse ihm ganz eigne Zärtlichkeiten störte ich augenblicklich durch gewaltiges Knurren, und Georgs Versuch, mich einmal mit einer Ohrfeige zur Ruhe zu verweisen, bestrafte ich mit einem tüchtigen Biß nach der Wade, die ich ausgerissen hätte, wenn es möglich gewesen wäre, etwas anderes zu fassen als den festen Knochen. Da stieß das Männlein einen Schrei aus, der bis in das dritte Zimmer nachgellte, und schwur mir den Tod. Cäcilia behielt mich dessenunerachtet lieb; sie bat für mich, aber mich mitzunehmen, so wie sie es im Sinne hatte, daran war nicht zu denken, alles war dagegen, weil ich nach des Bräutigams Wade geschnappt, wiewohl der unentschiedene Charakter, der noch zuweilen ins Haus kam, keck behauptete, Georgs Wade sei eine Negation, ein Non-Ens, die Sünde dagegen daher unmöglich, in Nichts könne man nicht hineinbeißen u. s. w. Ich sollte bei Madame bleiben. Welch ein trauriges Verhängnis! Am Hochzeitstage spät abends machte ich mich heimlich davon; als ich aber bei Georgs hell erleuchtetem Hause vorüberkam und die Haustür weit geöffnet sah, konnte ich der Versuchung nicht widerstehen, von Cäcilien, koste es, was es wolle, noch einmal ganz nach meiner alten Art Abschied zu nehmen. Ich schlich mich daher mit den hineinströmenden Gästen die Treppe hinauf, und mein Glücksstern ließ mich die freundliche Lisette, Cäciliens Kammermädchen, finden, die mich in ihr Stübchen lockte, wo mir bald ein stattliches Stück Braten entgegendampfte. Ich fraß im Zorn und Grimm, und um mich zu der mir wahrscheinlich bevorstehenden weiten Reise recht zu stärken, alles hinein, was sie mir gegeben, und schlich dann in den erleuchteten Korridor. In dem Gedränge der auf- und abtreibenden Bedienten, der Zuschauer, die sich eingefunden, bemerkte mich niemand. Ich schnupperte und spürte bedächtig umher, und mein feines Organ verriet mir Cäciliens Nähe; eine halbgeöffnete Tür erlaubte mir den Eingang, und eben in dem Augenblick kam Cäcilia im prächtigen Brautputz mit einem Paar Freundinnen aus einem Nebenzimmer. Unklug wäre es gewesen, sich jetzt schon zu zeigen, ich drückte mich daher in die Ecke und ließ sie vorüber. Kaum war ich allein, als ein süßer Duft, der aus dem Nebenzimmer strömte, mich hinanlockte. Ich schlüpfte hinein und befand mich in dem herrlich geputzten duftenden Brautgemach. Eine Alabasterlampe warf ihr mildes Licht auf die Gegenstände umher, und ich erblickte Cäciliens zierliche, mit Spitzen reich besetzte Nachtkleider, die auf dem Sofa ausgebreitet lagen. Nicht umhin konnte ich, sie mit Wohlgefallen zu beschnüffeln; indem hörte ich hastige Schritte in dem Nebenzimmer und eilte, mich in einem Winkel neben dem

Brautbette zu verstecken. Cäcilia trat erhitzt hinein, Lisette folgte ihr, und in wenigen Minuten war das reiche Gewand mit dem einfachen Nachtkleide vertauscht. – Wie schön sie war! – Ich kroch leise winselnd hervor! – »Was, du da, mein treuer Hund?« rief sie, und meine plötzliche Erscheinung in dieser Stunde schien auf eine ganz eigne gespenstische Weise sie anzuregen, denn eine plötzliche Blässe überflog ihr Gesicht, und die Hand nach mir ausstreckend, schien sie sich überzeugen zu wollen, ob ich denn wirklich da oder ob ich nur ein Phantom sei. Seltsame Ahnungen mußten sie durchdringen, denn Tränen stürzten ihr aus den Augen, und sie sagte: »Geh! geh! treuer Hund, nun muß ich alles verlassen, was mir bisher lieb war, weil ich *ihn* habe, ach, sie sagen ja, er wird mir alles ersetzen; er ist auch wirklich ein recht guter Mann, er meint es gut, wenn auch bisweilen – doch ich versteh' es ja nicht – nun geh, geh!« – Lisette öffnete die Tür, ich kroch aber unter das Bett, Lisette sagte nichts, und Cäcilia hatte es nicht bemerkt. – Sie war allein und mußte bald dem ungeduldigen Bräutigam die Tür öffnen; er schien berauscht, denn er ergoß sich in den pöbelhaftesten Zoten und mißhandelte die zarte Braut mit seinen plumpen Liebkosungen. Wie er nun so schamlos mit der nie zu befriedigenden Begier des entnervten Lüstlings die geheimsten Reize des keuschen Mädchens enthüllte, wie sie, dem Opferlamm gleich, still weinend unter seinen rohen Fäusten litt, das machte mich schon toll, – ich murrte unwillkürlich, aber niemand hörte es. – Nun nahm er Cäcilien in seine Arme und wollte sie ins Bett tragen, aber der Wein wirkte immer mehr, und er taumelte mit ihr gegen den Bettpfosten, der sie an den Kopf traf, daß sie aufschrie. Sie riß sich aus seinen Armen und stürzte sich ins Bett. »Liebchen, bin ich besoffen? – sei nicht böse, Liebchen«, stammelte er mit lallender Zunge, indem er seinen Schlafrock herunterriß und ihr nachwollte. Aber im jähen Schreck über die entsetzliche Mißhandlung des elenden Schwächlings, der in der keuschen, engelreinen Braut nur das feile Freudenmädchen sah, schrie sie auf in schneidendem Jammer: »Ich Unglückselige, wer schützt mich vor diesem Menschen!« Da sprang ich wütend hervor aufs Bett, packte mit einem kräftigen Biß den dürren Schenkel des Elenden und riß ihn über den Boden des Zimmers zur Tür, die ich, mich mit voller Gewalt andrängend, aufsprengte, hinaus auf den Flur. Indem ich ihn zerfleischte, daß er blutbedeckt dalag, raste er vor Schmerz, und die fürchterlichen hohlen Töne, die er ausstieß, weckten das ganze Haus. Bald wurde es lebendig – Bediente – Mägde rannten die Treppe herab mit Ofengabeln – Schaufeln – Prügeln bewaffnet, aber mit stummem starren Entsetzen betrachteten sie die Szene, keiner wagte sich mir näher, denn sie hielten mich für toll und fürchteten meinen verderblichen Biß. Unterdessen stöhnte und ächzte halb ohnmächtig Georg unter meinen Bissen und Tritten, ich konnte nicht von ihm ablassen. Da flogen Prügel, Geschirre nach mir, krachend zersplitterten die Fenster – Gläser, Teller, noch vom gestrigen Schmause stehen geblieben, stürzten zertrümmert von den Tischen, aber mich traf kein wohlgezielter Wurf. Der lange verhaltene Grimm machte mich mordsüchtig; ich war im Begriff, meinen Feind bei der Kehle zu packen und ihm den Garaus zu machen, da sprang einer mit einem Gewehr aus dem

Zimmer, das er sogleich auf mich abdrückte, die Kugel sauste mir dicht bei den Ohren vorbei. Ich ließ den Feind ohnmächtig liegen und setzte die Treppe hinab. Wie das wütende Heer kam mir nun der dicke Haufe nachgetrappelt. – Meine Flucht gab ihnen Mut. – Aufs neue flogen Besen – Prügel – Ziegelsteine mir nach, von denen mich einige hart genug trafen. Nun war es Zeit, sich aus dem Staube zu machen; ich stürzte mich auf die Hintertür, sie war zum Glück nur angelehnt, und im Augenblick befand ich mich in dem weitläufigen Garten. Schon tobte mir der Haufe nach – der Schuß hatte die Nachbarn geweckt – »ein toller Hund, ein toller Hund!« erscholl es überall; nach mir geworfene Steine sausten durch die Luft, da gelang es mir nach drei vergeblichen Sprüngen, endlich, über die Mauer zu setzen, und nun rannte ich unaufhaltsam fort durch das Feld.

WILHELM HAUFF
Herzog Ulrichs Hund

1519 *wird der württembergische Herzog Ulrich von seinen Gegnern aus Stuttgart vertrieben. Er versteckt sich in einer Höhle. Auf der Burg Lichtenstein bespricht der Junker Georg, der Ulrich unterstützt, mit der Ritterstochter Marie die Lage, als plötzlich die Dogge des Herzogs das Zimmer betritt.*

Sie sprach noch, als die Türe aufsprang und eine Dogge von ungeheurer Größe hereinstürzte. Georg fuhr unwillkürlich auf, denn einen Hund von solcher Größe und Stärke hatte er nie gesehen. Der Hund stellte sich ihm gegenüber, schaute ihn mit rollenden Augen an und fing an zu murren. Es tönte aus seiner breiten Brust herauf dumpf und hohl wie ein nahender Sturm, und die wohlgeordnete Reihe scharfer Zähne, die er vorwies, zeigten ihn als einen Kämpfer, dessen Zorn man nicht reizen dürfe. Ein Wort von Marie reichte hin, ihn ruhig und besänftigt zu ihren Füßen zu legen. Sie streichelte seinen schönen Kopf, aus welchem die klugen Augen noch immer bald nach ihr, bald nach dem Junker spähten. »Er hat Menschenverstand!« sagte sie lächelnd. »Er kommt, um mich zu warnen, daß ich den Mann in der Höhle nicht verraten soll.«

»Ein herrlicher Hund, wie ich nie einen gesehen! Wie er den Kopf so stolz aus dem goldenen Halsband hervorträgt, als gehöre er einem Kaiser oder König!«

»Er gehört ihm, dem Vertriebenen«, erwiderte Marie, »und weil ich auf dem Sprung war, den Namen seines Herrn zu nennen, kam er mich zu warnen.«

»Warum aber führt der Ritter seinen Hetzer nicht mit sich? Wahrlich, ein Arm wie der seine, unterstützt von einem solchen Tier, darf sechs Mörder nicht fürchten.«

»Das Tier ist wachsam«, antwortete sie, »aber wild, wenn er es in der Höhle unten hätte, so hätte er zwar einen sicheren Schutz; wie aber, wenn durch Zufall ein Mensch in jene Höhle käme? Sie ist so groß, daß man den Mann nicht darin ahnen kann, aber die Dogge würde ihn verraten. Sie würde knurren und anschlagen, sobald sie Tritte hörte, und sein Aufenthalt wäre entdeckt. Darum hat er ihm befohlen, als er wegging, hierzubleiben, er versteht dies Gebot und ich sorge für ihn. Er hat ordentlich das Heimweh nach seinem Herrn, und die Freude solltest du sehen, wenn es Nacht wird; er weiß, daß dann sein Herr bald ins Schloß kommt, und wenn die Zugbrücke niederfällt und die Schritte des Mannes auf dem Hofe tönen, da ist er nicht mehr zu halten, er würde sechsfache Ketten zerreißen, um bei ihm zu sein.«

»Ein schönes Bild der Treue! doch ein schöneres noch ist der Mann, dem dieser Hund gehört. Hing er doch ebenso treu an seinem Herrn, und ließ sich verbannen und ins Elend jagen; es ist töricht von mir«, setzte Georg hinzu, »ich weiß, Neugierde steht einem Mann nicht an, aber wissen möchte ich, wer er ist?«

»So gedulde dich doch, bis es Nacht wird! Wenn der Mann kommt, will ich ihn fragen, ob du es wissen darfst; ich zweifle nicht, er wird es erlauben.«

»Es ist noch lange bis dahin, und jeden Augenblick muß ich an ihn denken; wenn du mir es nicht sagst, so muß ich mich an den Hund wenden, vielleicht ist er gütiger als du.«

»Versuche es immer«, rief Marie lächelnd, »wenn er sprechen kann, so soll er es nur gestehen.«

»Hör einmal, du ungeheurer Geselle«, wandte sich Georg zu dem Hund, der ihn aufmerksam ansah, »sage mir, wie heißt dein Herr?«

Der Hund richtete sich stolz auf, riß den weiten Rachen auf und brüllte in schrecklichen Tönen »U-u-u!«

Marie errötete. »Laß doch die Possen«, sagte sie, und rief den Hund zu sich, »wer wird mit Hunden sprechen, wenn man in menschlicher Gesellschaft ist!«

Georg schien nicht darauf zu hören. »›U!‹ hat er gesagt, der gute Hund? Der ist darauf geschult, ich wollte alles wetten! Es ist nicht das erste Mal, daß man ihn fragt: wie heißt dein Herr?«

Kaum hatte Georg die letzten Worte gesprochen, so fing der Hund mit noch greulicheren Tönen als vorher, sein U-u-u! zu heulen an. Aufs neue errötete Marie, sie hieß beinahe unwillig den Hund schweigen, er legte sich ruhig zu ihren Füßen.

»Da haben wir's«, rief Georg lachend, »der Herr heißt U! und fing das sonderbare Wort auf dem Ringe, den mir der Ritter gab, nicht auch mit U an? Ungeheuer! heißt dein Herr vielleicht Uffenheim? oder Uxküll? oder Ulm? oder vielleicht gar –«

»Unsinn! der Hund hat gar keinen anderen Laut als U, wie magst du dir nur Mühe geben, daraus etwas zu folgern; doch hier kommt der Vater den Berg herauf, willst du, daß es ihm verborgen bleibe, so nimm dich zusammen und verrate dich nicht. Ich gehe jetzt, denn es ist nicht gut, wenn er uns beisammen antrifft.«

Georg gelobte es; er umarmte noch einmal die Geliebte und versah sich von ihrem süßen Mund auf viele Stunden, um wenigstens an der Erinnerung sich zu erfreuen, wenn die Gegenwart des Vaters jede zärtlichere Annäherung unmöglich machte. Der Hund des Herrn U sah verwundert auf die liebliche Gruppe; doch, sei es, daß er wirklich Menschenverstand hatte, oder daß er bei seinem Herrn schon Ähnliches erlebt hatte und einsah, daß der Junker das Fräulein nicht umbringen wolle, er machte keine Miene, seiner Dame zu Hülfe zu kommen, und erst der Hufschlag, der von der Brücke heraufscholl, schreckte die Errötende aus den Armen des glücklichen Jünglings.

FRIEDRICH HEBBEL

Schau ich in die tiefste Ferne

Schau ich in die tiefste Ferne
Meiner Kinderzeit hinab,
Steigt mit Vater und mit Mutter
Auch ein Hund aus seinem Grab.

Fröhlich kommt er hergesprungen,
Frischen Muts den Staub der Gruft,
Wie so oft den Sand der Straße,
Von sich schüttelnd in der Luft.

Mit den treuen braunen Augen
Blickt er wieder auf zu mir,
Und er scheint, wie einst, zu mahnen:
Geh doch nur, ich folge dir!

Denn in unsrem Hause fehlte
Es an Dienern ganz und gar.
Doch die Mutter ließ mich laufen,
Wenn er mir zur Seite war.

Besser gab auch keine Amme
Je auf ihren Schützling acht,
Und er hatte schärfre Waffen
Und gebrauchte sie mit Macht.

Seine eignen Kameraden
Hielt er mit den Zähnen fern,
Und des Nachbars Katze ehrte
Ihn von selbst als ihren Herrn.

Doch, wenn ich dem alten Brunnen
Spielend nahte hinterm Haus,
Bellte er mit heller Stimme
Meine Mutter gleich heraus.

Er erhielt von jedem Bissen
Seinen Teil, den ich bekam,
Und er war mir so ergeben,
Daß er selbst die Kirschen nahm.

Wie die beiden Dioskuren
Brachten wir die Tage hin,
Einer durch den andern glücklich,
Jede Stunde ein Gewinn.

Macht ich nicht auch halb vom Tode
Meinen treuen Pollux frei,
Ließ ichs nur, weil ich nicht ahnte,
Daß ich selbst der Kastor sei.

Aber allzu bald nur trübte
Uns der heitre Himmel sich,
Denn er hatte einen Fehler,
Diesen, daß er wuchs, wie ich.

Und an ihm erschien als Sünde,
Was an mir als Tugend galt,
Da man mich ums Wachsen lobte,
Aber ihn ums Wachsen schalt.

Immer größer ward der Hunger,
Immer kleiner ward das Brot,
Und der eine konnte essen,
Was die Mutter beiden bot.

Als ich eines Morgens fragte,
Sagte man, er wäre fort
Und entlaufen, wie mein Hase,
Doch das war ein falsches Wort.

Noch denselben Abend kehrte
Er zu seinem Freund zurück,
Den zerbißnen Strick am Halse,
Doch das war ein kurzes Glück.

Denn, obgleich er mit ins Bette
Durfte, ach, ich bat so sehr,
War er morgens doch verschwunden,
Und ich sah ihn niemals mehr.

Ward er an die Eisenkette
jetzt gelegt von seinem Herrn,
Oder fiel sein Los noch härter,
Weiß ich nicht, doch blieb er fern!

Blick ich in die tiefste Ferne
Meiner Kinderzeit hinab,
Steigt mit Vater und mit Mutter
Auch ein Hund aus seinem Grab.

ADALBERT STIFTER
Der arme, liebe Spitz

Der junge Victor begibt sich auf eine Reise zu seinem Onkel, um fern der Heimat selbständig zu werden. Er bleibt nicht lange allein.

Und noch größer und noch glänzender wurde die Welt, die tausend jubelnden Wesen waren überall, und Victor schritt von Berg zu Berg, von Tal zu Tal, den großen kindischen Schmerz im Herzen und die frischen, staunenden Augen im Haupte tragend. Jeder Tag, den er ferne von der Heimat zubrachte, machte ihn fester und tüchtiger. Die unermeßliche Öde der Luft strich durch seine braunen Locken; die weißen, wie Schnee glänzenden Wolken bauten sich hier auf, wie sie sich in seinem mütterlichen Tale aufgebaut hatten; seine schönen Wangen waren bereits dunkler gefärbt, das Ränzlein trug er auf seinem Rücken und den Reisestab in der Hand. Das einzige Wesen, das ihn an die Heimat band, war der alte Spitz, der furchtbar abgemagert neben ihm her lief. Am dritten Tage nach der Abreise war er ihm nämlich unvermutet und unbegreiflich nachgekommen. Victor ging eben in sehr früher Morgenstunde auf einem kühlen, breiten, feuchten Landwege durch einen Wald empor, als er umschauend, wie er es öfter zu tun pflegte, um sich an den Blitzen der nassen Tannen zu ergötzen, ein Ding gewahrte, das sich eilfertig gegen ihn heran bewegte. Aber wie staunte er, als die dunkle Kugel näher gekommen an ihm empor sprang und sich als den alten, ehrlichen Spitz seiner Ziehmutter auswies. Aber in welchem Zustande war er: die schönen Haare hatten sich durch Kot verklebt und waren bis zur Haut hinein mit weißem Straßenstaube angefüllt, die Augen waren rot und entzündet; da er rasche Freudentöne ausstoßen wollte, konnte er nicht; denn seine Stimme war heiser geworden, und da er auch Freudensprünge versuchte, fiel er mit dem Hintergestelle in den Graben.

»Du armer lieber Spitz«, sagte Victor, indem er sich zu ihm nieder kauerte; »siehst du nun, du altes törichtes Haus, was du da für Unsinn unternommen hast?«

Aber der Spitz wedelte auf diese Worte, als hätte er das größte Lob empfangen.

Das erste, was der Jüngling tat, war, daß er ihn mit einem Tuche etwas abwischte, damit er doch besser aussähe. Dann nahm er zwei Brode heraus, die er heute früh zu sich gesteckt hatte, wenn ihm etwa ein Bettelmann begegnete, setzte sich auf einen Stein und begann, sie dem Spitze stückweise vorzuwerfen, der sie heißhungrig und eilig verschlang und zuletzt noch immer auf die Hände des Jünglings schaute, als diese schon längstens leer waren.

»Jetzt habe ich nichts mehr«, sagte Victor, »aber wenn wir zu dem ersten Bauernhause kommen, kaufen wir eine Schüssel Milch, die du ganz allein ausfressen darfst.«

Der Spitz schien beruhigt, als hätte er die Worte verstanden.

Einige Schritte weiter weg, wo von einem moosigen Felsen ein dünnes Wasserfädlein herab rann, fing Victor in seinem ledernen Reisebecher, den ihm die Mutter gegeben hatte, so viel Wasser auf, bis er voll war, und wollte dem Spitz zu trinken geben. Allein dieser kostete nur ein wenig und schaute dann den Geber erwartend an; denn er war nicht durstig und mochte wohl aus allen den hundert Gräben und Bächen getrunken haben, über die er gekommen war. Dann gingen sie mit einander weiter, und in dem ersten Wirtshause schrieb Victor einen Brief an die Mutter zurück, daß der Spitz bei ihm sei, und daß sie sich nicht kränken möge.

In Hinsicht der Milch hatte Victor redlich Wort gehalten. Auch sonst bekam der Spitz von nun an so viel, als er nur unterzubringen vermochte; allein, obgleich er auf diesem Wege in einem Tage mehr verzehrte, als zu Hause kaum in dreien, so verfiel er doch durch die Nachwirkung der ungewohnten Anstrengung, die weiß Gott wie furchtbar gewesen sein mag, so sehr, daß er gleichsam nur mehr in seiner eigenen Haut hängend neben dem Jünglinge hertrabte.

›Es wird sich schon bessern, es wird sich schon bessern‹, dachte dieser, und sie schritten weiter. Grübelig blieb es Victor immer, warum ihm denn das Tier gerade dieses eine Mal nachgekommen sei, da es doch sonst, wenn er auch Tage lang fort war, auf einen einfachen Befehl zu Hause geblieben sei und auf ihn gewartet habe. Aber dann schloß er nicht unrecht, daß der Spitz, dessen ganze Lebensaufgabe es war, das Tun und Lassen seines höheren Freundes, des Knaben, zu beobachten, ganz wohl gewußt habe, daß dieser nun auf immer fort gehe, und daß er darum das Äußerste unternommen habe, um ihm zu folgen.

Und so schritten sie nun mit einander fort; über Hügel zu Hügeln, über Felder zu Feldern – und oft konnte man den Jüngling sehen, wie er an einem Wiesenbache den Hund wusch und ihn mit Gräsern und Laubwerk trocknete – oft, wie sie ruhig neben einander gingen – und oft, wie der Hund neben seinem Herrn stand und die Augen zu ihm empor richtete, wenn dieser auf einer Anhöhe stille hielt und weit und breit über die Auen schaute, über die langen Streifen der Felder, über die dunkeln Flecken der Wäldchen und über die weißen Kirchtürme der Dörfer.

GOTTFRIED KELLER
Auf dem Rücken des Hundes

Der junge Maler Heinrich Lee hat sich auf seiner Wanderschaft in die reizende Dortchen Schönfund verliebt, ohne ihr seine Gefühle zu offenbaren. Mutlos packt er schließlich alles für die Abreise zusammen. Bei einem letzten gemeinsamen Essen wird Dortchens Hund zum Ersatzobjekt und Spiegelbild der unterdrückten Liebe des Paares.

Endlich wurden zwei große Kisten gebracht, in welche die fertigen Bilder gepackt wurden. Heinrich schickte den Tischler fort und nagelte die Kisten selber zu auf dem Hausflur, um nur etwas auszutoben. Er saß bitterlich wehmütig auf dem Deckel und trieb die Nägel mit zornigen Schlägen in das Holz, daß das Haus davon widerhallte; denn mit jedem Nagel, den er einschlug, nahm er sich gewisser vor, am nächsten Tage fortzugehen, und so dünkte es ihn, als nagle er seinen eigenen Sarg zu. Aber nach jedem Schlage schallte ein klangreiches Gelächter oder ein fröhlicher Triller aus den oberen Gängen des Hauses, die Mädchen jagten hin und her und schlugen die Türen auf und zu. Dies bewirkte, daß Heinrich auf sein Zimmer ging und gleich auch den Reisekoffer packte. Als er damit fertig war, ging er höchst schwermütig, aber gefaßt ins Freie und nach dem Kirchhofe; dort setzte er sich auf eine Bank und hoffte, Dortchen werde etwa herkommen und er wenigstens einige Minuten noch allein und ohne Bosheit bei ihr sitzen können, um sie noch einmal recht anzusehen. Sie kam auch richtig nach einer Viertelstunde herangerauscht, aber von der Gärtnerstochter und dem großen Haushunde begleitet. Da entfernte er sich eiligst, glaubend, sie hätten ihn noch nicht gesehen, und lief hinter die Kirche. Als er dort die Mädchen wieder sprechen und lachen hörte, ging er in der Verwirrung in das Pfarrhaus hinein, das ganz in der Nähe war, und traf den Pfarrer essend am Tische sitzen, über den die Nachmittagssonne friedlich wegschien. Heinrich setzte sich zu ihm und sah ihm zu. »Ich esse hier mein Vesperbrötchen«, sagte der Pfarrer, »wollen Sie nicht mithalten?« – »Ich danke«, erwiderte Heinrich, »wenn Sie erlauben, so will ich Ihnen sonst ein wenig Gesellschaft leisten!« – »Das sind mir junge Leute heutzutage«, sagte der Hochwürdige, »das hat ja gar keinen ordentlichen deutschen Appetit mehr! Na, die Gedanken sind auch danach, da kann freilich nicht viel anderes herauskommen als nichts und aber nichts!« Der Pfarrer merkte nicht, wie materialistisch er sich mit dieser speiselustigen Rede selbst ins Gesicht schlug, sondern war eifrig mit der großen Schüssel beschäftigt, die vor ihm stand. Dieselbe enthielt viele Anhängsel eines frischgeschlachteten Schweines, nämlich die Ohren, die Schnauze und den Ringelschwanz, alles soeben gekocht und dem Geistlichen lieblich in die Nase duftend. Er pries das aufgetürmte Gericht als unübertrefflich an einfacher Zartheit und Unschuld und trank einen tüchtigen Krug braunen klaren Bieres dazu.

Als Heinrich fünf Minuten traurig dagesessen und dem Pastor zugesehen hatte, klopfte es an der Tür, und Dorothea trat, nur von dem schönen Hunde begleitet, anmutig und höflich herein und schien aber ein ganz klein bißchen befangen zu sein. »Ich will die Herren nicht stören«, sagte sie, »ich wollte Sie nur bitten, Herr Pfarrer, heute abend bei uns zu sein, da Herr Lee morgen fortreist; Sie sind doch nicht abgehalten?« – »Gewiß werde ich kommen«, erwiderte der Pfarrer, der sich schon wieder gesetzt hatte, »bitte, mein Liebster, holen Sie doch einen Stuhl für das Fräulein!« Heinrich tat dies mit großer Herzensfreude und stellte einen zweiten Stuhl an den Tisch, sich gegenüber. »Danke schön!« sagte Dortchen, freundlich lächelnd und zierlich vor sich niedersehend, indem sie Platz nahm. Nun war Heinrich doch glückselig, da er in der sonnigen und wohnlichen Pfarrersstube ihr gegenübersaß und sie sich so gutmütig und still verhielt.

Der Pfarrer, obgleich er fortaß, sprach immer, und die beiden Leutchen brauchten ihm nur zuzuhören, indes der Hund mit feurigen Augen und offenem Maule nach der Schüssel starrte. »Ach, der arme Hund, wie es ihn gelüstet«, sagte Dortchen, »essen Sie dies auch, Herr Pfarrer? oder erlauben Sie, daß ich es ihm gebe?« Sie zeigte hiebei auf das krumme Schwänzchen, das sich manierlich auf dem Rande der Schüssel darstellte. »Dies Sauschwänzchen?« sagte der Pfarrer, »nein, mein Fräulein! das können Sie ihm nicht geben, das eß ich selbst! Warten Sie, hier ist was für ihn!« und er setzte dem gierigen Tiere einen Teller vor, in welchen er allerlei Knöchelchen und Knorpelwerk geworfen hatte. Dortchen und Heinrich sahen sich unwillkürlich einander an und mußten lächeln, nicht über den Pfarrer aus Spott, sondern weil seine vergnügte und selbstzufriedene Freude an dem Sauschwänzchen so lustig war. Auch der Hund, der sich eifrig und begierig mit seinen Knorpeln unterhielt, vermehrte durch seine Behaglichkeit die gute Stimmung der jungen Leute. Dortchen streichelte ihm den Kopf, als Heinrich ihm den Rücken streichelte, und als sie mit ihrer Hand achtlos der seinigen zu begegnen Gefahr lief, wich er ihr aus, wofür sie ihn, irgendeine gleichgültige Frage benutzend, um so freundlicher ansah.

Am offenen Fenster blühte ein Apfelbaum, und weiße Schmetterlinge flogen in die Stube, und als es nun gar so lieblich war, dazusitzen der Lieblichen gegenüber, konnte Heinrich nicht anders, als er mußte sich den Pfarrer noch hinwegdenken, die Stube zu seiner eigenen machen und sich vorstellen, als wäre Dortchen seine junge Frau und säße an einem solchen Mainachmittage am weißgedeckten Tische herzensallein ihm gegenüber. Heiß werdend und verlegen, streichelte er wieder den Hund, und nun fiel ihm plötzlich ein, wie er vor Jahren mit dem ganz jungen Mädchen ja schon einmal gemeinschaftlich einen Hund geliebkost hatte, ohne zu ahnen, daß es ihm je wieder begegnen würde. Nun ist sie groß und schön geworden, dachte er, was er freilich schon am ersten Tage Gelegenheit hatte zu bemerken, und wenn abermals eine Reihe von Jahren dahin ist, so wird sie dem Alter entgegengehen und zuletzt dem Tode! Ist es möglich, daß dies Wesen und diese Lieblichkeit vergehen soll? Es ergriff ihn heftiges Leiden um sie, und es schien ihm beim Himmel nicht möglich zu sein, daß sie anders als in seinen Armen glücklich und zufrieden alt werden könne.

EDUARD MÖRIKE
Joli

Gestern habe ich meinen, seit 8 Jahren besessenen Haus- und Spazier- auch – SUO MARTE – Jagd-Hund, genannt JOLI, seines Dienstes förmlich entlassen und zwar um mir den täglichen Ärger über seinen Ungehorsam, ihm selber aber die Schläge zu ersparen. Meine Spaziergänge waren ihm nachgerade langweilig, er ließ den Schwanz sinken, sobald er mich die Stiefel anziehn sah, während er lauter Leben war, wenn Clärchen nur von weitem Miene machte zu einem Gang nach Neustadt und ins Dorf. Dieß letztere war gestern Abend so auffallend, daß ich mich kurzweg resolvirte. Ich stellte, zu mehrerer Feierlichkeit, zwei brennende Lichter auf den Tisch, nahm den Hund auf den Arm, hielt eine kleine Anrede, worinnen ihm bedeutet ward, daß er, der bis daher Zweien gefolget, nunmehro, wie ich dieses Eine Licht auslösche, mich fürder nicht als seinen Herrn mehr zu betrachten, sondern der Schwester zu gehorchen habe, daß ich jedoch Atzung und Steuer wie bisher zu prästiren übernehmen, etwaige Calfaktereien aber, die er künftig zu meinen Gunsten üben möchte, auf keine Weise acceptiren werde u.s.w. worauf das DAMUS, DONAMUS, TRADIMUS in bester Form erfolgte: Er zeigte über diesen ganzen ACTUS die Visage eines Simpels, der Schläge befürchtet, Clärchen sofort empfing ihn auf den Arm, nachdem sie Anfangs, abergläubisch, gegen eine so bedeutende Veränderung im Hause protestirt. Agnes sah ernsthaft zu, gleichfalls mit stiller Misbilligung, als wenn es sie um ihn verbarmte. »Er ist dir, sagte sie, doch einmal treu gewesen.« Zuletzt ließ sie sich aber doch von mir überzeugen, und heute werd ich ihn zum erstenmal zu meiner Nachmittagspromenade nicht einladen.

THEODOR FONTANE
Rollo

Kurz nach der Heirat wird Effi Briest bereits von ihrem Mann, Baron Instetten, vernachlässigt. Bei einem Besuch im Elternhaus spricht sie mit ihrem Vater über den Neufundländer Rollo, der sie in ihrer Einsamkeit tröstet.

Einmal bei solcher Gelegenheit traten sie, von dem Kieswege her, an ein kleines, zur Seite stehendes Denkmal heran, das schon Briests Großvater zur Erinnerung an die Schlacht von Waterloo hatte aufrichten lassen, eine verrostete Pyramide mit einem gegossenen

Blücher in Front und einem dito Wellington auf der Rückseite.

»Hast du nun solche Spaziergänge auch in Kessin«, sagte Briest, »und begleitet dich Innstetten auch und erzählt dir allerlei?«

»Nein, Papa, solche Spaziergänge habe ich nicht. Das ist ausgeschlossen, denn wir haben bloß einen kleinen Garten hinter dem Hause, der eigentlich kaum ein Garten ist, bloß ein paar Buchsbaumrabatten und Gemüsebeete mit drei, vier Obstbäumen drin. Innstetten hat keinen Sinn dafür und denkt wohl auch nicht sehr lange mehr in Kessin zu bleiben.«

»Aber Kind, du mußt doch Bewegung haben und frische Luft, daran bist du doch gewöhnt.«

»Hab ich auch. Unser Haus liegt an einem Wäldchen, das sie die Plantage nennen. Und da geh ich denn viel spazieren und Rollo mit mir.«

»Immer Rollo«, lachte Briest. »Wenn man's nicht anders wüßte, so sollte man beinah glauben, Rollo sei dir mehr ans Herz gewachsen als Mann und Kind.«

»Ach, Papa, das wäre ja schrecklich, wenn's auch freilich – soviel muß ich zugeben – eine Zeit gegeben hat, wo's ohne Rollo gar nicht gegangen wäre. Das war damals ... nun, du weißt schon ... Da hat er mich so gut wie gerettet, oder ich habe mir's wenigstens eingebildet, und seitdem ist er mein guter Freund und mein ganz besonderer Verlaß. Aber er ist doch bloß ein Hund. Und erst kommen doch natürlich die Menschen.«

»Ja, das sagt man immer, aber ich habe da doch so meine Zweifel. Das mit der Kreatur, damit hat's doch seine eigene Bewandtnis, und was da das Richtige ist, darüber sind die Akten noch nicht geschlossen. Glaube mir, Effi, das ist auch ein weites Feld. Wenn ich mir so denke, da verunglückt einer auf dem Wasser oder gar auf dem schülbrigen Eis, und solch ein Hund, sagen wir so einer wie dein Rollo, ist dabei, ja, der ruht nicht eher, als bis er den Verunglückten wieder an Land hat. Und wenn der Verunglückte schon tot ist, dann legt er sich neben den Toten hin und blafft und winselt so lange, bis wer kommt, und wenn keiner kommt, dann bleibt er bei dem Toten liegen, bis er selber tot ist. Und das tut solch Tier immer. Und nun nimm dagegen die Menschheit! Gott, vergib mir die Sünde, aber mitunter ist mir's doch, als ob die Kreatur besser wäre als der Mensch.«

NIKOLAI W. GOGOL

Hundechor

Das Tor wurde aufgemacht. Das Licht erschien in einem anderen Fenster. Der Wagen fuhr in den Hof ein und hielt vor einem kleinen Hause, das im Finstern schwer zu unterscheiden war. Nur die eine Hälfte war vom Lichte beschienen, das aus den Fenstern drang; eine Pfütze vor dem Hause wurde sichtbar, auf die direkt immer das gleiche Licht fiel. Der Regen prasselte laut gegen das hölzerne Dach und lief in rauschenden Strömen in eine zu diesem Zweck aufgestellte Tonne hinab. Die Hunde bellten indessen mit allen möglichen Stimmen: der eine hatte den Kopf in den Nacken geworfen und heulte so gedehnt und mit solcher

Mühe, als ob er dafür Gott weiß was für ein Gehalt bekäme; ein anderer machte die Sache kurz und hastig wie ein Küster; darunter klang wie ein Postglöckchen eine unermüdliche Diskantstimme, die offenbar von einem ganz jungen Hund herrührte, und alles vervollständigte eine Baßstimme; es war vielleicht ein sehr alter Hund mit rüstiger Hundenatur, denn die Stimme dröhnte wie ein Sängerbaß bei einem Chorkonzert: die Tenöre stellen sich auf die Fußspitzen, vom sehnlichsten Wunsche beseelt, eine hohe Note rein herauszubringen, alle recken sich in die Höhe, den Kopf in den Nacken zurückgeworfen, aber einer hockt sich, das unrasierte Kinn in die Halsbinde vergraben, fast hin und läßt aus der Tiefe einen Ton los, vor dem die Fensterscheiben erzittern und erklirren. Schon nach diesem Hundechor, der aus solchen Musikern bestand, konnte man schließen, daß das Dörfchen recht ansehnlich war; doch unser durchnäßter und durchfrorener Held dachte an nichts, außer an ein Bett.

CHARLES BAUDELAIRE
Die braven Hunde

Weg mit der akademischen Muse! Ich habe mit dieser alten Jungfer nichts im Sinn. Ich rufe die Muse des Alltags, die städtische und lebendige, damit sie mir beisteht, die guten Hunde zu besingen, die armen Hunde und die schmutzigen Hunde, jene, denen alle aus dem Weg gehen, weil sie krätzig und verlaust sind, alle außer dem Armen, dessen Gefährte sie sind, und außer dem Dichter, der sie mit brüderlichem Auge betrachtet.

Pfui über den Zierhund, diesen vierbeinigen Gecken, die dänische Dogge, den King Charles, den Mops oder den Wachtelhund, der von sich so eingenommen ist, daß er sich lästig zwischen die Beine oder auf den Schoß des Besuchers drängelt, als sei er sicher, willkommen zu sein, ungezogen wie ein Kind, einfältig wie eine Kokotte und manchmal muffig und widerspenstig wie ein Dienstbote! Pfui vor allem über diese vierbeinigen Schlangen, fröstelnd und faul, die man Windspiel nennt und die in ihrer spitzen Nase weder genug Witterung haben, um die Spur eines Freundes aufzunehmen, noch in ihrem platten Schädel genug Verstand besitzen, um Domino zu spielen!

Ins Körbchen mit all diesen lästigen Schmarotzern!

Weg mit ihnen in ihr ausgepolstertes Seidenkörbchen! Ich besinge den schmutzigen Hund, den armen Hund, den heimatlosen Hund, den streunenden Hund, den Gauklerhund, den Hund, dessen Instinkt gleich dem des Armen, des Zigeuners und des Komödianten wunderbar geschärft ist durch die Not, diese gute Mutter, diese wahre Erzieherin zur Klugheit!

Ich besinge die Elendshunde, die einsam in den gewundenen Schluchten der riesigen Städte herumirren, und jene anderen, die zu dem einsam verlassenen Menschen mit verständnisvoll blinzelnden Blicken sagen: »Nimm mich mit, und aus unserem zweifachen Elend werden wir vielleicht eine Art Glück machen!«

»Wohin gehen die Hunde?« fragte dereinst Nestor Roqueplan in einem unsterblichen Feuilleton, das er selbst wohl vergessen hat und an das außer mir vielleicht nur Sainte-Beuve sich heute noch erinnert.

Wohin gehen die Hunde, fragt ihr, gedankenlose Menschen? Sie gehen ihren Geschäften nach.

Geschäftliches Stelldichein, Liebes-Stelldichein. Durch Nebel, durch Schnee, durch Schmutz, in brennender Hitze, im strömenden Regen gehen sie, kommen sie, traben sie, schlüpfen sie unter den Wagen hindurch, gehetzt von den Flöhen, von Leidenschaft, von Bedürfnis oder von Pflichtbewußtsein. Wie wir sind sie zeitig aufgestanden und suchen ihren Lebensunterhalt oder rennen ihrem Vergnügen nach.

Manche schlafen in einem verfallenen Haus der Vorstadt und kommen jeden Tag zu bestimmter Stunde an die Tür einer Küche des Palais Royal, um ihre Sportel einzufordern; andere laufen truppweise mehr als fünf Meilen über Land, um sich eine Mahlzeit zu teilen, die ihnen das Mitleid alter Jungfern zubereitet, deren unbesiedeltes Herz sich an die Tiere verschenkt hat, seit die törichten Menschen nichts mehr von ihm wissen wollen.

Andere, von Liebe besessen wie braune Neger, verlassen an bestimmten Tagen ihren Bezirk, um in die Stadt zu eilen und eine Stunde lang eine schöne Hündin zu umschwänzeln, ein wenig vernachlässigt in ihrer Toilette, aber stolz und dankbar.

Und alle sind sehr pünktlich, ohne Kalender, ohne Notizbuch und ohne Brieftasche.

Kennen Sie das geruhsame Belgien, und haben Sie wie ich die vielen kraftvollen Hunde bewundert, die vor den Karren des Fleischers, der Milchfrau oder des Bäckers gespannt sind, und die mit triumphierendem

Gebell ihren freudigen Stolz kundtun, mit den Pferden in Wettbewerb zu treten?

Hier sind zwei Hunde, die einem noch etwas gehobeneren Stand angehören! Erlauben Sie mir, Sie in das Zimmer des abwesenden Gauklers zu führen. Ein Bett aus gebeiztem Holz, ohne Vorhänge, die herumliegenden Decken von Wanzen beschmutzt, zwei Strohstühle, ein eiserner Ofen und ein oder zwei zerbrochene Musikinstrumente. Ach, ein kümmerliches Mobiliar! Aber betrachten Sie bitte diese zwei klugen Geschöpfe in ihrer einerseits ärmlichen und doch auch anspruchsvollen Kleidung, geschniegelt wie Troubadoure oder Soldaten, die mit der Aufmerksamkeit von Hexenmeistern das auf dem Ofenfeuer schmorende namenlose Werk beaufsichtigen, aus dessen Mitte sich ein langer Löffel erhebt, wie die Richtfestmaste auf dem Dach, die verkünden, daß die Maurer ihre Arbeit getan haben.

Ist es nicht ganz in Ordnung, daß sich so eifrige Komödianten nicht auf den Weg machen wollen, bevor sie ihren Magen mit einer kräftigen und schmackhaften Suppe gefüllt haben? Und verzeihen Sie diesen armen Teufeln nicht etwas von ihrem Genießertum, die jeden Tag die Gleichgültigkeit des Publikums und die Ungerechtigkeiten eines Direktors über sich ergehen lassen müssen, der den Hauptanteil für sich selbst beansprucht und alleine mehr Suppe schlürft als vier Komödianten?

Wie oft habe ich sie bewundert, lächelnd und wohlwollend, diese vierbeinigen Philosophen, diese geduldigen Sklaven, willfährig und ergeben, die das republikanische Lexikon durchaus als pflichtbewußt lobend erwähnen könnte, wenn die zu sehr mit dem Wohlergehen der Menschen beschäftigte Republik nur auch etwas Zeit hätte, sich um die Ehre der Hunde zu kümmern!

Und wie oft habe ich gedacht, daß es vielleicht irgendwo (wer weiß das schließlich?) als Belohnung für soviel Mut, soviel Geduld und Mühsal, ein besonderes Paradies gibt für die guten Hunde, die armen Hunde, die schmutzigen und verzweifelten Hunde. Swedenborg versichert, daß es ein Paradies für die Türken und eines für die Holländer gibt!

Die Hirten bei Vergil und Theokrit erwarteten als Preis für ihre Wechselgesänge einen guten Käse, eine Flöte vom besten Meister oder eine Ziege mit vollem Euter. Der Dichter, der die armen Hunde besungen hat, erhielt als Geschenk eine schöne Weste von zugleich üppiger wie verblaßter Farbenpracht, die an die Herbstsonne erinnert, an die Schönheit reifer Frauen und an Altweibersommer.

MORITZ TH. W. BROMME
Hundeessen

Ein Fabrikarbeiter aus dem 19. Jahrhundert erzählt von einem Festessen.

Mittlerweile war meines Vaters Krankheit wenigstens soweit behoben, daß er wieder anfangen konnte, zu arbeiten; aber verschwunden war sie noch lange nicht. Er hat sich auch noch Jahre lang damit schleppen und ganz diät leben müssen. Drei Jahre lang aß er nur Grahambrot und trank anstatt Schnaps oder Bier mit Wasser verdünnten Rotwein. Das hat ihn schließlich doch wieder hergestellt. Damals glich er nur noch einem Schatten seines einstigen Ichs, als er zum ersten Male wieder arbeitete; aber die Unterhaltung mit den Kollegen – Schröder, Karl und der alte Sachsen Hermann arbeiteten mit ihm zusammen – brachte doch wieder Lebensmut in ihn hinein. Und gerade damals war zum Glück eine sehr humoristisch angelegte Kolonne in seiner Fabrik. Einmal haben sie gar ein Hundediner veranstaltet. Herr Pohle, der Chef, hatte nämlich einen schönen fetten Foxterrier. Ein zutrauliches Tier, das aber die kleinen Kinder immer beleckte. Deshalb sollte der Hund fort. Eines Montags, als ich zum Frühstück von der Arbeit nach Hause kam, war die ganze Pantoffelmachergesellschaft von Pohlens bei uns im Hofe versammelt. Es war eine Gerichtssitzung arrangiert worden und der Hund wurde in aller Form vom Karl Schröder zum Tode verurteilt. Das Urteil wurde sofort vollstreckt. Ich konnte es nicht mit ansehen. Der Kopf des Hundes wurde in unserem Holzschuppen auf den Hackstock gelegt. Zwei Mann hielten ihn fest, und nachdem ihn ein gewisser Katsch betäubt hatte, wurde mit dem Beile der Kopf vom Rumpfe getrennt. Herr Pohle selbst wollte die Prozedur nicht in seinem Hause haben, weil der Hund allen lieb gewesen war. Meine Mutter wollte zwar auch von der ganzen Sache nichts wissen, aber es wurde ihr bezahlt und sie sollte nur die Klöße machen, den Hundebraten machten ein paar Pantoffelmacher selbst fertig. Selbstverständlich war auch ein Viertel Bier zur Stelle geschafft worden. Dieses Mittagsessen vergeß ich mein Lebtag nicht. Meine Eltern und Syrbe aßen nicht mit. Meine Geschwister aber legten tüchtig mit los; ich selbst kostete nur. Ein ansprechender Handwerksbursche bekam auch einen Teller »Schöpsbraten mit Klos«. Der wunderte sich nicht schlecht und hat den Teller fast ausgeleckt. Gegen 1 Uhr war das wunderliche Diner zu Ende. Meine Mutter aber hatte mit dem Aufwaschen noch ein großes Stück Arbeit extra.

MARIE VON EBNER-ESCHENBACH
Krambambuli

Der Revierjäger Hopp kauft einem zwielichtigen Gesellen den wunderschönen Hund Krambambuli ab. Der Vorbesitzer wird zum Wilderer und Mörder. Jahre später ertappt ihn Hopp gemeinsam mit Krambambuli auf frischer Tat.

Vorliebe empfindet der Mensch für allerlei Gegenstände. Liebe, die echte, unvergängliche, die lernt er – wenn überhaupt – nur einmal kennen. So wenigstens meint der Herr Revierjäger Hopp. Wie viele Hunde hat er schon gehabt, und auch gern gehabt, aber lieb, was man sagt lieb und unvergeßlich, ist ihm nur einer gewesen – der Krambambuli. Er hatte ihn im Wirtshause Zum Löwen in Wischau von einem vazierenden Forstgehilfen gekauft oder eigentlich eingetauscht. Gleich beim ersten Anblick des Hundes war er von der Zuneigung ergriffen worden, die dauern sollte bis zu seinem letzten Atemzuge. Dem Herrn des schönen Tieres, der am Tische vor einem geleerten Branntweingläschen saß und über den Wirt schimpfte, weil dieser kein zweites umsonst hergeben wollte, sah der Lump aus den Augen. Ein kleiner Kerl, noch jung und doch so fahl wie ein abgestorbener Baum, mit gelbem Haar und gelbem spärlichem Barte. Der Jägerrock, vermutlich ein Überrest aus der vergangenen Herrlichkeit des letzten Dienstes, trug die Spuren einer im nassen Straßengraben zugebrachten Nacht. Obwohl sich Hopp ungern in schlechte Gesellschaft begab, nahm er trotzdem Platz neben dem Burschen und begann sogleich ein Gespräch mit ihm. Da bekam er es denn bald heraus, daß der Nichtsnutz den Stutzen und die Jagdtasche dem Wirt bereits als Pfänder ausgeliefert hatte und daß er jetzt auch den Hund als solches hergeben möchte; der Wirt jedoch, der schmutzige Leuteschinder, wollte von einem Pfand, das gefüttert werden muß, nichts hören.

Herr Hopp sagte vorerst kein Wort von dem Wohlgefallen, das er an dem Hunde gefunden hatte, ließ aber eine Flasche von dem guten Danziger Kirschbranntwein bringen, den der Löwenwirt damals führte, und schenkte dem Vazierenden fleißig ein. – Nun, in einer Stunde war alles in Ordnung. Der Jäger gab zwölf Flaschen von demselben Getränke, bei dem der Handel geschlossen worden – der Vagabund gab den Hund. Zu seiner Ehre muß man gestehen: nicht leicht. Die Hände zitterten ihm so sehr, als er dem Tiere die Leine um den Hals legte, daß es schien, er werde mit dieser Manipulation nimmermehr zurechtkommen. Hopp wartete geduldig und bewunderte im stillen den trotz der schlechten Kondition, in welcher er sich befand, wundervollen Hund. Höchstens zwei Jahre mochte er alt sein, und in der Farbe glich er dem Lumpen, der ihn hergab, doch war die seine um ein paar Schattierungen dunkler. Auf der Stirn hatte er ein Abzeichen, einen weißen Strich, der rechts und links in kleine Linien auslief, in der Art wie die Nadeln an einem Tannenreis. Die Augen waren groß, schwarz, leuchtend, von tauklaren, lichtgelben Reiflein umsäumt, die Ohren hoch angesetzt, lang, makellos. Und makellos war alles an dem ganzen Hunde von der Klaue bis zu der feinen Witternase; die kräftige, geschmeidige Gestalt, das über jedes Lob erhabene Piedestal. Vier lebende Säulen, die auch den Körper eines Hirsches getragen hätten und nicht viel dicker waren als die Läufe eines Hasen. Beim heiligen Hubertus! dieses Geschöpf mußte einen Stammbaum haben, so alt und rein wie der eines deutschen Ordensritters.

Dem Jäger lachte das Herz im Leibe über den prächtigen Handel, den er gemacht. Er stand nun auf, ergriff die Leine, die zu verknoten dem Vazierenden endlich gelungen war, und fragte: »Wie heißt er denn?« – »Er heißt wie das, wofür Ihr ihn kriegt: Krambambuli«, lautete die Antwort. – »Gut, gut, Krambambuli! So komm! Wirst gehen? Vorwärts!« – Ja, er konnte lange rufen, pfeifen, zerren – der Hund gehorchte ihm nicht, wandte den Kopf demjenigen zu, den er noch für seinen Herrn hielt, heulte, als dieser ihm zuschrie: »Marsch!« und den Befehl mit einem tüchtigen Fußtritt begleitete, suchte sich aber immer wieder an ihn heranzudrängen. Erst nach einem heißen Kampfe gelang es Herrn Hopp, die Besitzergreifung des Hundes zu vollziehen. Gebunden und geknebelt mußte er zuletzt in einem Sacke auf die Schulter geladen und so bis in das mehrere Wegstunden entfernte Jägerhaus getragen werden.

Zwei volle Monate brauchte es, bevor der Krambambuli, halb totgeprügelt, nach jedem Fluchtversuche mit dem Stachelhalsband an die Kette gelegt, endlich begriff, wohin er jetzt gehöre. Dann aber, als seine Unterwerfung vollständig geworden war, was für ein Hund wurde er da! Keine Zunge schildert, kein Wort ermißt die Höhe der Vollendung, die er erreichte, nicht nur in der Ausübung seines Berufes, sondern auch im täglichen Leben als eifriger Diener, guter Kamerad und treuer Freund und Hüter. »Dem fehlt nur die Sprache«, heißt es von anderen intelligenten Hunden – dem Krambambuli fehlte sie nicht; sein Herr zum mindesten pflog lange Unterredungen mit ihm.

*

Wie er nun mit seiner Arbeit fertig ist, hängt er die Flinte wieder um und schlägt den kürzesten Weg ein, quer durch den Wald gegen die Kulturen in der Nähe des Lindenrondells. Im Augenblick, in dem er auf den Fußsteig treten will, der längs des Buchenzaunes läuft, ist ihm, als höre er etwas im Laube rascheln. Gleich darauf herrscht jedoch tiefe Stille, tiefe, anhaltende Stille. Fast hätte er gemeint, es sei nichts Bemerkenswertes gewesen, wenn nicht der Hund so merkwürdig dreingeschaut hätte. Der stand mit gesträubtem Haar, den Hals vorgestreckt, den Schwanz aufrecht, und glotzte eine Stelle des Zaunes an. Oho! dachte Hopp, wart,

Kerl, wenn du's bist; trat hinter einen Baum und spannte den Hahn seiner Flinte. Wie rasend pochte ihm das Herz, und der ohnehin kurze Atem wollte ihm völlig versagen, als jetzt plötzlich, Gottes Wunder! – durch den Zaun der »Gelbe« auf den Fußsteig trat. Zwei junge Hasen hängen an seiner Waidtasche, und auf seiner Schulter, am wohlbekannten Juchtenriemen, der Hinterlader des Oberförsters. Nun wär's eine Passion, den Racker niederzubrennen aus sicherem Hinterhalt.

Aber nicht einmal auf den schlechtesten Kerl schießt der Jäger Hopp, ohne ihn angerufen zu haben. Mit einen Satze springt er hinter dem Baum hervor und auf den Fußsteig und schreit: »Gib dich, Vermaledeiter!« Und als der Wildschütz zur Antwort den Hinterlader von der Schulter reißt, gibt der Jäger Feuer ... All ihr Heiligen – ein sauberes Feuer! Die Flinte knackst, anstatt zu knallen. Sie hat zu lange mit aufgesetzter Kapsel im feuchten Wald am Baum gelehnt – sie versagt.

Gute Nacht, so sieht das Sterben aus, denkt der Alte ... Doch nein – er ist heil, sein Hut fliegt nur, von Schroten durchlöchert, ins Gras ...

Der ander hat auch kein Glück; das war der letzte Schuß in seinem Gewehr, und zum nächsten zieht er eben erst die Patrone aus der Tasche ...

»Pack an!« ruft Hopp seinem Hunde heiser zu: »Pack an!« Und: »Herein zu mir! herein, Krambambuli!« lockt es drüben mit zärtlicher, liebevoller – ach, mit altbekannter Stimme ...

Der Hund aber – –

Was sich nun begab, begab sich viel rascher, als man es erzählen kann.

Krambambuli hatte seinen ersten Herrn erkannt

und rannte auf ihn zu, bis – in die Mitte des Weges. Da pfeift Hopp, und der Hund macht kehrt, »der Gelbe« pfeift, und der Hund macht wieder kehrt und windet sich in Verzweiflung auf einem Fleck, in gleicher Distanz von dem Jäger wie von dem Wildschützen, zugleich hingerissen und gebannt ...

Zuletzt hat das arme Tier den trostlos unnötigen Kampf aufgegeben und seinen Zweifeln ein Ende gemacht, aber nicht seiner Qual. Bellend, heulend, den Bauch am Boden, den Körper gespannt wie eine Sehne, den Kopf emporgehoben, als riefe es den Himmel zum Zeugen seines Seelenschmerzes an, kriecht es – seinem ersten Herrn zu.

Bei dem Anblick wird Hopp von Blutdurst gepackt. Mit zitternden Fingern hat er die neue Kapsel aufgesetzt – mit ruhiger Sicherheit legt er an. Auch »der Gelbe« hat den Lauf wieder auf ihn gerichtet. Diesmal gilt's! Das wissen die beiden, die einander auf dem Korn haben, und was auch in ihnen vorgehen möge, sie zielen so ruhig wie ein paar gemalte Schützen.

Zwei Schüsse fallen. Der Jäger trifft, der Wildschütz fehlt.

Warum? Weil er – vom Hunde mit stürmischer Liebkosung angesprungen – gezuckt hat im Augenblick des Losdrückens. »Bestie!« zischt er noch, stürzt rücklings hin und rührt sich nicht mehr.

Der ihn gerichtet, kommt langsam herangeschritten. Du hast genug, denkt er, um jedes Schrotkorn wär's schad bei dir. Trotzdem stellt er die Flinte auf den Boden und lädt von neuem. Der Hund sitzt aufrecht vor ihm, läßt die Zunge heraushängen, keucht kurz und laut und sieht ihm zu. Und als der Jäger fertig ist und die Flinte wieder zur Hand nimmt, halten sie ein Gespräch, von dem kein Zeuge ein Wort vernommen hätte, wenn es auch statt eines toten ein lebendiger gewesen wäre.

»Weißt du, für wen das Blei gehört?«

»Ich kann es mir denken.«

»Deserteur, Kalfakter, pflicht- und treuvergessene Kanaille!«

»Ja, Herr, jawohl.«

»Du warst meine Freude. Jetzt ist's vorbei. Ich habe keine Freude mehr an dir.«

»Begreiflich, Herr«, und Krambambuli legte sich hin, drückte den Kopf auf die ausgestreckten Vorderpfoten und sah den Jäger an.

Ja, hätte das verdammte Vieh ihn nur nicht angesehen! Da würde er ein rasches Ende gemacht und sich und dem Hunde viel Pein erspart haben. Aber so geht's nicht! Wer könnte ein Geschöpf niederknallen, das einen so ansieht? Herr Hopp murmelt ein halbes Dutzend Flüche zwischen den Zähnen, einer gotteslästerlicher als der andere, hängt die Flinte wieder um, nimmt dem Raubschützen noch die jungen Hasen ab und geht.

Der Hund folgte ihm mit den Augen, bis er zwischen den Bäumen verschwunden war, stand dann auf, und sein mark- und beinerschütterndes Wehgeheul durchdrang den Wald. Ein paarmal drehte er sich im Kreise und setzte sich wieder aufrecht neben den Toten hin. So fand ihn die gerichtliche Kommission, die, von Hopp geleitet, bei sinkender Nacht erschien, um die Leiche des Raubschützen in Augenschein zu nehmen und fortschaffen zu lassen.

LEO TOLSTOJ
Karai und Daniil

Eine Wolfsjagd im zaristischen Rußland: Nikolai Rostow verfolgt das Tier mit seinem Hund Karai und dessen Meute; zur Strecke bringt den Wolf aber erst der alte, wilde Jagdknecht Daniil.

Unterdessen hielt Nikolai Rostow an seinem Platz und wartete auf einen Wolf. An dem Näherkommen oder Zurückweichen des Jagdlärms, an dem Ton des Gebells der ihm bekannten Hunde sowie daran, daß die Stimmen der Piköre lauter oder schwächer klangen, erkannte er, was in der Waldremise vorging. Er wußte, daß sich in dieser Waldremise junge und alte Wölfe befanden; er wußte, daß die Hunde sich in zwei Meuten geteilt hatten, daß sie irgendwo hinter einem Wolf her waren und daß sich irgend etwas Unerwünschtes zugetragen hatte. Jeden Augenblick erwartete er, daß der Wolf nach seiner Seite kommen werde. Er überlegte sich tausend verschiedene Möglichkeiten, wie und von welcher Seite der Wolf werde angelaufen kommen und wie er ihn dann hetzen werde. In seiner Seele wechselte Hoffnung mit Verzweiflung ab. Ab und zu wandte er sich an Gott mit der Bitte, doch den Wolf nach seiner Seite herauskommen zu lassen. Er betete in der leidenschaftlichen, aber verschämten Art, in welcher Menschen in Augenblicken einer starken, aber aus nichtiger Ursache hervorgegangenen Erregung zu beten pflegen. »Nun, was kostet es dich«, sagte er zu Gott, »mir diese Liebe zu tun! Ich weiß, daß du groß bist und daß es Sünde ist, dich um so etwas zu bitten;

aber doch bitte ich dich inständig: gib, daß ein alter Wolf nach meiner Seite herauskommt und daß Karai vor den Augen des Onkels, der von seinem Stand aus immer hierherblickt, das Tier an der Kehle packt und totbeißt.« Tausendmal in dieser halben Stunde ließ Rostow mit hartnäckiger Ausdauer seinen gespannten, unruhigen Blick über den Waldsaum mit den zwei dünnbelaubten, das Espengebüsch überragenden Eichen hingleiten und über die Schlucht mit dem ausgewaschenen Rand und über die Mütze des Onkels, von dem hinter einem Strauch rechts nur ganz wenig zu sehen war.

»Nein«, dachte Rostow, »dieses Glück wird mir nicht zuteil werden, und es wäre doch für Gott eine Kleinigkeit! Aber es wird mir nicht zuteil werden! Immer habe ich Unglück, beim Kartenspiel und im Krieg und in allem.« Austerlitz und Dolochow tauchten mit großer Deutlichkeit, aber schnell einander ablösend, vor seinem geistigen Blick auf. »Nur einmal in meinem Leben möchte ich einen alten Wolf tothetzen; weiter habe ich keinen Wunsch!« dachte er und strengte Gesicht und Gehör an, indem er nach links und wieder nach rechts blickte und auf die geringsten Veränderungen des Jagdlärmes lauschte.

Wieder einmal blickte er nach rechts und sah, daß über das freie Feld etwas auf ihn zugelaufen kam. »Nein, es ist wohl nicht möglich!« dachte Rostow schwer aufatmend, wie man aufzuatmen pflegt, wenn etwas längst Erwartetes Wirklichkeit wird. Das größte Glück war gekommen, und in so schlichter Art, ohne Lärm und Glanz und Vorboten. Rostow traute seinen Augen nicht, und dieser Zweifel dauerte länger als eine

Sekunde. Der Wolf setzte seinen Lauf fort und sprang schwerfällig über einen Wasserriß, der in seinem Weg lag. Es war ein altes Tier mit grauem Rücken und vollgefressenem, rötlichem Bauch. Der Wolf lief ohne übermäßige Eile, da er offenbar meinte, es sähe ihn niemand. Rostow sah sich, den Atem anhaltend, nach den Hunden um. Sie lagen und standen da, ohne den Wolf zu sehen und ohne irgend etwas zu wittern. Der alte Karai hatte den Kopf zurückgedreht, fletschte, ärgerlich einen Floh suchend, die gelben Zähne und schnappte mit ihnen knackend an den Hinterschenkeln herum.

»Uljuljulju!« flüsterte Rostow mit breitgezogenen Lippen. Die Hunde sprangen, mit den Eisen klirrend, auf und spitzten die Ohren. Karai fuhr schnell noch ein paarmal mit den Zähnen durch das Haar am Hinterschenkel und stand dann gleichfalls auf, spitzte die Ohren und bewegte leise die Rute hin und her, an welcher verfilzte Haarbüschel hingen.

»Loslassen oder nicht loslassen?« sagte Nikolai zu sich selbst in dem Augenblick, als der sich ihm nähernde Wolf nach allen Seiten ziemlich weit vom Wald entfernt war. Plötzlich änderte sich die ganze Physiognomie des Wolfes: er schrak zusammen, da er die Augen eines Menschen, die er wahrscheinlich noch nie vorher erblickt hatte, auf sich gerichtet sah, und blieb, den Kopf ein wenig nach dem Jäger hinwendend, stehen. »Vorwärts oder rückwärts? Ach was, es ist ganz gleich, vorwärts!« schien er zu sich selbst zu sagen und setzte, ohne sich weiter umzusehen, mit weichen, mäßig schnellen und mäßig großen, aber entschlossenen Sprüngen seinen Lauf fort.

»Uljulju!« schrie Nikolai mit fremdartig klingender Stimme, und sein braves Pferd rannte aus eigenem Antrieb Hals über Kopf bergab, die vom Wasser gerissenen Vertiefungen überspringend, quer zu der Richtung des Wolfes; und noch schneller, das Pferd überholend, stürmten die Hunde dahin. Nikolai hörte seinen eigenen Schrei nicht, fühlte nicht, daß er dahingaloppierte, sah weder die Hunde noch das Terrain, auf dem er ritt; er sah nur den Wolf, der, sein Tempo beschleunigend, ohne die Richtung zu verändern, in einer Bodenrinne lief. Der erste Hund, der sich in der Nähe des Wolfes zeigte, war die schwarzgescheckte Milka mit dem breiten Hinterteil; der Zwischenraum zwischen ihr und dem Verfolgten wurde immer geringer. Näher, immer näher kam sie heran ... jetzt war sie schon dicht bei ihm. Aber der Wolf schielte nur ein wenig nach ihr hin, und statt zuzupacken, wie sie es sonst immer tat, hob Milka auf einmal den Schwanz in die Höhe und stemmte sich auf die Vorderbeine.

»Uljuljuljulju!« schrie Nikolai.

Der fuchsrote Ljubim sprang hinter Milka hervor, stürzte sich eifrig auf den Wolf und packte ihn an einer Lende, sprang aber im gleichen Augenblick erschrokken nach der andern Seite hinüber. Der Wolf hatte sich hingesetzt und mit den Zähnen geklappt; nun erhob er sich wieder und lief weiter, von allen Hunden in einer Entfernung von einem Schritt verfolgt, ohne daß sie gewagt hätten, ihm näherzukommen.

»Er entkommt! Nein, das ist doch nicht möglich!« dachte Nikolai, der mit heiserer Stimme fortfuhr zu schreien.

»Karai! Uljulju ...!« schrie er und suchte mit den Augen den alten Hund, der jetzt seine einzige Hoffnung bildete. Karai streckte sich aus allen Kräften, soviel er bei seinem Alter nur konnte, und lief, immer nach dem Wolf hinblickend, schwerfällig seitwärts, um ihm den Weg abzuschneiden. Aber wenn man die Schnelligkeit des Wolfes und die Langsamkeit des Hundes zusammenhielt, so war klar, daß Karais Rechnung nicht stimmte. Nikolai erblickte schon ziemlich nahe vor sich diejenige Partie des Waldes, in der der Wolf aller Wahrscheinlichkeit nach Rettung fand, wenn er sie erreichte. Da tauchten plötzlich Hunde und ein Jäger auf, der dem Wolf beinahe gerade entgegengaloppierte. Nun war noch Hoffnung vorhanden. Ein Hund, den Nikolai nicht kannte, ein dunkelgewellter, langgestreckter, junger Rüde von einer fremden Koppel, stürmte hitzig von vorn gegen den Wolf an und hätte ihn beinahe umgerannt. Aber mit einer Schnelligkeit, die man ihm nicht zugetraut hätte, hob sich der Wolf in die Höhe, stürzte sich auf seinen Gegner, schnappte mit den Zähnen zu, und blutend, mit klaffender Flanke, schlug der Hund laut aufwinselnd mit dem Kopf auf die Erde.

»Karai, lieber, guter, alter Karai!« bat Nikolai fast weinend.

Der alte Hund mit den verfilzten Haarklümpchen am Schwanz und an den Schenkeln war, dank dem entstandenen Aufenthalt, bei seinem Versuch, dem Wolf den Weg abzuschneiden, diesem schon auf fünf Schritte nahegekommen. Wie wenn er die Gefahr spürte, schielte der Wolf nach Karai hin, zog den Schwanz noch mehr zwischen die Beine und steigerte die Geschwindigkeit seines Laufes. Aber nun befand sich

Karai (Nikolai hatte nur gesehen, daß irgend etwas mit dem Hund vorging) plötzlich auf dem Wolf und rollte mit ihm zusammen über Hals und Kopf in eine vom Wasser ausgewaschene Vertiefung, die sie vor sich hatten.

Der Augenblick, als Nikolai in der Vertiefung die auf dem Wolf sich herumwälzenden Hunde erblickte und zwischen ihnen das graue Fell des Wolfes und sein ausgestrecktes eines Hinterbein und seinen Kopf mit dem angstvollen Ausdruck, den angedrückten Ohren und dem nach Luft schnappenden Maul (Karai hielt ihn an der Kehle gepackt), der Augenblick, als Nikolai das sah, war der glücklichste seines Lebens. Er faßte schon nach dem Sattelbogen, um abzusteigen und dem Wolf den Fangstoß zu geben, als sich auf einmal aus diesem Knäuel von Hunden der Kopf des Wolfes nach oben hindurcharbeitete und dann die Vorderbeine auf den Rand der Vertiefung traten. Der Wolf schnappte mit den Zähnen um sich (Karai hielt ihn nicht mehr an der Kehle), sprang mit den Hinterbeinen aus dem Loch heraus und lief, der Hunde wieder ledig geworden, mit eingeklemmtem Schwanz weiter. Karai kroch mit gesträubtem Haar, wahrscheinlich verwundet oder gequetscht, mühsam aus der Vertiefung heraus.

»Mein Gott! Womit habe ich das verdient?« rief Nikolai in heller Verzweiflung.

Der Jäger des Onkels kam von der andern Seite herangesprengt, um dem Wolf den Weg abzuschneiden, und seine Hunde brachten das Tier wieder zum Stehen, das nun von neuem umringt wurde.

Nikolai, sein Leibjäger, der Onkel und der Jäger des Onkels umschwärmten den Wolf, schrien Uljulju und schickten sich jedesmal an, abzusteigen, sobald der Wolf sich auf die Hinterbeine niedersetzte, ritten aber jedesmal weiter, wenn der Wolf die Hunde abschüttelte und nach dem Dickicht zulief, wo er sich Rettung erhoffte.

Gleich zu Anfang dieser Hetze war Daniil, als er das Uljulju-Geschrei hörte, eilig aus dem Wald bis an den Rand geritten. Er hatte gesehen, wie Karai den Wolf packte, und sein Pferd angehalten, in der Meinung, daß die Sache nun beendet sei. Aber als die Jäger nicht abstiegen, der Wolf die Hunde immer wieder abschüttelte und weiterflüchtete, da setzte Daniil seinen Braunen wieder in Bewegung, nicht in der Richtung nach dem Wolf zu, sondern geradewegs nach dem Dickicht hin, um, in derselben Weise wie vorher Karai, dem Wolf den Weg abzuschneiden. Infolge dieses Manövers gelangte er zu dem Wolf in dem Augenblick, als die Hunde des Onkels den Wolf wieder einmal anhielten.

Daniil kam schweigend, den bloßen Dolch in der Linken haltend, herangesprengt und schlug mit der Hetzpeitsche wie mit einem Dreschflegel auf die eingefallenen Flanken seines Braunen los.

Nikolai hatte ihn nicht eher gesehen und gehört, als bis der Braune dicht neben ihm schweratmend vorbeikeuchte; darauf hörte er das Geräusch von dem Fall eines Körpers und sah, daß Daniil bereits mitten unter den Hunden auf dem Hinterteil des Wolfes lag und sich bemühte, ihn an den Ohren zu packen. Allen Beteiligten, den Hunden, den Jägern und dem Wolf, war klar, daß jetzt die Sache zu Ende ging. Der Wolf versuchte, angstvoll die Ohren an den Kopf drückend, sich zu erheben; aber die Hunde hingen von allen Seiten an ihm fest. Daniil richtete sich ein wenig auf und ließ sich dann mit seinem ganzen Gewicht, wie wenn er sich zur Ruhe legen wollte, wieder auf den Wolf niederfallen, wobei er ihn an den Ohren faßte. Nikolai wollte dem Wolf den Fangstoß geben; aber Daniil flüsterte ihm zu: »Nicht doch! Wir wollen ihn knebeln!«, und seine Stellung ändernd, trat er mit dem Fuß auf den Hals des Wolfes. Dem Wolf wurde ein Stock in den Rachen geschoben und mit einem Koppelriemen nach Art eines Zaumes festgebunden; dann wurden ihm auch die Füße zusammengebunden, und Daniil drehte den Wolf ein paarmal von einer Seite auf die andere.

Die Jäger, auf deren Gesichtern sich ihre Ermüdung und zugleich ihre hohe Freude ausprägte, legten den alten Wolf in diesem Zustand lebend auf ein scheuendes, schnaubendes Pferd und brachten ihn, von den ihn umwinselnden Hunden begleitet, nach dem Platz, wo sich alle wieder zusammenfinden sollten. Alle kamen herbeigeritten und herbeigelaufen, um den Wolf zu besehen, der seinen breitstirnigen Kopf mit dem zaumartig im Maul befestigten Stock herabhängen ließ und mit seinen großen, glasigen Augen auf diese ganze Menge von Hunden und Menschen blickte, die ihn umringte. Wenn man ihn berührte, zuckte er mit den zusammengebundenen Beinen und sah alle wild und zugleich einfältig an. Auch Graf Ilja Andrejewitsch kam herbeigeritten und faßte den Wolf an.

»Oh, was für ein gewaltiges Tier!« sagte er. »Ein gewaltiges Tier, nicht wahr?« fragte er den neben ihm stehenden Daniil.

»Jawohl, Euer Erlaucht«, antwortete Daniil und nahm eilig die Mütze ab.

ANTON TSCHECHOW
Die Entführung

Eine hungrige Wölfin dringt in den Hof des Bauern Ignat und seines Hundes Arapka ein, um Nahrung für sich und ihre Jungen zu beschaffen.

Über eine Schneewehe gelangte die Wölfin auf den Stall und begann mit Pfoten und Schnauze das Strohdach aufzuscharren. Das Stroh war faulig und schütter. Beinahe wäre die Wölfin durchgebrochen. Mit einem Male stieg ihr der Geruch von warmem Dunst, Mist und Schafsmilch in die Nüstern. Unten blökte mit zarter Stimme ein Lämmchen, das die Kälte spürte. Die Wölfin sprang durch das Loch und fiel mit den Vorderbeinen und der Brust auf etwas Weiches und Warmes, offenbar einen Hammel. Zugleich ließ sich im Stall plötzlich ein Winseln und Bellen vernehmen, das in einen feinen hohen Ton verfloß. Die Schafe drängten sich gegen die Wand. Die erschrockene Wölfin packte, was ihr gerade in die Zähne kam, und stürzte hinaus …

Sie lief mit angespannten Kräften fort, während Arapka, die den Wolf bereits gewittert hatte, wie verrückt heulte, die aufgescheuchten Hühner in der Hütte gackerten und Ignat, der auf die Vortreppe hinausgetreten war, schrie: »Volldampf! Pfeifensignal!«

Er pfiff wie eine Maschine, rief dann »Ho-ho-ho-ho!«, und das Waldecho wiederholte diesen ganzen Lärm.

Als es allmählich still geworden war, beruhigte sich die Wölfin ein wenig, und da fiel es ihr auch auf, daß die Beute, die sie in den Zähnen hielt und über den Schnee schleifte, schwerer und irgendwie fester war, als es allgemein die Lämmer zu dieser Zeit zu sein pflegen, auch anders zu riechen schien und irgendwelche seltsamen Laute hörbar wurden ... Die Wölfin machte halt und legte ihre Last auf den Schnee, um zu verschnaufen und sie dann zu fressen. Plötzlich sprang sie jedoch voller Abscheu zurück. Vor ihr lag kein Lamm, sondern ein junger, schwarzer Hund. Er hatte einen großen Kopf und lange Beine, war von plumper Rasse, und auf der Stirn zeigte sich derselbe weiße Fleck wie bei Arapka. Nach seinem Gebaren zu urteilen, war er ein tolpatschiger, einfacher Hofköter. Er beleckte seinen aufgerissenen wunden Rücken, wedelte mit dem Schwanz, als ob nichts geschehen sei, und kläffte die Wölfin an. Diese bellte auf wie ein Hund und lief von ihm weg. Er ihr nach. Sie blickte sich um und fletschte die Zähne. Der junge Hund blieb zweifelnd stehen. Nachdem er wahrscheinlich zu dem Schluß gekommen war, daß sie mit ihm spiele, streckte er die Schnauze in Richtung der Jagdhütte aus und verfiel in ein laut schallendes, fröhliches Bellen, als ob er seine Mutter Arapka einlüde, mit ihm und der Wölfin zu spielen.

Es fing an zu dämmern. Als sich die Wölfin durch das lichte Espengehölz heimwärts trollte, war bereits jeder Baum genau zu sehen, die Birkhühner erwachten schon, und hier und da flatterten die schmucken Hähne auf, die durch die unvermuteten Sprünge und das Gebell des jungen Hundes aus der Ruhe gescheucht wurden.

Warum läuft er mir denn nach? dachte die Wölfin ärgerlich. Er will offenbar von mir gefressen werden.

Sie hauste mit ihren Jungen in einer nicht sehr tiefen Grube, die sich vor drei Jahren gebildet hatte, als ein starker Sturm eine hohe, alte Fichte mitsamt der Wurzel umgeschleudert hatte. Jetzt lagen auf dem Boden der Grube alte Blätter und Moos, auch Knochen und Stierhörner, mit denen die Wolfsjungen zu spielen pflegten. Sie waren bereits erwacht und standen alle drei, einer dem andern ganz ähnlich, in einer Reihe am Rand der Grube, äugten auf die zurückkehrende Mutter und wedelten mit den Schwänzen. Als der junge Hund sie erblickte, blieb er in einiger Entfernung stehen und schaute lange zu ihnen hin. Nachdem er gemerkt hatte, daß sie ihn ebenfalls aufmerksam betrachteten, begann er sie böse anzubellen wie Fremde.

Es war bereits ganz hell. Die Sonne war aufgegangen. Ringsum glitzerte der Schnee. Der Hund stand noch immer in einiger Entfernung und bellte. Die Wölfin säugte ihre Jungen, die ihr mit den Pfoten in den schlaffen Bauch stießen, indes sie an einem weißen, kahlen Pferdeknochen nagte. Der Hunger peinigte sie, der Kopf schmerzte ihr von dem Hundegebell, und sie hätte sich am liebsten auf den unerwünschten Gast gestürzt und ihn zerrissen.

Schließlich wurde der junge Hund müde und heiser. Als er sah, daß er keine Angst zu haben brauchte, man ihm sogar keinerlei Beachtung schenkte, begann er sich langsam, bald kriechend, bald springend, den Wölfen zu nähern. Jetzt bei Tageslicht konnte man ihn leicht genau betrachten. Er hatte eine mächtige, weiße Stirn, die gebuckelt war, wie man es bei besonders dummen Hunden findet. Die Augen waren klein, blau und trübe; der Ausdruck des ganzen Kopfes ungewöhnlich dumm. Als er an die jungen Wölfe herangekommen war, streckte er die breiten Pfoten vor, legte die Schnauze darauf und machte: »Mnja, mnja... nga-nga-nga!« Die Wölfe verstanden nichts, wedelten jedoch mit den Schwänzen. Da schlug der junge Hund einem Wölfchen mit der Pfote über den großen Kopf. Der junge Wolf schlug ihn ebenfalls mit der Pfote auf den Kopf. Das Hündchen stellte sich neben ihn und betrachtete ihn schwanzwedelnd von der Seite, dann machte es plötzlich einen Luftsprung und rannte einige Male auf dem verharschten Schnee im Kreise herum. Die Wolfsjungen jagten hinter ihm drein, der junge Hund fiel auf den Rücken und streckte die Beine in die Höhe. Die jungen Wölfe stürzten zu dritt über ihn her und begannen, winselnd vor Vergnügen, ihn zu beißen, aber nicht schmerzhaft, nur zum Spaß. Die Krähen hockten auf der hohen Fichte, schauten von oben dem Kampfe zu und beunruhigten sich sehr. Es wurde immer lauter und lustiger. Die Sonne schien schon frühlingshaft warm, und die Hähne, die zuweilen durch die vom Sturm gefällte Fichte flogen, schimmerten im Sonnenglanz smaragden.

Gewöhnlich lehren die Wölfinnen ihre Kinder jagen, indem sie ihnen Beutetiere zum Spielen geben. Als jetzt die Wölfin sah, wie ihre Jungen über den Schnee hinter dem jungen Hund herjagten und sich mit ihm balgten, dachte sie denn auch: Mögen sie dabei lernen.

Nachdem sie sich müde gespielt hatten, liefen die Wolfsjungen in die Grube und legten sich schlafen. Der junge Hund heulte eine Weile vor Hunger, dann streckte er sich jedoch auch in der warmen Sonne aus.

Und als sie alle aufgewacht waren, begannen sie abermals zu spielen. Die Wölfin konnte den ganzen Tag und Abend nicht vergessen, wie in der vergangenen Nacht das Lämmchen im Stall geblökt und wie es nach Schafsmilch gerochen hatte. Vor Appetit knirschte sie dauernd mit den Zähnen und nagte voll Gier an dem alten Knochen, wobei sie sich vorstellte, es sei ein Lämmchen. Die Jungen tranken bei ihr, und der junge Hund, der gerne fressen wollte, lief ringsherum und beschnupperte den Schnee.

»Fressen wir ihn also …«, entschied die Wölfin.

Sie lief an ihn heran, doch er leckte ihr das Maul und fletschte sie an, denn er dachte, sie wolle mit ihm spielen. Früher hatte die Wölfin auch Hunde gefressen, aber von dem jungen Hund roch es so stark nach Köter, und sie konnte wegen ihrer schwachen Gesundheit diesen Geruch bereits nicht mehr ertragen; er widerte sie an. Sie ging weiter …

Als die Nacht kam, wurde es kalt. Der junge Hund langweilte sich und lief heim.

ALFRED BREHM

Die Hunde des Orients

Gehen wir von dem verwilderten Hunde zu denen über, welche zwar herrenlos sind, immer aber noch in einem gewissen Abhängigkeitsverhältnis zu dem Menschen stehen. Die Engländer haben ihnen den Namen *Pariahunde* beigelegt, und diese Bezeichnung verdient angenommen zu werden; denn Parias, elende, verkommene, aus der besseren Gesellschaft verstoßene Tiere sind sie, die armen Schelme, trotz der Freiheit zu tun und zu lassen, was ihnen beliebt, Parias, welche dankbar die Hand lecken, die ihnen das Joch der Sklaverei auflegt, Parias, die glücklich zu sein scheinen, wenn der Mensch sie würdigt, ihm Gesellschaft zu leisten und ihm zu dienen.

Schon im Süden Europas leben die Hunde auf ganz anderem Fuße als bei uns zulande. In der Türkei, in Griechenland und in Südrußland umlagern Massen von herrenlosen Hunden die Städte und Dörfer, kommen wohl auch bis in das Innere der Straßen, betreten aber niemals einen Hof und würden auch sofort von den Haushunden vertrieben werden. Sie nähren sich hauptsächlich von Aas oder jagen bei Gelegenheit auf eigene Faust kleinere Tiere, namentlich Mäuse und dergleichen. Auch die Hunde der südspanischen Bauern werden nur sehr wenig zu Hause gefüttert, streifen zur Nachtzeit weit und breit umher und suchen sich selbst ihre Nahrung. Auf den Kanarischen Inseln ist es nach Bolle noch neuerdings vorgekommen, daß einzelne Hunde verwilderten und unter den Schafherden bedeutenden Schaden anrichteten. So selbständig werden die verwilderten Hunde des Morgenlandes nicht, aber sie müssen durchaus für sich selbst sorgen und werden von keinem Menschen irgendwie unterstützt. Ich habe diese Tiere vielfach in Ägypten beobachtet und will in möglichster Kürze mitteilen, was mir von ihrem Leben besonders merkwürdig erschien.

Alle ägyptischen Städte stehen zum Teil auf den Trümmern der alten Ortschaften, also gewissermaßen auf Schutthaufen. Wahre Berge von Schutt umgeben auch die meisten und die größeren, wie Alexandrien und Kairo, in sehr bedeutender Ausdehnung. Diese Berge nun sind es, welche den verwilderten Hunden hauptsächlich zum Aufenthalt dienen. Die Tiere selbst gehören einer einzigen Rasse an. Sie kommen in der Größe mit einem Schäferhunde überein, sind von plumper Gestalt und haben einen widerwärtigen Gesichtsausdruck; ihre lange und ziemlich buschige Rute wird in den meisten Fällen hängend getragen. Die Färbung ihres rauhen, struppigen Pelzes ist ein schmutziges, rötliches Braun, das mehr oder weniger in das Graue oder in das Gelbe ziehen kann. Andersfarbige, namentlich schwarze und lichtgelbe, kommen selten vor.

Sie leben in vollkommenster Selbständigkeit an den genannten Orten, bringen dort den größten Teil des Tages schlafend zu und streifen bei Nacht umher. Jeder besitzt seine Löcher, und zwar sind diese mit eigentümlicher Vorsorge angelegt. Jedenfalls hat jeder einzelne Hund zwei Löcher, von denen eines nach Morgen, das andere nach Abend liegt; streichen die Berge aber so, daß sie dem Nordwinde auf beiden Seiten ausgesetzt sind, so graben sich die Tiere auch noch auf der Südseite ein besonderes Loch, das sie jedoch bloß dann beziehen, wenn ihnen der kalte Wind in ihrem Morgen- oder Abendloche lästig wird. Morgens bis gegen zehn Uhr findet man sie regelmäßig in dem nach Osten hin gelegenen Loche; sie erwarten dort nach der Kühle des Morgens die ersten Strahlen der Sonne, um sich wieder zu erwärmen. Nach und nach aber werden diese Strahlen ihnen zu heiß, und deshalb suchen sie jetzt Schatten auf. Einer nach dem anderen erhebt sich, klettert über den Berg weg und schleicht sich nach dem auf der Westseite gelegenen Loche, in dem er seinen Schlaf fortsetzt. Fallen nun die Sonnenstrahlen nachmittags auch in diese Höhlung, so geht der Hund wieder zurück nach dem ersten Loche, und dort bleibt er bis zum Sonnenuntergang liegen.

Um diese Zeit wird es in den Bergen lebendig. Es bilden sich größere und kleinere Gruppen, ja selbst Meuten. Man hört Gebell, Geheul, Gezänk, je nachdem die Tiere gestimmt sind. Ein größeres Aas versammelt sie immer in zahlreicher Menge, ein toter Esel oder ein verendetes Maultier wird von der hungrigen Meute in einer einzigen Nacht bis auf die größten Knochen verzehrt. Sind sie sehr hungrig, so kommen sie auch bei Tage zum Aase, namentlich wenn sich dort ihre unangenehmsten Gegner, die Geier, einfinden sollten, durch die sie Beeinträchtigung im Gewerbe fürchten. Sie sind im höchsten Grade futterneidisch und bestehen deshalb mit allen ungerufenen Gästen heftige Kämpfe. Die Geier aber lassen sich so leicht nicht vertreiben und leisten ihnen unter allen Aasfressern den entschiedensten und mutigsten Widerstand; deshalb haben sie von ihnen das meiste zu leiden. Aas bleibt unter allen Umständen der Hauptteil ihrer Nahrung, doch sieht man sie auch katzenartig vor den Löchern der Rennmäuse lauern und schakal- oder fuchsartig diesen oder jenen Vogel beschleichen. Wenn ihre Aastafel einmal nicht gespickt ist, machen sie weite Wanderungen, kommen dann in das Innere der Städte und streifen in den Straßen umher. Dort sind sie, weil sie allen Unrat wegfressen, geduldete, wenn auch nicht gern gesehene Gäste; gegenwärtig kommt es wohl nur sehr selten vor, daß einzelne gläubige Mohammedaner sie, wie vormals geschehen sein soll, in ihren Vermächtnissen bedenken und für ihre Erhaltung gewissermaßen Sorge tragen.

Die Paarungszeit fällt in dieselben Monate wie bei den übrigen Hunden, einmal in das Frühjahr, das andere Mal in den Herbst. Die Hündin wölft in eines ihrer Löcher, gräbt es aber etwas tiefer aus und bildet daraus einen förmlichen Bau, in dem man das ganze Gewölfe nach einiger Zeit lustig mit der Alten spielen sieht. Nicht selten kommt es vor, daß sich eine solche Hündin, wenn die Wölfzeit kommt, in das Innere der Städte begibt und sich dort mitten in der Straße oder wenigstens in einem einigermaßen geschützten Winkel eine Grube gräbt, in der sie dann ihre Nachkommenschaft zur Welt bringt. Es scheint fast, als ob sie wisse, daß sie auf die Mildtätigkeit und Barmherzigkeit der mohammedanischen Bevölkerung zählen dürfe, und wirklich rührend ist es zu sehen, wie sich die gastfreien Leute einer solchen Hundewöchnerin annehmen. Ich habe mehr als einmal beobachtet, daß vornehme Türken oder Araber, die durch solche Straßen ritten, in denen Hündinnen mit ihren Jungen lagen, sorgfältig mit ihrem Pferde auf die Seite lenkten, damit dieses ja nicht die junge Brut beschädige. Wohl selten geht ein Ägypter vorüber, ohne der Hundemutter einen Bissen Brot, gekochte Bohnen, einen alten Knochen und dergleichen zuzuwerfen. Die Mohammedaner halten es für eine Sünde, ein Tier unnötigerweise zu töten oder zu beleidigen; aber die Barmherzigkeit geht zuweilen auch zu weit. Man findet nämlich oft räudige und kranke Hunde im größten Elend auf der Straße liegen, ohne daß sich eine mitleidige Hand fände, ihrem traurigen Dasein ein Ende zu machen. So sah ich in einer Stadt Oberägyptens einen Hund auf der Straße liegen und sich herumquälen, dem durch einen unglücklichen Zufall beide Hinterbeine derart zerschmettert waren, daß er sie nicht mehr gebrauchen konnte und sie, wenn er sich mit den Vorderbeinen mühsam weiterbewegte, hintennach schleifen mußte. Ganz unzweifelhaft hatten alle Bewohner des Ortes dieses unglückliche, erbärmliche Tier schon monatelang täglich gesehen, niemand aber war es eingefallen, ihm einen Gnadenstoß zu geben. Ich zog eine Pistole und schoß ihm eine Kugel durch den Kopf, mußte mich jedoch ordentlich gegen die Leute verteidigen wegen meiner Tat.

Fängt man sich junge Hunde und hält sie lange Zeit in der Gefangenschaft, so werden sie vollständig zu Haushunden und sind dann als wachsame und treue Tiere sehr geschätzt. Bei weitem der größte Teil der jungen Straßenhunde aber findet keinen Herrn und begibt sich, nachdem er halb erwachsen ist, mit der Alten ins Freie und lebt dort genau in derselben Weise wie seine Vorfahren.

Innerhalb ihrer eigentlichen Wohnkreise sind die verwilderten Hunde ziemlich scheu und vorsichtig, und namentlich vor dem fremdartig Gekleideten weichen sie jederzeit aus, sobald sich dieser ihnen nähert. Beleidigt man einen, so erhebt sich ein wahrer Aufruhr. Aus jedem Loche schaut ein Kopf heraus, und nach wenigen Minuten sind die Gipfel der Hügel mit Hunden bedeckt, die ein ununterbrochenes Gebell ausstoßen. Ich habe mehrmals auf solche Hunde Jagd gemacht, teils um sie zu beobachten, teils um ihr Fleisch zu verwenden, d. h. um es entweder als Köder für die Geier auszuwerfen, oder um es meinen gefangenen Geiern und Hyänen zu verfüttern. Bei diesen Jagden habe ich mich von dem Zusammenleben und Zusammenhalten der Tiere hinreichend überzeugen können und dabei unter anderem die Beobachtung gemacht, daß sie mich schon nach kurzer Zeit vollständig kennen und fürchten gelernt hatten. In Khartum z. B. war es mir zuletzt unmöglich, solche herrenlose Hunde mit der Büchse zu erlegen, weil sie mich nicht mehr auf vierhundert Schritte an sich herankommen ließen. Sie sind überhaupt dem Fremden sehr abhold und kläffen ihn an, sobald er sich zeigt; aber sie ziehen sich augenblicklich zurück, wenn man sich gegen sie kehrt. Gleichwohl kommt nicht selten eine starke Anzahl auf einen los, und dann ist es jedenfalls gut, dem naseweisesten Gesellen eine Kugel vor den Kopf zu schießen. Mit den Mohammedanern oder morgenländisch gekleideten Leuten leben sie in guter Freundschaft; sie fürchten sie nicht im geringsten und kommen oft so nahe an sie heran, als ob sie gezähmt wären. Mit den Haushunden dagegen liegen sie beständig im Streite, und wenn ein einzelner Hund aus der Stadt in ihr Gebiet kommt, wird er gewöhnlich so gebissen, daß er sich kaum mehr rühren kann. Auch die Hunde eines Berges verkehren nicht friedlich mit denen eines anderen, sondern geraten augenblicklich mit allen in Streit, welche nicht unter ihnen großgeworden und sich sozusagen mit ihnen zusammengebissen haben.

Manchmal vermehren sich die verwilderten Hunde in das Unglaubliche und werden zur wirklichen Landplage. Mohammed Ali ließ einmal, um dieser Pest zu steuern, ein Schiff förmlich mit Hunden befrachten und diese dann auf hoher See über Bord werfen, um sie sicher zu ertränken. Zum größten Glück sind sie nur äußerst selten der Tollwut ausgesetzt, ja man kennt wirklich kaum Beispiele, daß jemand von einem tollen Hunde gebissen worden wäre. Die verwilderten Hunde gelten den Mohammedanern, wie alle Tiere, welche Aas fressen, für unrein, und deshalb ist es dem Gläubigen verwehrt, sich näher mit ihnen zu befassen. Wird ein solches Tier aber gezähmt, so ändert sich die Sache; dann gilt bloß seine beständig feuchte Nase noch für unrein.

CHARLES DARWIN
Der Ausdruck freundlicher Gemütsbewegungen beim Hund

Die Bewegungen eines Hundes, welcher Zuneigung zu seinem Herrn zu erkennen gibt, bestehen darin, dass der Kopf und der ganze Körper sich niedriger stellt und gewundene Bewegungen ausführt, während der Schwanz ausgestreckt und von der einen zur andern Seite gewedelt wird. Die Ohren hängen herab und werden ein wenig nach hinten gezogen, was eine Verlängerung der Augenlider verursacht; dadurch wird das ganze Ansehen des Gesichtes verändert. Die Lippen hängen lose herab und das Haar bleibt glatt. Alle diese Bewegungen oder Gebärden sind, wie ich glaube, dadurch erklärbar, dass sie in vollkommenem Gegensatze zu denjenigen stehen, welche naturgemäss ein bösgewordener Hund unter einem direct entgegengesetzten Seelenzustande annimmt. Wenn man seinen Hund anredet oder eben nur bemerkt, so sehen wir die letzte Spur dieser Bewegungen in einem leichten Wedeln des Schwanzes, ohne dass der Körper irgend eine andere Bewegung machte und ohne dass selbst die Ohren herabhiengen. Hunde geben ihre Zuneigung auch dadurch zu erkennen, dass sie sich an ihren Herren zu reiben und von ihnen gerieben oder geliebkost zu werden wünschen.

Hunde haben noch eine andere und auffallende Weise, ihre Zuneigung zu erkennen zu geben, nämlich dadurch, dass sie die Hände oder das Gesicht ihrer Herren lecken. Sie lecken auch zuweilen andere Hunde und dann immer am Maule. Ich habe auch gesehen, dass Hunde Katzen leckten, mit denen sie befreundet waren. Diese Gewohnheit entstand wahrscheinlich daraus, dass die Weibchen ihre Jungen, die theuersten Gegenstände ihrer Liebe, um sie zu reinigen, beleckten. Nach einer kurzen Abwesenheit lecken sie auch oft ihre Jungen ein paar Mal schnell im Vorübergehen, allem Anscheine nach aus Zuneigung. Hierdurch wird die Gewohnheit mit der Erregung der Liebe associirt worden sein, auf welche Weise diese auch später erregt werden mag. Sie ist jetzt so fest vererbt oder angeboren, dass sie gleichmässig auf beide Geschlechter überliefert wird. Einer meiner weiblichen Pinscher warf vor kurzem Junge, welche sämmtlich getödtet wurden; und trotzdem die Hündin schon zu allen Zeiten eine sehr zärtliche Creatur war, so war ich doch über die Art und Weise überrascht, in welcher sie nun versuchte, ihre instinctive mütterliche Liebe dadurch zu befriedigen, dass sie sie auf mich wandte; und ihre Begierde, meine Hände zu lecken, wuchs zu einer unersättlichen Leidenschaft.

Dasselbe Princip erklärt es wahrscheinlich, warum Hunde, wenn sie sich zuneigungsvoll fühlen, es gern haben, sich an ihren Herren zu reiben oder von ihnen gerieben oder geklopft zu werden, denn von dem Warten ihrer Jungen her ist die Berührung mit einem geliebten Gegenstande in ihrer Seele fest mit der Erregung der Liebe associirt worden.

Das Gefühl der Zuneigung eines Hundes gegen seinen Herrn ist mit einem starken Gefühle der Unterwürfigkeit verbunden, welches mit der Furcht verwandt ist. Daher senken Hunde nicht bloss ihre Körper und kriechen ein wenig, wenn sie sich ihrem Herrn nähern, sondern werfen sich zuweilen auf den Boden, mit der Bauchseite nach oben gekehrt. Dies ist eine Bewegung, welche jedem Anzeichen von Widerstand so vollständig als möglich entgegengesetzt ist. Ich besass früher einen grossen Hund, der sich nicht im geringsten fürchtete, mit andern Hunden zu kämpfen. Aber ein wolfartiger Schäferhund in der Nachbarschaft besass, trotzdem er nicht so wild und nicht so kraftvoll war als mein Hund, einen starken Einfluss auf ihn. Wenn sich beide auf der Strasse begegneten, so pflegte mein Hund ihm entgegen zu rennen, den Schwanz zum Theil zwischen die Beine genommen und das Haar nicht aufgerichtet, und dann warf er sich auf den Boden, den Bauch nach oben. Durch diese Handlung schien er deutlicher, als es durch Worte hätte geschehen können, sagen zu wollen: »Siehe, ich bin dein Sclave!«

Ein vergnüglicher und erregter, mit Zuneigung associirter Seelenzustand wird von manchen Hunden in einer sehr eigenthümlichen Weise ausgedrückt, nämlich durch Grinsen. SOMERVILLE hat dies schon vor längerer Zeit bemerkt, wenn er sagt:

»Und mit höflichem Grinsen grüsst dich der schwänzelnde Hund,
Kauernd, seine sich weit öffnende Nase
Wirft er auf, und seine grossen kohlschwarzen Augen
Schmelzen in sanften Liebkosungen und demüthiger Freude.«

Sir WALTER SCOTT's berühmter schottischer Windhund, Maida, hatte diese Gewohnheit, und sie ist bei Pinschern gewöhnlich. Ich habe sie auch bei einem Spitze und bei einem Schäferhunde gesehen. Mr. RIVIERE, welcher dieser Ausdrucksweise besondere Aufmerksamkeit geschenkt hat, theilt mir mit, dass sie selten in einer vollständigen Weise entfaltet wird, aber in einem geringern Grade ganz gewöhnlich ist. Während des Actes des Grinsens wird die Oberlippe wie beim Knurren zurückgezogen, so dass die Eckzähne sichtbar werden, und auch die Ohren werden zurückgezogen. Aber die allgemeine Erscheinung des Thieres zeigt deutlich, dass kein Zorn gefühlt wird. Sir Ch. BELL bemerkt, »Hunde bieten bei ihrer Ausdrucksweise der Zuneigung ein geringes Aufwerfen der Lippen dar und grinsen und schnüffeln während ihrer Sprünge in einer lachenerregenden Weise.« Manche Personen sprechen vom Grinsen, als wäre es ein Lachen. Wenn es aber wirklich ein Lachen wäre, so würden wir eine ähnliche, wenn auch ausgesprochenere Bewegung der Lippen und Ohren sehen, wenn Hunde ihr Freudengebell ertönen lassen; dies ist aber nicht der Fall, obschon ein Freudengebell oft auf ein Grinsen folgt. Auf der andern Seite thun Hunde, wenn sie mit ihren Kameraden oder Herren spielen, beinahe immer so, als wenn sie einander bissen, und dann ziehen sie, wenn auch nicht energisch, ihre Lippen und Ohren zurück. Ich vermuthe daher, dass bei manchen Hunden eine Neigung vorhanden ist, so oft sie ein lebendiges, mit Zuneigung verbundenes Vergnügen empfinden, durch Gewohnheit und Association auf dieselben Muskeln einzuwirken, als wenn sie im Spiele einander oder die Hände ihrer Herren bissen.

RUDYARD KIPLING
Beginn einer Hundefreundschaft

Eines Abends, es ist nun schon lange her, fuhr ich in das indische Truppenquartier Miam Mir, um einer Theatervorstellung beizuwohnen. Da stürzte plötzlich ein Soldat, die Mütze schief auf den Kopf gedrückt, von der Infanteriekaserne her, vor unsre Pferde und schrie wie toll, er sei ein gefährlicher Straßenräuber. Ich traute meinen Augen nicht: das war ja ein guter Freund von mir, und so gab ich ihm denn den Rat, schleunigst nach Hause zu gehen, bevor er abgefaßt würde; doch da geriet er auch schon zwischen unsre Deichsel, und nun erscholl gar die Stimme der Wache.

Mein Kutscher und ich stießen ihn in unsern Wagen

hinein, fuhren in schnellem Tempo nach Hause, entkleideten ihn und brachten ihn zu Bett. Am nächsten Morgen erwachte er mit heftigen Kopfschmerzen und sehr beschämt. Nachdem seine Uniform gereinigt und er rasiert, gewaschen und in Ordnung gebracht war, fuhr ich ihn zur Kaserne zurück, sein Arm in einer sauberen, weißen Schlinge, und berichtete, daß ich ihn durch ein Mißgeschick überfahren hätte. Den Vorfall erzählte ich wohlweislich nicht dem Wachtmeister meines Freundes, der ein feindseliger, mißtrauischer Mensch war, sondern seinem Leutnant, der uns nicht näher kannte.

Drei Tage darauf besuchte mich mein Freund; auf den Fersen folgte ihm einer der feinsten Bullterrier, die ich je mit Augen gesehen habe, einer von der alten Zucht, zwei Teile Bulldog und ein Teil Terrier. Er war weiß und hatte dicht unter dem Halsansatz einen rehfarbenen Fleck und einen zweiten an der Wurzel seines dünnen Schwanzes. Ich hatte ihn schon seit mehr als einem Jahr aus der Entfernung bewundert, und Vixen, mein eigener Foxterrier, kannte ihn auch, aber schätzte ihn weniger.

»Ich habe ihn dir mitgebracht, er ist für dich«, sagte mein Freund, doch sah er aus, als ob er sich ungern von ihm trennte.

»Unsinn! Der Hund ist ja mehr wert als ein Durchschnittsmensch, Stanley«, sagte ich.

»Das ist richtig, vielleicht sogar noch mehr. Achtung!« Der Hund stellte sich auf die Hinterfüße und blieb eine ganze Minute in derselben Haltung.

»Augen rechts!«

Er ließ sich auf die Schenkel nieder und wandte den

Kopf scharf nach rechts. Auf ein gegebenes Zeichen sprang er auf und bellte dreimal. Dann streckte er mir seine rechte Vorderpfote entgegen und sprang plötzlich mit einem behenden Satz auf meine Schulter, legte sich wie eine Krawatte um meinen Hals; schlaff, wie leblos, hing sein Körper herunter. Nun sollte ich mich seiner entledigen und ihn in die Luft schleudern. Er flog mit Geheul zu Boden und hielt ein Bein hoch.

»Das ist alles Dressur, gehört zu dem Kunststück«, sagte sein Herr. »Jetzt stirb, erst grab dir dein Grab, dann schließe deine kleinen Augen.«

Noch lahm, hinkte er zum Gartenrand, grub dort ein Loch und legte sich hinein. Dann aber, als ihm gesagt wurde, er sei geheilt, sprang er heraus, wedelte mit dem Schwanz und winselte um Beifall. Er machte noch ein halb Dutzend anderer Kunststücke; so war er zum Beispiel auf den Mann dressiert (ich gab den Mann ab, er setzte sich vor mich hin, mit gefletschten Zähnen, zum Sprunge bereit), dann wieder mußte er auf Befehl im Fressen innehalten. Kaum hatte ich mich in Lobsprüchen über ihn erschöpft, als mein Freund eine Bewegung machte, nach der der Hund sich auf den Boden warf und wie angeschossen liegenblieb, darauf nahm mein Freund ein Stück blauliniertes Papier aus seinem Helm, überreichte es mir und lief davon, während der Hund ihm nachsah und kläglich heulte. Ich las:

»Ich gebe dir den Hund zum Dank für das, was du getan hast, um mir aus meiner gefährlichen Lage zu helfen. Er ist der beste, der mir je begegnet ist, und ich habe ihn selbst zu dem gemacht, was er ist; er wiegt gut einen Menschen auf: Bitte, überfüttere ihn nicht, gib ihn mir nicht zurück, ich würde ihn nicht nehmen. Mache also keine Versuche, ihn wiederzugeben. Seinen Namen habe ich zurückbehalten, nenne ihn, wie du willst – und er wird darauf hören; nur gib ihn mir nicht wieder. Er kann einen Mann ohne weiteres umbringen; gib ihm nicht zu viel Fleisch. Er ist klüger als ein Mensch.«

Vixen bezeugte dem Bullterrier ihre Sympathie, indem sie mit durchdringendem Gekläff in sein Verzweiflungsgeheul einfiel, und ich war verstimmt, denn mir war es klar, daß ein Mensch, der sich etwas aus Hunden im allgemeinen macht, und ein Mensch, der einen bestimmten Hund liebt, zweierlei bedeutet. Hunde sind im Grunde doch weiter nichts als Ungeziefer beherbergende Rumtreiber, sich juckende unsaubere Vierfüßler und von Moses und Mohammed, ihren Gesetzen gemäß, als unrein verpönt. Ein Hund aber, mit dem du mindestens sechs Monate des Jahres allein haust, ein freies Geschöpf, das voller Liebe so an dir hängt, daß es sich ohne dich nicht vom Fleck rührt, eine geduldige, ruhige, kluge Seele, die deine Stimmungen versteht, bevor du sie selbst erkannt hast – ein solcher Hund ist keineswegs ein bloßer Hund.

Ich besaß Vixen, die mir den Hund in seiner Vollkommenheit bedeutete, und ich verstand, was mein Freund empfunden haben mochte, als er sich sein Herz aus dem Leibe riß und es in meinem Garten zurückließ. Der Hund verstand nur zu deutlich, daß ich nun sein Herr sei, und folgte nicht etwa dem Soldaten. Sobald er sich rührte, streichelte und liebkoste ich ihn, und schon stürzte sich Vixen eifersüchtig kläffend auf ihn. Hätte sie seinem Geschlecht angehört, so hätte er sich durch einen Kampf aufheitern können, doch so blickte er sich nur sorgenvoll um, als sie seine stählernen Flanken angriff; er legte seinen schweren Kopf auf meine Knie und heulte von neuem. Eigentlich hatte ich die Absicht, den Abend in meinem Klub zu verbringen, doch da es dunkel wurde und der Hund wie ein Kind, das versucht, sein Schluchzen zu unterdrücken, durch das leere Haus schlich und schnüffelte, konnte ich es nicht über mich bringen, ihn an seinem ersten Abend allein zu lassen. So aßen wir denn alle drei zusammen, Vixen auf der einen Seite von mir, der Fremdling auf der anderen; sie beobachtete jeden seiner Bissen und gab deutlich zu verstehen, was sie von seinen Manieren hielt, die viel besser waren als die ihren.

Vixen hatte es sich zur Gewohnheit gemacht, bis die Jahreszeit heiß wurde, in meinem Bett zu schlafen, ihren Kopf auf meinem Kissen, wie ein menschliches Wesen; gegen Morgen konnte ich immer beobachten, daß das kleine Ding, die Füße gegen die Wand gestemmt, mich an den äußersten Rand des Bettes geschoben hatte. An diesem Abend hatte sie es, gewiß nicht ohne einen Hintergedanken, besonders eilig, ins Bett zu kommen. Die Haare standen ihr zu Berge, aufmerksam hielt sie ein Auge auf den Fremdling gerichtet, der sich ganz hilflos und betrübt auf eine Matte gelegt hatte, alle viere von sich gestreckt, und schwer atmete. Vixen rückte hin und her, um es sich auf dem Kissen möglichst bequem zu machen, wohl auch, um sich ein Ansehen zu geben, und nun fing sie auch noch ihren weinerlichen Singsang an, bevor sie einschlief. Der Fremdling schlich behutsam zu mir heran. Ich streckte ihm meine Hand entgegen, die er leckte. Im selben Moment befand sich mein Handgelenk zwischen Vixens Zähnen, und ihr warnendes Aarr gab mir zu verstehen, daß sie beißen würde, wenn ich den Fremdling noch weiter beachtete.

Ich faßte sie mit der linken Hand dicht unter ihrem fetten Hals, schüttelte sie energisch und sagte:

»Vixen, wenn du das noch einmal tust, so sperre ich dich auf die Veranda. Richte dich danach!«

Sie verstand mich ganz genau, aber kaum hatte ich sie freigegeben, so schnüffelte sie von neuem nach meinem Handgelenk, verhielt sich aber sonst ganz still; mit hochstehenden Ohren und niedergedrücktem Körper lag sie da, zum Biß bereit. Der Schwanz des großen Hundes schlug demütig und friedfertig den Boden.

Ich griff ein zweites Mal nach Vixen, nahm sie wie ein Kaninchen aus dem Bett (den Griff haßte sie und heulte) und trug sie meiner Drohung gemäß auf die Veranda zu den Fledermäusen und dem Mondlicht. Darob kläffte sie jämmerlich, bald wurde ihre Ausdrucksweise lebhafter und ungebührlicher, zwar nicht gegen mich, sondern den Bullterrier – bis sie vor Erschöpfung japste. Schließlich lief sie rings um das Haus und suchte an jeder Tür Einlaß. Dann begab sie sich zu den Ställen und bellte, als ob sie anzeigen wollte, daß die Pferde gestohlen würden – das war einer ihrer altbekannten Kniffe. Endlich kam sie zurück, und ihr jämmerliches Geheul sagte deutlich: »Ich werde brav sein, laß mich herein!«

Ich ließ sie ein, und sie flog nur so auf ihre Kissen. Nachdem sie sich beruhigt hatte, flüsterte ich dem Hund zu: »Du kannst am Fußende liegen.« Sofort sprang der Bullterrier auf, und obwohl ich sah, wie Vixen vor Neid zitterte, war sie zu klug, um von neuem Einspruch zu erheben. So schliefen wir denn bis zum Morgen, und Bissen für Bissen nahmen die beiden ihr Frühstück mit mir ein, bis mein Pferd vorgeführt wurde und wir den Ritt begannen.

4
Essay

»Ich bin ich, weil mein kleiner Hund mich kennt« (Gertrude Stein)

Sigmund Freud, der sein Schreibzimmer ein Leben lang mit verschiedenen Chow-Chows teilte, hat in der Hundeliebe seiner Zeitgenossen eine merkwürdige Doppelbödigkeit ausgemacht. Im Umgang mit dem Hund, dem schlechthin zivilisierten Tier, setzen sich die Menschen immer auch mit dem Animalischen *in sich*, ihrer Triebnatur, auseinander –, und zwar in ambivalenter Weise, fasziniert und abgestoßen zugleich. Das erklärt nach Freud die Tatsache, »daß der Mensch den Namen seines treuesten Freundes in der Tierwelt als Schimpfwort verwendet«. Durch zwei Eigenschaften ziehe der Hund die Verachtung des Menschen auf sich: »daß er ein Geruchstier ist, das sich vor Exkrementen nicht scheut, und daß er sich seiner sexuellen Funktionen nicht schämt«. Und Freud stellt aus seiner eigenen Praxis einen Patienten vor, der sich »als ein Riecher erwiesen« hatte. Der Mann habe in seiner Kindheit »wie ein Hund jeden Menschen nach seinem Geruch« erkannt und sich diese Fähigkeit auch als Erwachsener erhalten. Ein solcher Ausnahmefall zeigt nach Freud, was in der Erziehung der »normalen« Menschen auf der Strecke bleibt: eine ursprüngliche »Riechlust«, eine ursprüngliche unbefangene Sexuallust, allgemein: eine ursprüngliche Sinnlichkeit, die der Erwachsene dann im Haustier »Hund« zugleich sehnsuchtsvoll und ängstlich betrachtet. In der Erziehung des Hundes zu Reinlichkeit und Gehorsam, bei der er trotz aller Erfolge doch immer ein Hund bleibt, spiegeln wir nach Freud unsere eigene »Dressur« zu vernünftigen, zivilisierten Wesen. Der Hund ist ein Bild unseres Unbewußten, und daß wir ihm verfallen sind, beweist: Das Ich ist nicht Herrchen im eigenen Haus.

Vielleicht trägt Freuds Theorie tatsächlich dazu bei, die auffällige Zuneigung der Schriftsteller und Philosophen zum Hund zu erklären. Sie sind ja die Spezialisten für die Abgründe der Seele und des Geistes. Sie wissen, daß wir mit unseren Verstandesmitteln niemals vollständige Klarheit über uns selbst erlangen können. Wer seinem Hund in die Augen blickt und mit ihm spricht, wird den freudigen Reaktionen des Tiers stets die Gewißheit entnehmen, ganz und gar verstanden worden zu sein. Im jahrelangen Zusammenleben mit einem Hund entwickeln sich Vertrautheitsgefühle, die bis zur vollständigen Identifikation gehen können: Wir glauben zu verstehen, was im Innersten des Tieres vor sich geht, so wie wir umgekehrt oft annehmen, das Tier wisse über uns besser Bescheid als unsere Mitmenschen (oder gar wir selbst). Hundebesitzer kennen das unheimliche Sensorium dieses Tiers für ihre verborgensten Launen und Stimmungen. Und dennoch bleibt, ungeachtet der täglichen Nähe, auch der zutraulichste Hund für uns ein fremdes, unbekanntes Wesen (gerade deswegen eignet er sich als Projektionsfläche für dasjenige in uns, was wir, obwohl es ein Teil von uns ist, nicht begreifen können). Hundebücher versichern, daß er etwa sechzigmal so viel Riechzellen habe wie wir und seine Umwelt durch »Riechbilder« strukturiere. Einfühlsame Besitzer imaginieren dann mit einiger Anstrengung, wie es wäre, durch die eigene Heimatstadt als Universum voller Gerüche zu gehen. Doch wir werden niemals das hinter uns lassen können, was Gerüche *für uns* bedeuten. Die Weltsicht des Hundes ist uns grundsätzlich verschlossen. Aber im Unterschied zu anderen Tieren kommuniziert er eben mit uns, zeigt an uns gerichtet ein Verhalten, das wir unweigerlich als Ausdruck von »Freude«, »Langeweile«, »Enttäuschung« oder »Zufriedenheit« deuten. Vom fremden Bewußtsein der Tiere scheint das des Hundes in besonderer Weise der menschlichen Sprache aufgeschlossen. Vermutlich liegt in dieser Verbindung von Nähe und Ferne, von Geheimnis und Vertrautheit die Faszination begründet, die der Hund in unserem Kulturkreis auf den Menschen ausübt. In diesem Tier, das uns offenbar so gut versteht und das zu fühlen scheint wie wir, sehnt unsere überanstrengte Vernunft sich zurück nach ihrer verlorenen Einheit mit allem, was lebt. Im stummen Blick des Hundes liegt ein Versprechen der Natur, das Gespräch mit dem Menschen nicht abzubrechen.

Meyers Konversationslexikon (1905)

Der H a u s h u n d (Canis familiaris *L.*) kommt überall nur gezähmt, als Genosse des Menschen, höchstens verwildert (D i n g o) oder herrenlos (P a -

r i a h u n d e) vor. Über seine Abstammung ist nichts Sicheres bekannt.

Die entwickeltste Form, die Gattung Canis *L.* zeigt sich vom Oberpliocän an fast kosmopolitisch. Will man den Haushund als Art von den übrigen Wölfen (Lupinae) trennen, so ist der links gekrümmte Schwanz noch das beste Merkmal; nach Gerippe und Gebiß gehört der H. zwar zu den Wölfen, doch kann man ihn weder mit irgend einer der wilden Arten vereinigen noch von einer derselben scharf trennen; durch Verwilderung wird er auch im Äußern den wilden Formen wieder ähnlich. Die Abstammung des Haushundes von e i n e r wilden Art ist durchaus unwahrscheinlich, vielmehr sind wohl die Hunde der einzelnen Erdteile auf verschiedene Wildhundarten zurückzuführen, so gleicht der H. der Indianer dem nordamerikanischen Wolf, der Eskimohund dem grauen Polarwolf. Die auffallende Ähnlichkeit des ältern Schlages deutscher Schäferhunde mit dem europäischen Wolf ist auf neuere Kreuzungen zurückzuführen, aus denen man eine Verbesserung des Temperaments erhoffte. Die kleinen Hunderassen gleichen im Bau dem Schakal, ebenso in ihrer Gewohnheit, mit der Rute zu wedeln, auf der Erde zu kriechen und sich auf den Rücken zu legen, wenn der Herr sie anruft. Sie beriechen wie jener die After der Artgenossen und entleeren den Harn nach der Seite. Die Haushunde von Guinea sind fuchsartig und stumm. Wahrscheinlich ist die Abstammung des Haushundes von mehreren wilden Arten und zwar von zwei guten Arten und mehreren zweifelhaften Wolfarten, von 1–2 südamerikanischen Caniden sowie endlich von mehreren Schakalarten, vielleicht auch von ausgestorbenen Hundearten. Gegen diese Annahme spricht weder die Schwierigkeit der Zähmung, die noch heute oft vorgeführt wird, noch die Gewohnheit des Bellens, denn gelegentlich bellen auch die wilden Caniden, während Haushunde es verlernen und lernen. Überzüchtete verweichlichte Hunde bellen und winseln unausgesetzt, geben auf diese Weise jeder Empfindung Ausdruck. Abgehärtete, in völliger Einsamkeit gehaltene verlernen es. Der widrige Geruch der wilden Vettern läßt sich durch peinlichste Sauberkeit und gemischte Nahrung nehmen, dem Haushunde durch Aaskost geben.

Wie noch heute im Orient und Nordafrika war wohl das erste Verhältnis des Wildhundes zu den ersten angesiedelten Menschen das einer freiwilligen Gefolgschaft. Die Hunde lebten von den in der Nähe der Höhle abgelegten Exkrementen, Abfällen und Resten der Jagdbeute, umkreisten diese Stätte, fremde Eindringlinge, Raubzeug durch ihre Stimmen oder Angriffe im Rudel vertreibend, die Menschen warnend. Nicht viel anders ist noch heute die Lebensweise der Beduinenhunde. In ähnlichem Verhältnis des Warners und Schmarotzers leben in der Wildnis eine Anzahl kleinere Tiere zu größern Raubtieren. Wohl erst nach Jahrtausenden gelangte der Haushund dazu, die künstlich geschaffene Behausung teilen und dem Jäger im Rudel das Wild aufstöbern und stellen zu dürfen. Der Battakspitz dient noch heute dazu, in der Meute den Hirsch in Gruben oder Netze zu treiben oder zu stellen, bis ihm der folgende Jäger von hinten die Gelenke durchschlagen kann. Reichliche Ernährung in der Entwicklungszeit und jagdliche Übung bildeten den ersten Einfluß auf die Ausbildung der Größe und Flüchtigkeit und waren neben der Auswahl der erfolgreichsten Jagdgehilfen zur Weiterzüchtung die ersten künstlichen Mittel im Gegensatze zur natürlichen Zuchtwahl der Wildhunde. In Ländern mit endlos ausgedehnten Flächen, die nur kärgliche Äsung für kleines Wild und wenig Deckung für Brut oder Fortpflanzung bieten, entwickelte sich der flüchtige Windhund; in gebirgiger, waldiger Gegend, die dem Hochwild Nahrung und Schutz gegen Raubzeug bietet, treffen wir starke Hatzrüden, den Urahn des Doggengeschlechts. Schädelfunde, Mumien sowie indische, ägyptische, babylonische Sklupturen bestätigen diese nahezu untrüglichen Vermutungen. Dem Jäger folgte, auf wesentlich höherer Stufe stehend, der Hirt und Viehzüchter. Vom Jagdhund zweigte sich der Hirtenhund ab, anfangs zum Schutz der Herde gegen Raubgesindel; doggenartig mit abgestumpfter Schnauze, wie noch heute der mexikanische Schäferhund, der chinesische Tschau, der Tibetaner, kräftiger und massig im Hochland, in gebirgigen Gebieten nahe von Urwäldern mit seinen Raubtieren; leichter und kleiner im Tiefland und Flachland, welchen Gegensatz noch heute die Pyrenäenhunde, die Tibetaner, die russischen Oftscharki einerseits, anderseits die europäischen markieren. Während die großen Hunde zur Jagd oder bei der Herde Verwendung fanden, blieben die kleinen, wenig Platz und Futter beanspruchenden, in der Behausung bei Weibern und Kindern. Mangel an Auslauf und eine verweichlichende Lebensweise setzte die Größe noch mehr herab, und so zweigte sich die dritte Art, der kleinere Haushund, der Spitz, der Urahn des Schoßhundes, ab. Als Zwergform der Dogge erschienen die mopsartigen, als Zwergform der flüchtigen kleinen Jagdhunde die pinscherartigen Spielarten. Unter den altperuanischen Haushunden sind nach den Mumienfunden im Totenfeld von Inka schon drei Typen deutlich zu unterscheiden: der Schäferhundschlag, der pinscherartige und der mopsartige. Früher verursachten die anatomischen Unterschiede der Hundearten, die größer sind als die notorisch verschiedener Arten, den Zoologen der alten Schule Schwierigkeiten, da sie sich weder klassifizieren noch nach Herkunft erklären lassen wollten. Die moderne Züchtungslehre weiß, daß sich die Körper- und Schädelformen durch Zuchtwahl biegen lassen wie Wachs, daß durch Ausnutzung von zufälligen Neubildungen, die mit großer Individualpotenz ausgestattet sind, in wenigen Generationen schon gänzlich veränderte Schläge und Spielarten entstehen, daß alle Hunderassen beständigen Wandlungen unterliegen. Nur das wesentliche Überschreiten einer bestimmten Größe, das Herabgehen auf winzige Formen, die Erzüchtung außerordentlicher Körperlänge, sehr niedriger Läufe u.s.f. bereitet der Züchtungskunst Schwierigkeiten, weil alle Arten die Tendenz zeigen, zur Wildhundform zurückzukehren. Diesem Bestreben muß beständig durch Zuchtwahl vorgebeugt werden. Jede außerordentliche Entfernung von der Urform des Hundegeschlechts, z. B. eine außerordentlich verkürzte Schnauze, ein überbreiter Schädel, ein winziges Körpergewicht, hat andre Entartungserscheinungen zur Folge, setzt der Züchtungskunst Schranken.

Eine systematische oder gar zoologische Gruppierung der Arten, Varietäten und Spielarten ist nicht möglich und wäre auch praktisch wertlos. Die Anpassung für Zweck, Nutzung, Arbeit, Beruf oder doch wenigstens für einen bestimmten Begriff, z. B. die mächtigen würdigen Formen des St. Bernhardshundes, die zierliche Kleinheit des Windspiels, das Groteske der Bulldogge ist für die moderne Rassenzüchtung allein maßgebend. Die Summe der für bestimmte Arbeitsleistungen nötigen, dem Beruf angepaßten Formen macht den Rassentypus aus. Für fast alle Rassen haben sich Züchtergruppen zu Spezialvereinen geeinigt, um nach festgesetzten, sogen. *offiziellen Rassezeichen* in gemeinschaftlicher Richtung zu züchten, *Zuchtbücher* (fälschlich noch meist Stammbücher genannt) zu führen, eine einheitliche Beurteilung auf Ausstellungen oder durch Leistungsprüfungen herbeizuführen.

Wenn auch ein Ausspruch des Zendavesta: »Durch den Verstand des Hundes besteht die Welt«, nur mehr cum grano salis aufzufassen ist, so ist doch der *Nutzen des Hundes*, der im Gegensatz zum frühern Allgemeinwert sich in Spezialdienste aufgelöst hat, noch immer erheblich. Auf den Südseeinseln, von Tungusen, Chinesen, Niam-Niam, Grönländern, Eskimo und den Indianern Nordamerikas wird sein Fleisch gegessen. Auf der Goldküste und in Angola wird er gemästet. Auch in Europa werden Hunde gegessen, in Deutschland besonders in Breslau, Chemnitz, Dresden, Leipzig, Zwickau, München. 1901 wurden auf den Schlachthöfen 470 Hunde geschlachtet, davon allein in Chemnitz 341. Außerdem werden viele Hunde heimlich geschlachtet, um ihr Fleisch zu allerlei Fälschungen (Wurst) zu benutzen. Über die Benutzung des Felles s. Hundefelle. Der Aberglaube schrieb dem Hundefett, Hundekot (Album graecum, weißer Enzian) und der Leber von tollen Hunden heilsame Wirkungen zu. Weitaus am größten ist der Nutzen, den der H. als Haustier gewährt. Den arktischen Völkern ist er das einzige Zugtier, leider wird er auch noch in zivilisierten Ländern zum Zug benutzt, obschon der ganze Bau, Läufe u. Zehen ihn dazu wenig tauglich machen. Unentbehrlich ist er dem Jäger, sowohl zum Suchen des Wildes als zur Ausarbeitung der Schweißfährte und Vertilgung des Raubzeuges. Als Wächter ist er unersetzlich. In neuester Zeit wird er mit viel Erfolg zum Polizeidienst (P o l i z e i h u n d) herangezogen. Die Heere aller Staaten sind mit Hunden (K r i e g s - u n d S a n i t ä t s h u n d), die zum Revieren, Überbringung von Meldungen, Wachen, Aufsuchen von Verwundeten dienen, ausgestattet.

Die Domestikation durch zahllose Jahrtausende hindurch hat den Haushund vor allen Haustieren mit einem unbegrenzten Anpassungsvermögen ausgestattet. Aus dem Karnivoren ist ein Allesfresser geworden, an dem nur noch bei vegetabilischer Ernährung die Neigung, Aas oder Exkremente zu fressen, auf den Urahn weist. Lebensweise und Betragen paßt sich der Umgebung und Haltung an, er verträgt jedes Klima, jede Kost, liebt die Wärme, ein weiches Lager in Höhlung, schläft gern, schwimmt gut, läuft in Sprüngen und ist je nach Rassen sehr ausdauernd und flüchtig. Hochläufige Rassen haben weiten Sprung, kurz gebaute, leichtere wenden jäh und erklimmen leichter als starke Hunde. Die größte Freude des Hundes und unabweisbares Bedürfnis ist reichlicher Auslauf; je flüchtiger und temperamentvoller das Individuum, desto größer ist der Anspruch auf Bewegung sowohl für Aufzucht junger Hunde als auch für die Gesundheit älterer. Der Schlaf ist unruhig und leicht, bei lebhaften, intelligenten Tieren viel von Träumen begleitet. Der Geruch ist bei Jagdhunden hoch entwickelt. Das Auge ist viel schlechter als das des Menschen. Intelligenz und Charakter sind je nach Umgebung und Abstammung hoch entwickelt. Haltung im Zwinger oder an der Kette verdummt und macht bösartig, freundliche Ansprache und Verkehr mit Menschen von Jugend auf läßt ihn einen verständigen, willigen Hausgenossen werden, den angeborne Wachsamkeit und seine Feindschaft gegen Ungeziefer (Ratten, Mäuse) und verdächtige Persönlichkeiten zum natürlichen Beschützer bestimmt.

RAINER MARIA RILKE
Der Hund

Da oben wird das Bild von einer Welt
aus Blicken immerfort erneut und gilt.
Nur manchmal, heimlich, kommt ein Ding und stellt
sich neben ihn, wenn er durch dieses Bild

sich drängt, ganz unten, anders, wie er ist;
nicht ausgestoßen und nicht eingereiht,
und wie im Zweifel seine Wirklichkeit
weggebend an das Bild, das er vergißt,

um dennoch immer wieder sein Gesicht
hineinzuhalten, fast mit einem Flehen,
beinah begreifend, nah am Einverstehen
und doch verzichtend: denn er wäre nicht.

FRANZ KAFKA
Lufthunde

Ein Hund, der seit Jahren die »Hundeschaft« erforscht, stellt eine unbekannte Rasse vor.

In den wunderbarsten Berufen sind wir Hunde beschäftigt. Berufe, an die man gar nicht glauben würde, wenn man nicht die vertrauenswürdigsten Nachrichten darüber hätte. Ich denke hier am liebsten an das Beispiel der Lufthunde. Als ich zum erstenmal von einem hörte, lachte ich, ließ es mir auf keine Weise einreden. Wie? Es sollte einen Hund von allerkleinster Art geben, nicht viel größer als mein Kopf, auch im hohen Alter nicht größer, und dieser Hund, natürlich schwächlich, dem Anschein nach ein künstliches, unreifes, übersorgfaltig frisiertes Gebilde, unfähig, einen ehrlichen Sprung zu tun, dieser Hund sollte, wie man erzählte, meistens hoch in der Luft sich fortbewegen, dabei aber keine sichtbare Arbeit machen, sondern ruhen. Nein, solche Dinge mir einreden wollen, das hieß doch die Unbefangenheit eines jungen Hundes gar zu sehr ausnützen, glaubte ich. Aber kurz darauf hörte ich von anderer Seite von einem anderen Lufthund erzählen. Hatte man sich vereinigt, mich zum besten zu halten? Dann aber sah ich die Musikerhunde, und von der Zeit an hielt ich alles für möglich, kein Vorurteil beschränkte meine Fassungskraft, den unsinnigsten Gerüchten ging ich nach, verfolgte sie, soweit ich konnte, das Unsinnigste erschien mir in diesem unsinnigen Leben wahrscheinlicher als das Sinnvolle und für meine Forschung besonders ergiebig. So auch die Lufthunde. Ich erfuhr vielerlei über sie, es gelang mir zwar bis heute nicht, einen zu sehen, aber von ihrem Dasein bin ich schon längst fest überzeugt, und in meinem Weltbild haben sie ihren wichtigen Platz. Wie meistens so auch hier ist es natürlich nicht die Kunst, die mich vor allem nachdenklich macht. Es ist wunderbar, wer kann das leugnen, daß diese Hunde in der Luft zu schweben imstande sind, im Staunen darüber bin ich mit der Hundeschaft einig. Aber viel wunderbarer ist für mein Gefühl die Unsinnigkeit, die schweigende Unsinnigkeit dieser Existenzen. Im allgemeinen wird sie gar nicht begründet, sie schweben in der Luft, und dabei bleibt es, das Leben geht weiter seinen Gang, hie und da spricht man von Kunst und Künstlern, das ist alles. Aber warum, grundgütige Hundeschaft, warum nur schweben die Hunde? Welchen Sinn hat ihr Beruf? Warum ist kein Wort der Erklärung von ihnen zu bekommen? Warum schweben sie dort oben, lassen die Beine, den Stolz des Hundes, verkümmern, sind getrennt von der nährenden Erde, säen nicht und ernten doch, werden angeblich sogar auf Kosten der Hundeschaft besonders gut genährt. Ich kann mir schmeicheln, daß ich durch meine Fragen in diese Dinge doch ein wenig Bewegung gebracht habe.

Man beginnt zu begründen, eine Art Begründung zusammenzuhaspeln, man beginnt, und wird allerdings auch über diesen Beginn nicht hinausgehen. Aber etwas ist es doch. Und es zeigt sich dabei zwar nicht die Wahrheit – niemals wird man soweit kommen –, aber doch etwas von der tiefen Verwirrung der Lüge. Alle unsinnigen Erscheinungen unseres Lebens und die unsinnigsten ganz besonders lassen sich nämlich begründen. Nicht vollständig natürlich – das ist der teuflische Witz –, aber um sich gegen peinliche Fragen zu schützen, reicht es hin. Die Lufthunde wieder als Beispiel genommen: sie sind nicht hochmütig, wie man zunächst glauben könnte, sie sind vielmehr der Mithunde besonders bedürftig, versucht man sich in ihre Lage zu versetzen, versteht man es. Sie müssen ja, wenn sie es schon nicht offen tun können – das wäre Verletzung der Schweigepflicht –, so doch auf irgendeine andere Art für ihre Lebensweise Verzeihung zu erlangen suchen oder wenigstens von ihr ablenken, sie vergessen machen, – sie tun das, wie man mir erzählt, durch eine fast unerträgliche Geschwätzigkeit. Immerfort haben sie zu erzählen, teils von ihren philosophischen Überlegungen, mit denen sie sich, da sie auf körperliche Anstrengung völlig verzichtet haben, fortwährend beschäftigen können, teils von den Beobachtungen, die sie von ihrem erhöhten Standort aus machen. Und obwohl sie sich, was bei einem solchen Lotterleben selbstverständlich ist, durch Geisteskraft nicht sehr auszeichnen, und ihre Philosophie so wertlos ist wie ihre Beobachtungen, und die Wissenschaft kaum etwas davon verwenden kann und überhaupt auf so jämmerliche Hilfsquellen nicht angewiesen ist, trotzdem wird man, wenn man fragt, was die Lufthunde überhaupt wollen, immer wieder zur Antwort bekommen, daß sie zur Wissenschaft viel beitragen. »Das ist richtig«, sagt man darauf, »aber ihre Beiträge sind wertlos und lästig.« Die weitere Antwort ist Achselzucken, Ablenkung, Ärger oder Lachen, und in einem Weilchen, wenn man wieder fragt, erfährt man doch wiederum, daß sie zur Wissenschaft beitragen, und schließlich, wenn man nächstens gefragt wird und sich nicht sehr beherrscht, antwortet man das gleiche. Und vielleicht ist es auch gut, nicht allzu hartnäckig zu sein und sich zu fügen, die schon bestehenden Lufthunde nicht in ihrer Lebensberechtigung anzuerkennen, was unmöglich ist, aber doch zu dulden. Aber mehr darf man nicht verlangen, das ginge zu weit, und man verlangt es doch. Man verlangt die Duldung immer neuer Lufthunde, die heraufkommen. Man weiß gar nicht genau, woher sie kommen. Vermehren sie sich durch Fortpflanzung? Haben sie denn noch die Kraft dazu, sie sind ja nicht viel mehr als ein schönes Fell, was soll sich hier fortpflanzen? Auch wenn das Unwahrscheinliche möglich wäre, wann sollte es geschehen? Immer sieht man sie doch allein, selbstgenügsam oben in der Luft, und wenn sie einmal zu laufen sich herablassen, geschieht es nur ein kleines Weilchen lang, ein paar gezierte Schritte und immer wieder nur streng allein und in angeblichen Gedanken, von denen sie sich, selbst wenn sie sich anstrengen, nicht losreißen können, wenigstens behaupten sie das. Wenn sie sich aber nicht fortpflanzen, wäre es denkbar, daß sich Hunde finden, welche freiwillig das ebenerdige Leben aufgeben, freiwillig

Lufthunde werden und um den Preis der Bequemlichkeit und einer gewissen Kunstfertigkeit dieses öde Leben dort auf den Kissen wählen? Das ist nicht denkbar, weder Fortpflanzung noch freiwilliger Anschluß ist denkbar. Die Wirklichkeit aber zeigt, daß es doch immer wieder neue Lufthunde gibt; daraus ist zu schließen, daß, mögen auch die Hindernisse unserem Verstande unüberwindbar scheinen, eine einmal vorhandene Hundeart, sei sie auch noch so sonderbar, nicht ausstirbt, zumindest nicht leicht, zumindest nicht ohne daß in jeder Art etwas wäre, das sich erfolgreich wehrt.

THOMAS MANN
Bauschan

Kunststücke, zum Beispiel, verlange ich nicht von ihm; es wäre vergebens. Er ist kein Gelehrter, kein Marktwunder, kein pudelnärrischer Aufwärter; er ist ein vitaler Jägerbursch und kein Professor. Ich hob hervor, daß er ein vorzüglicher Springer ist. Wenn es darauf ankommt, so nimmt er jedes Hindernis – ist es allzu hoch, um in freiem Sprunge bewältigt zu werden, so klettert er anspringend hinauf und läßt sich jenseits hinunterfallen, genug, er nimmt es. Aber das Hindernis muß ein wirkliches Hindernis sein, das heißt ein solches, unter dem man nicht durchlaufen oder durchschlüpfen kann: sonst würde Bauschan es als verrückt empfinden, darüber wegzuspringen. Eine Mauer, ein Graben, ein Gitter, ein lückenloser Zaun, das sind solche Hindernisse. Eine querliegende Stange, ein vorgehaltener Stock, das ist kein solches, und also kann man auch nicht darüberspringen, ohne mit sich selbst und den Dingen in närrischen Widerspruch zu geraten. Bauschan weigert sich, dies zu tun. Er weigert sich, – versuche es, ihn zum Sprung über ein solches unwirkliches Hindernis zu bewegen; in deiner Wut wird dir schließlich nichts übrigbleiben, als ihn beim Kragen zu nehmen und den gellend Quiekenden hinüberzuwerfen, worauf er sich dann die Miene gibt, als sei hiermit das Ziel deiner Wünsche erreicht, und das Ergebnis mit Tänzen und begeistertem Bellen feiert. Schmeichle ihm, prügle ihn – hier herrscht ein Vernunftwiderstand gegen das reine Kunststück, den du auf keine Weise brechen wirst. Er ist nicht ungefällig, die Zufriedenheit des Herrn ist ihm wert, er setzt über eine geschlossene Hecke auf meinen Wunsch oder Befehl, nicht nur aus eigenem Antriebe, und holt sich freudig das Lob und den Dank dafür. Über die Stange, den Stock springt er nicht, sondern läuft darunter hindurch, und schlüge man ihn tot. Hundertfach bittet er um Vergebung, um Nachsicht, um Schonung, denn er fürchtet ja den Schmerz, fürchtet ihn bis zur Memmenhaftigkeit; aber keine Furcht und kein Schmerz vermögen ihn zu einer Leistung, die in körperlicher Hinsicht nur ein Kinderspiel für ihn wäre, zu der ihm aber offenbar die seelische Möglichkeit fehlt, zu zwingen. Sie von ihm fordern heißt nicht, ihn vor die Frage stellen, ob er springen wird oder nicht; diese Frage ist im voraus entschieden, und der Befehl bedeutet ohne weiteres Prügel. Denn das Unverständliche und wegen Unverständlichkeit Untunliche von ihm zu fordern heißt in seinen Augen nur einen Vorwand für Streit, Störung der Freundschaft und Prügel suchen und ist selbst schon der Anfang von alldem. Dies ist Bauschans Auffassung, soviel ich sehe, und mir ist zweifelhaft, ob man hier von Verstocktheit reden darf. Verstocktheit ist schließlich zu brechen, ja, will sogar gebrochen sein; seinen Widerstand aber gegen das absolute Kunststück würde er mit dem Tode besiegeln.

Wunderliche Seele! So nah befreundet und doch so fremd, so abweichend in gewissen Punkten, daß unser Wort sich als unfähig erweist, ihrer Logik gerecht zu werden. Welche Bewandtnis hat es zum Beispiel mit den furchtbaren, für Beteiligte wie Zuschauer entnervenden Umständlichkeiten, unter denen das Zusammentreffen, das Bekanntschaft-Machen oder auch nur Voneinander-Kenntnis-Nehmen der Hunde sich vollzieht? Hundertmal machten meine Streifzüge mit Bauschan mich zum Zeugen eines solchen Zusammentreffens – ich sage besser: sie zwangen mich, beklommener Zeuge davon zu sein; und jedesmal, für die Dauer der Szene, wurde sein sonst vertrautes Benehmen mir undurchsichtig – ich fand es unmöglich, in die Empfindungen, Gesetze, Stammessitten, die diesem Benehmen zugrunde liegen, sympathisch einzudringen. Wirklich gehört die Begegnung zweier einander fremder Hunde im Freien zu den peinlichsten, spannendsten und fatalsten aller denkbaren Vorgänge; sie ist von Dämonie und Sonderbarkeit umwittert. Eine Gebundenheit waltet da, für die es genauere Namen nicht gibt; sie kommen nicht aneinander vorbei, es ist eine schreckliche Verlegenheit.

Ich rede kaum von dem Fall, daß der eine Teil sich eingesperrt auf seinem Anwesen, hinter Zaun und Hecke befindet, – auch dann ist nicht einzusehen, wie den beiden zumute wird, aber die Sache ist vergleichsweise weniger brenzlich. Sie wittern einander aus unabsehbarer Ferne, und Bauschan kommt plötzlich, wie Schutz suchend, in meine Nähe, indem er ein Winseln vernehmen läßt, das von unbestimmbarer, mit keinem Worte zu treffender Seelenpein und Bedrängnis Kunde gibt, während gleichzeitig der Fremde, Eingesperrte ein wütendes Bellen anhebt, das den Charakter energisch meldender Wachsamkeit vortäuschen zu wollen scheint, zwischendurch aber unversehens in Töne umschlägt, die denen Bauschans gleichen, in ein sehnsüchtiges, weinerlich-eifersüchtiges, notvolles Winseln also. Wir nähern uns dem Orte, wir kommen heran. Der fremde Hund hat uns hinter dem Zaun erwartet, er steht dort schimpfend und seine Ohnmacht beweinend, springt wild am Zaun empor und gibt sich die Miene – wieweit es ihm ernst ist, weiß niemand –, als würde er Bauschan unfehlbar in Stücke reißen, wenn er nur an ihn gelangen könnte. Trotzdem geht Bauschan, der ja an meiner Seite bleiben und vorübergehen könnte, an den Zaun; er muß es, er täte es auch gegen mein Wort; sein Fernbleiben würde innere Gesetze verletzen – weit tiefer gegründet und unverbrüchlicher als mein Verbot. Er geht also heran und vollzieht vor allen Dingen mit demütiger und still verschlossener Miene jene Opferhandlung, durch welche, wie er wohl weiß, immer eine gewisse Beruhigung und vorübergehende Versöhnung des anderen zu bewirken ist, solange nämlich dieser an anderer Stelle dasselbe tut, wenn auch unter leisem Schimpfen und Weinen. Dann beginnen die beiden eine wilde Jagd den Zaun entlang, der eine diesseits, der andere jenseits, stumm und immer hart nebeneinander: Sie machen gleichzeitig kehrt am Ende des Anwesens und rasen nach der anderen Seite zurück, machen wieder kehrt und rasen noch einmal. Plötzlich aber, in der Mitte, bleiben sie wie angewurzelt stehen, nicht mehr seitlich zum Zaun, sondern senkrecht zu ihm, und halten durch ihn hindurch ihre Nasen aneinander. So stehen sie eine geraume Weile, um hierauf ihren sonderbaren und ergebnislosen Wettlauf, Schulter an Schulter, zu beiden Seiten des Zauns wiederaufzunehmen. Schließlich aber macht der meine von seiner Freiheit Gebrauch und entfernt sich. Das ist ein furchtbarer Augenblick für den Eingesperrten! Er steht es nicht aus, er sieht eine beispiellose Niedertracht darin, daß der andere sich einfallen läßt, einfach fortzugehen; er tobt, geifert, gebärdet sich wie verrückt vor Wut, rast allein sein Anwesen auf und ab, droht über den Zaun zu springen, um den Treulosen zu erwürgen, und sendet ihm die gemeinsten Schmähungen nach. Bauschan hört dies alles und ist sehr peinlich berührt davon, wie seine stille und betretene Miene bekundet; aber er sieht sich nicht um und trollt sich sachte weiter, während hinter uns das gräßliche Fluchen allmählich wieder in Winseln übergeht und langsam verstummt.

So spielt der Auftritt sich beiläufig ab, wenn der eine Teil sich in Gewahrsam befindet. Allein die Mißlichkeit kommt auf ihren Gipfel, wenn das Zusammentreffen unter gleichen Bedingungen erfolgt und beide auf freiem Fuße sind, – unangenehm ist das auszumalen; es ist die bedrückendste, verfänglichste und kritischste Sache von der Welt. Bauschan, der eben noch sorglos umhersprang, kommt zu mir, drängt sich förmlich in meine Nähe, mit jenem aus tiefster Seele kommenden Miefen und Winseln, von dem nicht zu sagen ist, welcher Gemütsbewegung es Ausdruck gibt, das ich aber sofort erkenne, und aus dem ich auf die Annäherung eines fremden Hundes zu schließen habe. Ich muß scharf ausspähen: es ist richtig, da kommt er, und man sieht schon von weitem an seinem zögernden und gespannten Gebaren, daß auch er des anderen wohl gewahr geworden. Meine eigene Befangenheit steht der der beiden kaum nach; der Zwischenfall ist mir höchst unerwünscht. »Geh weg!« sage ich zu Bauschan. »Warum an meinem Bein? Könnt ihr den Handel nicht unter euch ausmachen, in einiger Entfernung?« Und ich suche ihn mit dem Stocke von mir zu scheuchen; denn wenn es zu einer Beißerei kommt, was, ob ich den Grund nun einsehe oder nicht, durchaus nicht unwahrscheinlich ist, so wird sie an meinem Fuße vor sich gehen, und ich werde die unliebsamste Aufregung davon haben: »Geh weg!« sage ich leise. Aber Bauschan geht nicht weg, fest und beklommen hält er sich zu mir, und nur auf einen Augenblick geht er seitwärts an einen Baum, um das Opfer zu verrichten, während der Fremde dort hinten, wie ich sehe, dasselbe tut. Nun ist man einander auf zwanzig Schritte nahe gekommen, die Spannung ist furchtbar. Der Fremde hat sich auf den Bauch gelegt, sich niedergekauert wie eine Tigerkatze, mit vorgestrecktem Kopfe, und in dieser Wegelagererpose erwartet er Bauschans Herankommen, offenbar, um ihm im gegebenen Augenblick an die Kehle zu springen. Dies geschieht jedoch nicht, und Bauschan scheint es auch nicht zu erwarten; jedenfalls geht er, wenn auch schrecklich zögernd und schweren Herzens, gerade auf den Lauernden zu, täte es auch dann und müßte es tun, wenn ich meinerseits mich jetzt von ihm ablöste, einen Seitenpfad einschlüge und ihn allen Schwierigkeiten der Lage allein überließe. So drückend die Begegnung ihm ist, – an ein Ausweichen, ein Entkommen ist nicht zu denken. Gebannt geht er, er ist an den anderen gebunden, sie sind beide auf eine heikle und dunkle Weise aneinander gebunden und dürfen das nicht verleugnen. Wir sind nun auf zwei Schritte herangekommen.

Da steht der andere stille auf, als hätte er sich nie die Miene eines Dschungeltigers gegeben, und steht nun ebenso da wie Bauschan, – begossen, elend und tief verlegen stehen sie beide und kommen nicht aneinander vorbei. Sie möchten wohl, sie wenden die Köpfe ab, sie schielen traurig beiseite, ein gemeinsames Schuldbewußtsein scheint auf ihnen zu liegen. So schieben und schleichen sie sich gespannt und mit trüber Behutsamkeit zueinander und nebeneinander, Flanke an Flanke, und beschnüffeln einander das Geheimnis der Zeugung. Hierbei beginnen sie wohl zu knurren, und ich nenne Bauschan mit gesenkter Stimme bei Namen und warne ihn, denn dies ist der Augenblick, wo sich entscheidet, ob es zur Beißerei kommen wird oder ob ich dieser Erschütterung überhoben sein werde. Die Beißerei ist da, man weiß nicht wie und noch weniger warum – auf einmal sind beide nur noch ein Knäuel und rasendes Getümmel, aus dem die gräßlichsten Kehllaute reißender Bestien dringen. Dann muß ich mit dem Stocke hineinregieren, um ein Unglück zu verhüten, muß auch wohl Bauschan am Halsband oder Nackenfell zu ergreifen suchen, um ihn aus freiem Arm in die Luft zu erheben, während der andere verbissen an ihm hängt, und was der Schrecken noch mehr sein mögen, die ich noch während eines beträchtlichen Teiles des Spazierganges in den Gliedern spüre. Es kann aber auch sein, daß das Ganze, nach allen Veranstaltungen und Umständlichkeiten, ausgeht wie das Hornberger Schießen und still im Sande verläuft. Zwar schwer hält es auf jeden Fall, von der Stelle zu kommen: auch wenn sie sich nicht ineinander verbeißen, hängen die beiden doch gar zu zäh durch ein innerlich Band zusammen. Schon scheinen sie aneinander vorbei, sie zögern nicht mehr Flanke an Flanke, sondern stehen fast schon in gerader Linie, der eine hierhin gewandt, der andere dorthin, sie sehen sich nicht, sie drehen auch kaum die Köpfe zurück, nur mit den Augäpfeln schielen sie hinter sich, so weit es geht. Aber obgleich schon Raum zwischen ihnen ist, hält doch das zähe, traurige Band, und keiner weiß, ob schon der Augenblick erlaubter Befreiung gekommen, es möchten wohl beide fort, allein aus irgendeiner Gewissensbesorgnis wagt keiner sich loszumachen. Bis endlich, endlich der Bann gebrochen ist, das Band zerreißt und Bauschan dahinspringt, erlöst, erleichterten Herzens, als sei ihm das Leben wiedergeschenkt.

KURT TUCHOLSKY
Traktat über den Hund

> Wie dem Hund, dem auf dem Wege vom Herzen zum Maule alles zum Gebell wird. *Alfred Polgar*

Der Hund ist ein von Flöhen bewohnter Organismus, der bellt (Leibniz). Dieser Definition wäre einiges hinzuzufügen.

Im Hund hat sich der bäuerische Eigentumstrieb des Menschen selbständig gemacht; der Hund ist ein monomaner Kapitalist. Er bewacht das Eigentum, das er nicht verwerten kann, um des Eigentums willen und behandelt das seines Herrn, als gebe es daneben nichts auf der Welt. Er ist auch treu um der Treue willen, ohne viel zu fragen, wem er eigentlich die Treue hält: eine Eigenschaft, die in manchen Ländern hoch geschätzt wird. Sie ist für den Betreuten recht bequem.

Einem Hund, der etwas bewacht, zuzusehen, kommt dem Erlebnis gleich, einen Urmenschen zu beobachten. Er ist stets unsicher, unruhig und macht sich mit Lärm Mut – er greift an, weil ihn seine Angst nach vorn treibt.

Der Hund ist ein anachronistisches Wesen.

Der Hund lebt ständig im Dreißigjährigen Krieg. In jedem Briefträger wittert er den fahrenden Landsknecht, im Milchmann die schwedische Vorhut, im Freund, der uns besucht, den Gottseibeiuns. Er bewacht nicht nur den Hof seines Herrn, sondern auch den Weg, der daran vorbeiführt, und versteht niemals, daß die Leute, die dort gehen, neutral sind – diesen

Begriff kennt er nicht. Seine Welt zerfällt in Freunde (seines Futternapfes) und in gefährliche Feinde. Undressierte Hunde leben noch im Urzustand der Erde.

Der Hund bellt immer.

Er bellt, wenn jemand kommt, sowie auch, wenn jemand geht – er bellt zwischendurch, und wenn er keinen Anlaß hat, erbellt er sich einen. Er hört auch so bald nicht wieder auf, ja, es scheint, als besäßen die Hunde eine Bellblase, die man nur anzustechen braucht, damit sie sich entleere. Ein besserer Hund bellt seine vier, fünf Stunden täglich. (Weltrekord: Hund Peschke aus Königswusterhausen; bellte am 4. Oktober 1927 zweiundfünfzigtausendvierhundertachtundsiebzigmal in sechzehn Stunden. Als das vorbei war, sprach sein Herr: »Ich weiß gar nicht, was der Hund hat – er ist so still?«)

Wenn ein Hund sehr lange bellt, hört es sich an, als übergebe sich einer.

Ein Hund bellt, wenn er mit den Sinnen etwas wahrgenommen hat; daraufhin, weil ihn sein Bellen erschreckt und aufregt, und des weiteren, weil sich das wahrgenommene Objekt um ihn kümmert, nicht um ihn kümmert oder davonläuft. Dieses Geschrei wird von vielen Leuten als Wachsamkeit ausgelegt; schon der französische Kynologe Hispa sagt: »Der Hund ist ein wachsames Tier, das mit seinem Gebell den Herrn nachts aufweckt, damit der aufsteht und ruft: ›Halt die Schnauze!‹« Da Hunde immer bellen, so dient ihr Gebrüll lediglich dazu, daß sich die Einbrecher vor ihrem Geschäft Gift besorgen und es dem Hundchen streuen.

Niemanden haßt der Hund so wie den Wolf; er erinnert ihn an seinen Verrat, sich dem Menschen verkauft zu haben – daher er dem Wolf seine Freiheit neidet, ihn hassend fürchtet und sich durch doppelten Verrat beim Menschen lieb Hund zu machen sucht.

Hunde blaffen mit Vorliebe schlecht gekleidete Menschen an, wie sie überhaupt die mindern Eigenschaften des Besitzers personifizieren. Nachts, wenn kein Fremder da ist, machen sie eine alte Familienfehde mit dem Mond aus. Der Mond, den das nächtliche Gebell auf der Erde stört, kehrt ihr darum seit Jahr und Tag sein blankes Hinterteil zu. Wir kommen nunmehr zu dem Tierhalter.

Hundebesitzer sind die rücksichtslosesten Menschen auf der Welt. Hier soll nicht einmal von jenen gesprochen werden, die ihrem Mistbatzen das Fressen aus Restaurationsschüsseln reichen; der Hund, frisch aus dem Popo einer Hundedame entronnen, steckt seine feuchte Nase in deinen Teller ... Aber auch sonst können Hundebesitzer zum Beispiel nicht begreifen, daß der Lärm, den ihr Liebling macht, andern Leuten nicht angenehm ist. Kein grünes Rasenstück, das er nicht verbellt.

Die Ausdehnung einer Lärmglocke, die ein bellender Hund seinen Nachbarn über den Kopf stülpt, beträgt etwa achtzehnhundert Kubikfuß; auf diese Entfernung hin hat alles an den Entzückungen, Anfällen und Aufregungen eines mittleren Hundes teilzunehmen. Es ist also unsre Pflicht, uns mit ihm zu erheben, sein Vormittagsgeschrei sowie sein Nachmittagsgebell mit ihm zu teilen, und nachts zu lauschen, wie er, wenn Nachtigallen fehlen, das Mondgesäß beschimpft.

Auf diese Weise sind Villen-Vororte großer Städte fast unbewohnbar geworden, weil sich jeder gegen jeden mit einer Bellmaschine gesichert hat, die angeblich gegen Einbrecher gut ist. Es muß danach angenommen werden, daß in Vororten niemals mehr eingebrochen werden kann. Wird aber.

Ich habe mich schon so an das Gebell gewöhnt, daß ich es hier, am Kap der Roten Grütze, sehr entbehre. Kunstschriftsteller Hasenclever hat sich jedoch erboten, jeden Morgen zum Frühstück zu kommen und ein Stündchen zu bellen.

Es ist nunmehr die Stelle des Aufsatzes gekommen, wo der Hundebesitzer seinem Flohtier über die Nase streicht, mit der jener die kleinen Hundewürstchen und den Urin der Verwandten aufriecht, und spricht: »Was schreiben sie denn da alles von dir! Jaa! Nicht wahr, du bellst nicht? – nein!« Und zu mir, fortfahrend: »Sie sind aber nerfeehs!«

Hätte einer im Zeitalter Ludwigs des Quecksilbernen bemerkt: »Nun wollen wir uns einmal alle jeden Morgen die Füße waschen!« – so hätte er sich mit einem hohen katholischen Heiligen entschuldigen müssen, sonst hätten sie ihn verbrannt. Hätte er für frische Luft plädiert, für Hygiene der Säuglinge – er wäre genauso ausgelacht worden wie einer, der heute für Stille plädiert. Was Stille bedeutet, wissen sie noch nicht.

»Ich höre das gar nicht!« sagen sie. Es ist nicht wahr; sie hören es doch. Davon wissen ihre Untergebenen zu sagen, die Lärm, Geratter, Wagenstöße, Klavierspiel und Hundegebell ausbaden müssen. »Was der Alte nur hat?« sagen sie dann. Es ist der Lärm. Seine schlechte Laune ist der Lärm, der aus ihm herausbrodelt und der wieder ans Licht will; er hat ihn von den Ohren her nach innen gesogen; es hilft ihm aber nichts, er kommt wieder hochgegurgelt. Um es »nicht zu hören«, verbrauchen sie so viel unnötig vertane Kraft, die man besser anwenden könnte. Der Beweis dafür ist die Steigerung aller Lebenskräfte, wenn es einem gelingt, in das Reich der ungebrochenen Stille einzudringen; in den Bergen, im Luftballon über dem Meer, auf dem Segelboot, am windstillen Tag im Wald. Da lassen die Nervenstränge nach, da entspannt sich der Wille, da ruht der Mensch. In der vollkommenen Stille hört man die ganze Welt. Nur so ist wahre Erholung möglich; sie ist aber fast unerreichbar. Gegen diese wohltuende Wirkung der Stille auf den Intellekt gibt es nur ein einziges Gegenargument: das sind die Regierungsgebäude, die gewöhnlich in stillen Parks liegen.

Menschen, die sich lebende Hunde in Mietwohnungen halten, sollten mitsamt ihrem Köter aus der Wohnung gejagt werden.

Menschen, die einen Hund anbinden oder einsperren, verdienen, ihrerseits angebunden zu werden. Es ist das äußerste an Quälerei, ein jagendes, laufendes und unruhiges Tier zu fesseln und in seiner Freiheit zu beschränken. Diese Leute haben gar keinen Hund – sie haben nur ein Stückchen Hund; der Rest ist unterdrückt und rächt sich mit flammendem Gebell.

Ich habe noch nie gesehen, daß Hundebesitzer mit Erfolg ihren Hunden, wenn sie unnütz kläffen, zu schweigen befehlen. Weil jene stumpfohrig sind, hören sie das Gebelfer nicht und bürden nun andern die Plage auf. – Dafür haben Hundebesitzer den Tick, als »bessere Menschen« durchs Leben zu gehen. Sie haben erfunden, daß es ein Zeichen von Seele sei, Hunde zu lieben, ihren schmutzigen Geruch zu ertragen, ihr lästiges Geschrei mit anzuhören. Ihre Persönlichkeit kriecht in den Hund, wo sie den Kampf ums Dasein noch einmal mitkämpft: »Mein Hund läuft aber schneller als Ihrer!« Das ist ein großer Sieg.

Etwas gegen den Hund zu sagen heißt für viele, am Heiligsten rühren, wo der Mensch hat. Die Hundenarren sind häufig ganz erbarmungslose Menschen; Leute, die einen Kommunisten vor ihrer Tür verbluten ließen, nicht eine Mark für entlassene Gefangene geben, überhaupt nichts Gutes tun – ihren Hund lieben sie mit jener stummen Aggressivität, die das beste Zeichen eines hohlen Affekts ist. Der Hund ist ihnen nicht nur Schutz, sondern auch Selbstbestätigung.

Nie legt ein Hundebesitzer in das Tun der Menschen a priori so viel Gutes wie in den Blick seines Hundes. Wenn ihn der ansieht, zerschmilzt er vor Lyrik. Ein Bettler wird ihn vergebens so ansehen. Der sentimentalitätstriefende Blick jenes aber heischt mit Erfolg verschmiertes Mitleid.

So ist der treue Hund so recht ein Ausdruck für die menschliche Seele. Allerseits geschätzt; nur selten in der Jugend ersäuft; gehalten, weil sich der Nachbar einen hält, von feineren Herrschaften auch als Schimpfwort benutzt – so bellt er sich durchs Leben. Und ich will nicht länger murren, wenn es kaum noch einen Fleck gibt, den er nicht verunreinigt: mit Unrat, nassem Geruch und mit nimmer endendem Lärm. Seiner Gnade ist unsre Ruhe ausgeliefert.

Eine fortgeschrittene Zivilisation wird ihn als barbarisch abschaffen.

KARL VALENTIN
Das Hunderl

(Bellen)

FRAU: Ach, is dös a nett's Hunderl! Hams das schon lang?

HERR: Ja ja, schon 10 Jahr.

FRAU: So, so, insgesamt?

HERR: Selbstverständlich!

FRAU: Warum derf er denn nicht freilaufen?

HERR: Er hat keinen Beisskorb.

FRAU: Ja, beisst er denn?

HERR: Ja woher, nicht im geringsten!

FRAU: Dann braucht er doch keinen Beisskorb.

HERR: Doch, ohne Beisskorb darf er nicht Strassenbahn fahren.

FRAU: Aber er fährt doch jetzt nicht Strassenbahn.

HERR: Jetzt nicht, es ist ja auch gar keine Strassenbahn da.

FRAU: Aber da kommt alle Augenblicke eine.

HERR: Das nützt mir nichts, ich darf doch nicht fahren, weil ich keinen Maulkorb hab'.

FRAU: Sie brauchen doch keinen, nur das Hunderl muss einen haben.

HERR: Dös weiss ich schon, der hat ja einen, nur dabei hab' ich ihn nicht.

FRAU: Ja, dann dürfens freilich nicht in die Strassenbahn hinein.

HERR: Natürlich darf ich nicht hinein, dann fahr' ich halt mit der nächsten.

FRAU: Ach so, ich hab' geglaubt, Sie wollen schon mit dieser fahren.

HERR: Freilich wollt' ich mit dieser fahren, aber bis ich heim lauf und hol' den Beisskorb, ist doch die Strassenbahn weggefahren, die kann doch auf mich nicht 10 Minuten warten.

FRAU: Ja, dös kann auch der Schaffner nicht machen, denn wenn er nicht wegfährt, dann würden sich ja die nachkommenden Strassenbahnwagen stoppen, dös geht nicht, dös könnens auch nicht verlangen, dass wegen so einem kleinen Hunderl ...

HERR: Freilich kann ich das nicht verlangen, das weiss ich schon selber, lassens mir jetzt mei Ruah mit dera saudumma Fragerei, kümmern Sie sich um Ihre Kinder und net um andere Leut ihre Viecher! Man hat ja so soviel Aerger und Verdruss mit den Hunden. Mitten in der Nacht muss man oft aus'm warmen Bett raus und die Tiere nunterlassen. In Hof dürfens nicht nunter, in Hausflur sollens nicht. Ja, wir Menschen haben's bequem, aber ich kann meinem Hund nicht zumuten, dass er aufs W. C. geht. 's ganze Jahr hat ma mit'n Hausherrn und dem Hausmeister Streitigkeiten wegen den Hunden – wie gestern Abend: Setzt sich mein Hund mitten aufs Trottoir und macht sein grosses G'schäfterl; ein Herr sieht das, brüllt mich an: »So eine Sauerei, haben wir den Bürgersteig deshalb, dass diese Sauviecher ihn beschmutzen dürfen?!« »Der Hund weiss es natürlich nicht, dass das der Bürgersteig ist, aber Sie blöder Kerl könnten das wissen! Ich glaube, die Strasse ist breit genug für derlei Verrichtungen!«

FRAU: Ja mei, aber auf d'Strass'n soll so ein Hunderl auch wieder nicht, da schrei'n dann die Autofahrer und Radfahrer glei' wieder: »Weg von der Strass'n mit dem Sauhund!«

MANN: Na ja, ich hab mich belehren lassen und am andern Tag, wie mein Hund sich wieder aufs Trottoir setzt, und will sein grosses G'schäfterl machen, hab' ich ihn sofort mit der Leine vom Bürgersteig heruntergezogen auf d'Strass'n. Schreit mich ein Mann an: »Sie ganz unverschämter Kerl, den Tierschutzverein sollt ma holen, mitten unterm G'schäft machen zieht der rohe Mensch das arme Hunderl auf die Strasse hinunter; angezeigt gehören Sie, so ein Rohling!«

FRAU: Ja mei! Was machens denn dann morgen, wenn das Hunderl wieder müssen muss?

HERR: Aufs Hausdach geh' ich mit mein'm Hund hinauf, oder ich lass ihn einschläfern und dann ausstopfen.

FRAU: Da hams recht, dann braucht er sein G'schäfterl nimmer ausüben, dann hat er für immer ausgeschäftelt.

MICHAIL BULGAKOW
Moppel

Der Moskauer Straßenkoter Moppel wird, nachdem ihn ein böswilliger Koch mit kochendem Wasser übergossen hat, von einem vornehmen Herrn aufgelesen und mit nach Hause genommen. Als der Hund merkt, daß er bei einem Chirurgen gelandet ist, will er fliehen.

Lesen zu lernen war vollkommen überflüssig, denn das Fleisch roch man auch so – es stank eine ganze

Werst weit. Aber wenn man in Moskau lebte und ein bißchen Hirn im Kopf hatte, lernte man ganz unwillkürlich lesen, ohne alle Kurse. Von den vierzigtausend Moskauer Hunden konnte allenfalls einer, der ein Vollidiot war, das Wort »Wurst« nicht buchstabieren.

Moppel hatte nach Farben lesen gelernt. Als er vier Monate alt war, wurden in ganz Moskau grünblaue Ladenschilder mit der Aufschrift »MSOP-Fleischverkauf« angebracht. Wir wiederholen: das alles war gänzlich überflüssig, weil man das Fleisch auch so roch. Doch einmal gab es eine Verwechslung: Moppel, dessen Geruchssinn vom Benzingestank der Autos betäubt war, richtete sich nur nach dem giftigen Blaugrün und lief statt in eine Metzgerei ins Elektrogeschäft der Gebrüder Polubiner in der Mjasnitzkaja. Dort bekam er einen isolierten Draht zu schmecken, der viel schlimmer war als die Peitsche eines Kutschers. In diesem großen Augenblick begann die Erziehung Moppels. Schon auf dem Bürgersteig dämmerte ihm, daß »blau« nicht immer »Metzgerei« bedeutete. Vor Schmerzen heulend und den Schwanz einziehend, erinnerte er sich, daß an allen Metzgerläden ganz vorn, von links gesehen, ein goldenes oder rotes breitbeiniges Ding stand, ein »M«, das wie ein Schlitten aussah.

Dann machte er rasch Fortschritte. Das A lernte er an dem Schild »Glawryba« in der Mochowaja, dann das B (es war für ihn bequemer, von hinten zu beginnen, denn am Anfang des Wortes stand ein Milizionär).

Die quadratischen Kacheln, mit denen manche Moskauer Eckläden verkleidet waren, bedeuteten stets »Käse«. Der Buchstabe Ч, der wie der schwarze Hahn eines Samowars aussah und am Anfang des Wortes »Tschitschkin« stand, bedeutete den früheren Besitzer des Geschäfts und außerdem Berge von rotem Holländer Käse, grausame Verkäufer, die Hunde haßten, Sägemehl auf dem Fußboden und scheußlich stinkenden Brick-Käse.

Wenn es nach Würstchen roch und Ziehharmonika gespielt wurde, was etwas besser war als »Holde Aida«, ließen sich die ersten Buchstaben auf den weißen Plakaten außerordentlich leicht zu dem Wort »unanständ« zusammenfügen, was bedeutete: »Unanständige Wörter und Trinkgeld verbeten.« Hier kam es manchmal im Nu zu Schlägereien, den Leuten wurde mit Fäusten in die Fresse gehauen, in seltenen Fällen wurden sie auch mit Servietten oder Stiefeln bearbeitet.

Halbverdorbene Räucherschinken und Mandarinen im Schaufenster bedeuteten »Feinkostgeschäft« und dunkle Flaschen mit einer widerlichen Flüssigkeit – »We-i... Weine ... ehemals Gebrüder Jelisejew«.

Der unbekannte Herr, der den Hund zur Tür seiner luxuriösen Wohnung geschleppt hatte, klingelte. Der Hund studierte die Goldbuchstaben auf der schwarzen Karte an der breiten Tür aus geriffeltem rosa Glas. Die drei ersten Buchstaben erkannte er sofort: »Pe, er, o – Pro ...« Aber dann folgte ein langhalsiges Ding, das wer weiß was bedeutete. »Wirklich ›Proletarier‹?« dachte Moppel verwundert. »Unmöglich!« Er hob die Nase, beschnüffelte nochmals den Pelz des Herrn und dachte überzeugt: »Nein, der riecht nicht nach Proletarier. Ein gelehrtes Wort, aber Gott weiß, was es bedeutet.«

Hinter dem rosa Glas flammte plötzlich freundliches Licht auf, das die schwarze Karte noch stärker hervortreten ließ. Die Tür wurde geräuschlos geöffnet, und eine junge, hübsche Frau in weißem Schürzchen und Spitzenhäubchen stand vor dem Hund und seinem Herrn. Den Hund umfing paradiesische Wärme, und der Rock der Frau duftete nach Maiglöckchen.

»Ja, das verstehe ich«, dachte der Hund.

»Bitte, Herr Moppel, bemühen Sie sich herein«, sagte der Herr ironisch, und Moppel trat ehrfurchtsvoll und schweifwedelnd ein.

Die luxuriöse Diele war mit einer Menge Sachen vollgestopft. Da war ein Spiegel bis zum Boden, der einen tiefen Eindruck auf den Hund machte, weil darin sofort ein zweiter struppiger Moppel erschien, sodann furchterregende Hirschgeweihe, unzählige Pelze und Überschuhe und an der Decke eine opalisierende Tulpe mit einer Glühbirne.

»Wo haben Sie den denn aufgelesen, Filipp Filippowitsch?« fragte die Frau lächelnd und half dem Herrn aus dem schweren, mit Blaufuchs gefütterten Mantel. »Ach Gott, der ist ja ganz räudig!«

»Unsinn! Wo denn?« fragte der Herr streng.

Nachdem er den Pelz abgelegt hatte, stand er in einem schwarzen Anzug aus englischem Tuch da; auf seinem Bauch blitzte lustig und matt eine goldene Kette.

»Wart mal, bleib stehen! Ruhig, du Dummkopf! Hm! Das ist keine Räude. Ruhe, du Satan! Ah! Eine Verbrennung. Was für ein Halunke hat dich denn verbrüht? Bleib doch stehen!«

»Ein Koch, ein schuftiger Koch!« sprachen die traurigen Augen des Hundes, und er winselte leise.

»Sina!« kommandierte der Herr, »führe ihn sofort ins Ordinationszimmer und bring mir einen Kittel!«

Die Frau pfiff, schnalzte mit den Fingern, und der Hund folgte ihr zögernd. Sie gingen durch einen spärlich beleuchteten Korridor, an einer lackierten Tür vorbei, dann nach links und kamen in eine dunkle Kammer, die dem Hund wegen ihres unheilverkündenden Geruchs sofort mißfiel. Die Finsternis knackte und verwandelte sich in blendend hellen Tag. Überall blitzte, funkelte, strahlte es.

»Nein!« heulte der Hund in Gedanken. »Entschuldigen Sie, aber das laß ich nicht mit mir machen. Ich verstehe. Ach, der Teufel soll ihn holen mitsamt seiner Wurst. Er hat mich in ein Hundekrankenhaus gelockt. Gleich werden sie mir Rizinusöl einschütten und mir die ganze Seite mit Messern zerschneiden – dabei darf man sie doch nicht mal anrühren.«

»He, wohin?« schrie die Frau, die Sina hieß.

Der Hund riß sich los, duckte sich und warf sich mit der gesunden Seite so heftig gegen die Tür, daß man es in der ganzen Wohnung krachen hörte. Dann prallte er zurück und begann, sich wie ein Kreisel zu drehen, wobei er einen weißen Eimer umwarf, aus dem Wattebäusche flogen. Die Wände, an denen Schränke mit blitzenden Instrumenten standen, drehten sich um den Hund, die weiße Schürze der Frau und ihr verzerrtes Gesicht hüpften auf und nieder.

»Wohin, du struppiger Satan?« schrie Sina verzweifelt. »Verdammtes Vieh!«

»Wo ist hier die Hintertreppe?« überlegte der Hund. Er rannte blindlings in eine Glasscheibe, in der Hoffnung, daß dies eine zweite Tür sei. Sie zerklirrte, es regnete Glassplitter, und eine bauchige Flasche fiel herunter, aus der sich sofort eine rote, stinkende Brühe über den ganzen Fußboden ergoß. Da ging die richtige Tür auf.

»Steh, du Biest!« schrie der Herr, kam mit wehendem Kittel, den er erst über einen Ärmel gezogen hatte, hereingerannt und packte den Hund an den Beinen. »Sina, pack das Luder am Kragen!«

»Meine Güte, was für ein Hund!«

Die Tür ging noch weiter auf, und eine zweite weißbekittelte Person männlichen Geschlechtes stürmte herein. Glassplitter zertretend, eilte diese Person nicht auf den Hund zu, sondern zu einem Schrank und öffnete ihn, worauf ein süßlicher Geruch das ganze Zimmer erfüllte. Dann legte sich die Person mit dem ganzen Oberkörper auf den Hund, und der biß sie mit Begeisterung oberhalb des Schnürsenkels ihres Stiefels ins Bein. Die Person ächzte, behielt aber die Fassung. Eine ekelerregende Flüssigkeit benahm dem Hund den Atem, in seinem Kopf begann sich alles zu drehen, dann wurden seine Beine schlaff, und er sackte auf die Seite. »Danke, es ist vorbei!« dachte er träumerisch, während er auf spitze Glassplitter fiel. »Leb wohl, Moskau! Ich werde den Laden Tschitschkins, die Proletarier und die Krakauer Wurst nicht wiedersehen. Ich komme für meine hündische Langmut ins Paradies. Ach, ihr Schinder! Wofür?«

Und er streckte alle viere von sich und krepierte.

Als er wieder auferstand, war ihm schwindlig und elend, aber seine kranke Seite schien nicht mehr da zu sein, er spürte sie nicht mehr. Der Hund öffnete das müde rechte Auge einen Spalt breit und sah, daß er einen straffen Verband um den Bauch hatte. »Sie haben mich trotzdem fertiggemacht«, dachte er, »aber geschickt, das muß man ihnen lassen.«

»Von Sevilla nach Granada ... in stiller dunkler Nacht«, sang jemand zerstreut und falsch über ihm. Der Hund öffnete verwundert beide Augen und erblickte zwei Schritt entfernt das Bein eines Mannes auf einem Hocker. Das Hosenbein und die Unterhose waren aufgekrempelt, der entblößte gelbe Unterschenkel war mit getrocknetem Blut und Jod beschmiert.

»Ach herrje!« dachte der Hund. »Ich habe ihn wohl gebissen. Ja, das ist mein Werk. Na, jetzt krieg ich Hiebe.«

»Erklingen Serenaden und Schwertgeklirr ... Warum hast du den Doktor gebissen, du Strolch? Und die Glasscheibe zerbrochen?«

»U-u-u«, winselte der Hund kläglich.

»Na gut, bleib liegen, du Dummkopf.«

»Wie ist es Ihnen überhaupt gelungen, einen so nervösen Hund mitzulocken, Filipp Filippowitsch?« fragte eine angenehme Männerstimme, und das Bein der Trikotunterhose rutschte nach unten. Dann roch es nach Tabak, und im Schrank klirrten Gläser.

»Mit Güte. Auf die einzige Art und Weise, die im Umgang mit einem Lebewesen möglich ist. Mit Terror erreicht man bei einem Tier gar nichts, ganz gleich, auf welcher Entwicklungsstufe es steht. Das habe ich stets behauptet, und das werde ich auch immer behaupten. Es ist eitel zu glauben, daß Terror etwas nützt. Er nützt gar nichts, wie er auch sein mag – weiß, rot oder braun! Terror lähmt das Nervensystem vollkommen. Sina! Ich habe diesem Schlingel für einen Rubel vierzig

Kopeken Krakauer Wurst gekauft, füttern Sie ihn damit, wenn's ihm nicht mehr schlecht ist.«

Glassplitter, die zusammengefegt wurden, klirrten, und eine Frauenstimme sagte kokett:

»Krakauer! Meine Güte! Sie hätten ihm in einer Metzgerei für vierzig Kopeken Wurstzipfel kaufen sollen. Die Krakauer esse ich lieber selbst!«

»Untersteh dich! Das ist Gift für einen menschlichen Magen. Ein erwachsenes Mädchen, aber sie steckt wie ein kleines Kind jeden Dreck in den Mund. Ich warne dich! Doktor Bormental und ich werden uns nicht um dich kümmern, wenn du Bauchweh bekommst ... Keine andere kommt dir gleich ...«, summte er.

Währenddessen klangen gedämpfte Klingeltöne durch die ganze Wohnung, und aus dem Vorzimmer hörte man Stimmen. Das Telefon rasselte. Sina verschwand.

Filipp Filippowitsch warf seinen Zigarettenstummel in einen Eimer, knöpfte den Kittel zu, strich sich vor einem kleinen Wandspiegel den flaumigen Schnurrbart glatt und rief dem Hund zu:

»Komm, komm! Wir gehen zur Sprechstunde.«

VIRGINIA WOOLF
Sie war Mensch; er war Hund

Der Spaniel Flush wird von seiner Vorbesitzerin Miss Mitford in das vornehme Haus seiner neuen Herrin, der kranken Schriftstellerin Elizabeth Barett, gebracht.

Doch während Flush hinter Miss Mitford nach oben trabte, die hinter dem Butler herging, erstaunte ihn mehr, was er roch, als was er sah. Das Treppengewölbe hinauf drangen warme Schwaden von brutzelndem Braten, von schmorendem Geflügel, von siedenden Suppen – hinreißend fast wie das Essen selbst für Nüstern, die an den kargen Duft von Kerenhappocks ärmlichen Bratkarfoffeln und Haschees gewohnt waren. In diesen Essensduft mischten sich noch weitere Düfte – Düfte von Zedernholz und Sandelholz und Mahagoni; Düfte von männlichen Körpern und weiblichen Körpern; von männlichen und weiblichen Dienstboten; von Jacken und Hosen; von Krinolinen und Pelerinen; von Gobelinvorhängen, von Plüschvorhängen; von Kohlenstaub und Rauch; von Wein und Zigarren. Jeder Raum, den er durchquerte – Speisezimmer, Salon, Bibliothek, Schlafzimmer –, dünstete seinen speziellen Beitrag zum allgemeinen Gebräu aus; während seine Pfoten, wenn er eine vor die andere setzte, gestreichelt und von der Sinnlichkeit üppiger Brücken festgehalten wurden, deren Flor sich verliebt um sie schloß. Nach geraumer Weile erreichten sie eine geschlossene Tür im hinteren Teil des Hauses. Ein leichtes Klopfen erfolgte, sacht wurde die Tür geöffnet.

Miss Barretts Schlafzimmer – denn darum handelte es sich – muß, nach allem, was man weiß, dunkel gewesen sein. Das Licht, das gewöhnlich durch einen grünen Damastvorhang verdüstert war, wurde im Sommer darüber hinaus noch durch den Efeu gedämpft, die Feuerbohnen, die Trichterwinden und die Kapuzinerkresse, die im Blumenkasten am Fenster wuchsen.

Anfangs konnte Flush in dem blaßgrünlichen Dämmer nichts erkennen als fünf weiße Kugeln, die geheimnisvoll mitten in der Luft schimmerten. Doch wieder war es der Geruch des Raumes, der ihn überwältigte. Nur ein Gelehrter, der Stufe um Stufe in ein Mausoleum hinabgestiegen ist und sich dort in einer Krypta wiederfindet, die von Schwamm überzogen, glitschig von Schimmel ist und die sauren Gerüche des Verfalls und ehrwürdigen Alters ausströmt, während halb verwischte Marmorbüsten auf halber Höhe flimmern und alles nur schwach erkennbar ist im Licht der kleinen, hin und her schwingenden Lampe, die er in der Hand hält und niedertauchen und sich hier- und dorthin richten läßt, um sich umzuschauen – nur das Gemüt eines solchen Erforschers der begrabenen Gewölbe einer zerfallenen Stadt befindet sich in einem vergleichbaren Aufruhr der Gefühle, die Flushs Nerven überfluteten, als er zum erstenmal im Schlafzimmer einer Kranken, in der Wimpole Street, stand und Kölnisch Wasser roch.

Sehr langsam, sehr verschwommen begann Flush unter viel Geschnüffel und Getapse, nach und nach die Umrisse mehrerer Möbelstücke zu erkennen. Der große Gegenstand dort am Fenster war vielleicht ein Kleiderschrank. Daneben stand vermutlich eine Kommode. Inmitten des Zimmers schwamm an der Oberfläche, was ein Tisch mit einem Ring drum herum zu sein schien; und dann tauchten die vagen, formlosen Umrisse eines Lehnstuhls und eines Tisches auf. Doch alles war verkleidet. Oben auf dem Kleiderschrank standen drei weiße Büsten; auf der Kommode erhob sich ein Bücherschrank; der Bücherschrank war mit einem scharlachroten Merinostoff verhängt; auf dem Waschtisch stand ein Kranz von Regalfächern; oben auf den Fächern, die auf dem Waschtisch standen, standen noch zwei Büsten. Nichts in dem Zimmer war, was es war; alles war etwas anderes. Sogar noch der Vorhang am Fenster war kein einfacher Muselinvorhang; er war ein bemalter Stoff mit einem Muster aus Schlössern und Burgtoren und Wäldchen, und Bauern waren darauf zu sehen, die einen Spaziergang machten. Spiegel verzerrten außerdem diese bereits verzerrten Gegenstände, so daß dort zehn Dichterbüsten zu stehen schienen statt der fünf; vier Tische statt der zwei. Und plötzlich entstand dort eine noch beängstigendere Verwirrung. Plötzlich erblickte Flush einen anderen Hund mit blitzenden hellen Augen und heraushängender Zunge, der aus einem Loch in der Wand zu ihm zurückstarrte! Er blieb verwundert stehen. In Ehrfurcht trat er einen Schritt näher.

Während er so näherging, dann wieder zurückwich, hörte Flush, außer als fernes Brausen des Windes in den Wipfeln, kaum das murmelnde Geplätscher plaudernder Stimmen. Er setzte seine Erkundungen fort, vorsichtig, nervös, wie ein Forschungsreisender in einem Wald leise seinen Schritt setzt, ungewiß, ob dieser Schatten da ein Löwe ist oder diese Wurzel da eine Kobra. Endlich gewahrte er jedoch riesige Gegenstände über sich in Bewegung; und da er nach den Erlebnissen der letzten Stunde mit seinen Nerven am Ende war, versteckte er sich zitternd hinter einem Wandschirm. Die Stimme verstummte. Eine Tür schloß sich. Einen Augenblick stand er reglos, verwirrt, nahe daran, die Nerven zu verlieren. Dann fiel wie der Sprung prankenbewehrter Tiger die Erinnerung über ihn her. Er fühlte sich allein – verlassen. Er schoß zur Tür. Sie war geschlossen. Er scharrte, er lauschte. Er hörte Schritte hinabgehen. Er erkannte darin die vertrauten Schritte seiner Herrin. Sie hielten inne. Doch nein – weiter gingen sie, weiter hinab. Miss Mitford stieg langsam, stieg schwerfällig, stieg zögernd die Treppe hinab. Und als sie fortging, als er die Schritte verklingen hörte, ergriff ihn panische Angst. Tür um Tür schloß sich vor seiner Nase, als Miss Mitford die Treppe hinabstieg; sie schlossen sich vor der Freiheit: vor den Feldern; vor den Hasen; vor dem Gras; vor seiner angebeteten, seiner verehrten Herrin – vor der lieben alten Frau, die ihn gewaschen und geschlagen und ihn von ihrem eigenen Teller gefüttert hatte, wo sie selbst nicht allzuviel zu essen hatte – vor allem, was er an Glück und Liebe und menschlicher Güte kennengelernt hatte! Da! Die Haustür schlug zu. Er war allein. Sie hatte ihn verlassen.

Daraufhin überkam ihn eine solche Welle der Verzweiflung und der Angst, die Unwiderruflichkeit und Unerbittlichkeit des Schicksals schmertterten ihn derart nieder, daß er den Kopf hob und laut heulte. Eine Stimme sagte: »Flush.« Er hörte sie nicht. »Flush«, sagte sie zum zweitenmal. Er fuhr zusammen. Er hatte sich allein geglaubt. Er wandte sich um. War hier mit ihm noch ein Lebewesen im Zimmer? War da etwas auf dem Sofa? In der wilden Hoffnung, daß dies Wesen, was immer es sein mochte, die Tür öffnen könnte, daß er immer noch hinter Miss Mitford herjagen und sie wiederfinden könnte – daß dies eine Art Versteckspiel war, wie sie es daheim im Gewächshaus zu spielen pflegten –, schoß Flush zum Sofa.

»Ach Flush!« sagte Miss Barrett. Zum erstenmal schaute sie ihm ins Gesicht. Zum erstenmal schaute Flush die Dame an, die auf dem Sofa lag.

Beide waren überrascht. Schwere Locken hingen zu beiden Seiten an Miss Barretts Gesicht herab; große helle Augen leuchteten daraus hervor; ein großer Mund lächelte. Schwere Ohren hingen zu beiden Seiten von Flushs Gesicht herab; auch seine Augen waren groß und hell; sein Mund war breit. Es bestand eine gewisse Ähnlichkeit zwischen ihnen. Während sie einander anstarrten, fanden beide: Das bin ja ich! – und dann fanden beide: Doch wie anders! Ihrs war das bleiche, abgezehrte Gesicht einer Kranken, die von Luft, Licht, Freiheit abgeschnitten war. Seins war das warme frische Gesicht eines jungen Tieres; Instinkt gepaart mit Gesundheit und Lebenskraft. Entzweigebrochen, doch im selben Model gemacht, konnte es sein, daß der eine ergänzte, was im andern schlummerte? Sie hätte es sein können – all das; und er – doch nein. Zwischen ihnen lag die breiteste Kluft, die zwei Wesen von einander trennen kann. Sie konnte sprechen. Er war stumm. Sie war Frau; er war Hund. So eng verbunden, so unendlich weit getrennt, starrten sei einander an. Dann sprang Flush mit einem Satz aufs Sofa und legte sich, wo er fortan für alle Zeiten liegen sollte – auf die Decke zu Miss Barretts Füßen.

SÁNDOR MÁRAI
Hund und Zeit

Ein Schriftsteller hat einen ungarischen »Puli«-Welpen gekauft und ihn Tschutora getauft. Er studiert sorgsam Tschutoras geistige Entwicklung.

Einen Zeitbegriff hat Tschutora natürlich noch nicht. So wie ihm die räumliche Vorstellung fehlt, weiß er auch nicht, wann er schlafen soll, welcher Tagesabschnitt für die Arbeit und welcher zum Spielen und für andere Vergnügungen vorgesehen ist. Gegen Mitternacht rappelt er sich auf, kriecht verschlafen hinter dem Ofen hervor, streckt sich und nimmt vor dem Schreibtisch des Herrn Aufstellung, der inzwischen glücklich zu seiner disziplinierten Tages- und Nachteinteilung zurückgefunden hat; dort bekundet er unmißverständlich, daß er jetzt zum Spielen bereit wäre. »Das ist jetzt nicht die Zeit dafür«, gibt ihm der Herr mit sonorer Stimme zu verstehen. Tschutora setzt sich vor den Schreibtisch und wartet. Die dunklen, glänzenden Knopfaugen folgen beharrlich der Hand des Herrn, die auf dem weißen Papierbogen von einem Rand zum andern wandert. Er wartet, bleibt sitzen, gähnt dann und wann, und da er kein Zeitgefühl hat, harrt er so bis zum Morgengrauen aus. Zwischendurch überwältigt ihn der Schlaf, und er legt den Kopf auf die Pfötchen, schlummert weg, aber sein Schlaf ist nur ganz leicht, bei jeder Bewegung, beim Anreißen eines Streichholzes hebt er den Kopf. Doch manchmal fällt Tschutora auch morgens um zehn in einen Tiefschlaf, aus dem ihn das wildeste Telephonklingeln nicht wecken kann; ein anderes Mal tippt er früh um vier diskret und leise mit der Schnauze an die Tür zum Schlafzimmer der Dame, öffnet sie, legt sich im Dunkeln still vors Bett und wartet.

Tschutora weiß noch nicht, wie lang eine Minute oder ein Tag ist, ihm fehlt auch das Gefühl dafür, was mehrere Tage sind. Geht ein Hausgenosse fort und bleibt eine halbe Stunde weg, so ist er bei dessen Rückkehr genauso glücklich, empfängt ihn mit ebenso wilden Sprüngen, strahlenden Augen und sich freudig überschlagendem Bellen, als wäre sie oder er nach tagelanger Abwesenheit heimgekehrt. Auch wenn Theres nur für eine Minute aus dem Zimmer geht, wird sie anschließend so begeistert begrüßt, als käme sie von einer langen Reise zurück. Noch wird er nur von seinem »Instinkt« durch die Gefahren und Möglichkeiten der vier Dimensionen geleitet, diese in der Zeit sich vollziehende mehrdimensionale Welt ist für ihn noch immer nur irgendein wohliges Durcheinander, Wissen und Erfahrung konnten die angenehm schweifende Ziellosigkeit, in der er lebt, noch nicht zerstreuen. Er kommt ganz gut ohne Zeitgefühl aus: Seine Herrschaften beneiden ihn um die uneingeschränkte Freiheit, in der er sich weder durch Mutmaßungen noch durch Vorurteile stören läßt. Er lebt ohne Zeit, und auch die Gesetze des Raums sind ihm gleichgültig.

Was für eine wilde, unbändige Freude, wenn einer der Hausleute heimkommt! Es hat noch nicht geläutet, und auch Schritte sind auf den Stufen nicht zu hören, doch der Winzling Tschutora, der absolut nichts von Zeit, Raum und Entfernungen versteht, ist bereits aus seinem Dösen aufgeschreckt und sitzt in Habachtstellung. Gewiß hat er noch nicht den leisesten Laut vernommen, der Heimkommende ist womöglich erst unten an der Haustür, und es werden noch Minuten vergehen, bevor sich der Schlüssel im Schloß der Wohnungstür dreht. Tschutora aber weiß längst Bescheid und blickt dem Herannahenden mit ungeduldiger Erwartung entgegen. Welche Sinnesorgane sind es, die ihm diese Information übermitteln? Die Augen, die Ohren, die Nase? Unzulängliche Begriffe allesamt. Ein viel feineres Instrumentarium, mit dem Tschutora die Welt wahrnimmt, überprüft und registriert, ist bereits in Funktion, wenn der Ankommende gerade erst in die Gasse einbiegt. Drahtlos, über Frequenzen, die mysteriöser und rätselhafter sind als alles, was der Mensch mit seinen subtilsten Apparaturen zu empfangen vermag, erreicht ihn die Information; Membranen von größerer Schallempfindlichkeit als jedes Mikrophon übermitteln ihm Geräusche, für deren Wahrnehmung der Mensch kein geeignetes Instrument besitzt; hier tritt jenes nicht zu benennende Fluidum, ein Begleitphänomen des organischen Lebens, in Aktion, dessen Schwingungen uns so wenig bekannt sind wie die Beschaffenheit des elektrischen Stromes und das, was wir bequem und vereinfachend »Instinkt« nennen. So ist Tschutora also längst über die Absicht des Heimkehrenden informiert, wenn dieser noch an der nächsten Straßenecke mit einem Nachbarn plaudert. Als Kreatur ist er minderwertiger, kann nicht reden, und seine Bildung läßt zu wünschen übrig, Tschutora ist auch nicht in der Lage, die höheren Weihen der Hundeausbildung zu erlangen, er mag nicht auf zwei Beinen gehen, und es gibt nur wenig Hoffnung, daß er dereinst im Zirkus Karriere macht, wo gelehrte und gelehrige Hunde vor dem faszinierten und applaudierenden Publikum zweibeinig auf dem Seil tanzen und dabei in der Pfote einen roten Sonnenschirm schwenken. Nein, Tschutora ist gedrungen, fast plump, sogar ein bißchen gewöhnlich, ein Bauer, wie Theres zu sagen pflegt. Doch dafür besitzt er andererseits nebensächliche Fähigkeiten, dank derer er zum Beispiel vom Herannahen einer vertrauten Person schon Minuten vor deren Ankunft Kenntnis hat. Er setzt sich in Positur, rennt zur Eingangstür, nimmt hier in der Stadtwohnung, zwischen Mauern und Mobiliar, Witterung auf wie ein Jagdhund in freier Wildbahn, der – wie es in der Jägersprache heißt – »das Wild ausmacht«. Sie muß in der Nähe sein! ... vermeldet er mit der Sprache seines ganzen Wesens, die nervösen Ohren, der hochstehende buschige Schwanz senden Signale aus. Und Tschutora irrt sich nicht, niemals. Sie muß bereits durchs Tor gehen, kommt schon die Stiege hoch, teilt er in immer begeisterter geäußerten Morsezeichen mit. Dann kläfft er einmal in seiner Aufregung. Stürzt ins andere Zimmer, stellt sich vor den Herrn, bellt ihn an, hüpft ihm aufs Knie, rast zurück zur Tür, versucht mit den Vorderpfoten die Türklinke zu erreichen, wirft sich mit der Brust gegen die Tür, jagt noch einmal in Kreisen durch die Wohnung, sein Geheul, Gerenne und andere Zeichen der Freude, die alle Erklärungen überflüssig machen, annoncieren überschwenglich: »Sie kommt! ... Verstehst du denn nicht? ... Sie ist da! Was für ein Glück! Juchhe! Gleich tritt sie ein!« Dann stemmt er die Vorderpfoten gegen die Tür, verharrt in der Stellung, um sie gleich ganz in Besitz zu nehmen.

Und erst jetzt dreht sich der Schlüssel im Schloß der Vorzimmertür.

Mit einem Satz springt er an der Eintretenden hoch, plumpst auf den Boden zurück, rutscht aus, überschlägt sich und stürmt, als könnte er das Glück der körperlichen Nähe kaum ertragen, in großen Kreisen durch die Zimmer, wirbelt die Teppiche durcheinander, rennt um, was im Weg steht, als hätte er eine aufgestaute unendliche Freude auszutoben. Danach erst kommt er zu sich, hüpft wieder an der Dame hoch, quittiert ihre Heimkehr mit fröhlichem Gebell, mit Schweifeln und Schnuppern und wirft sich dann plötzlich erschöpft auf den Teppich. Hechelnd und mit hängender Zunge, aber strahlenden Auges und mit unmißverständlich liebevollem Blick, fixiert er die Erscheinung, die den Gefahren der Welt entgangene, heimgekehrte Dame.

Ist es wirklich ein solches Ereignis, wenn jemand heimkommt aus der verwirrenden, gefährlichen Welt? Unbedingt, meint Tschutora.

VEZA CANETTI
Grimm

Im Stiegenhaus sitzt die Hedi, fünf Jahre alt, und spielt mit einer großen Börse mit folgendem Inhalt: einem Tausendfrankenschein, zwanzig Zehnpfundnoten, zehn Fünfdollarnoten, etwa zweihundert Schilling in Papier und Silber und elf Goldstücken verschiedener Länder. Die Hedi hat braune Augen und blondes Haar, und obwohl sie die Luft einer Küche atmet, die nur ein

Gangfenster hat, bringt sie es zuwege, frisch und gesund auszusehen, und die Zahnlücke vorne, unter den Milchzähnen der erste fehlende Zahn, steht ihr gut. Sie ist überhaupt ein glückliches Kind, spielt sie nicht eben mit Goldstücken und Dollarnoten? Den Tausendfrankenschein hat sie in der Börse gelassen, der gefällt ihr nicht, und die Pfundnoten nimmt sie bald heraus, bald faltet sie sie ineinander und steckt sie hinein.

Neben der Hedi sitzt ein mächtiger Hund und heißt Grimm. Den Namen hat ihm aber nicht die Hedi gegeben und nicht ihre Mutter, sondern sein früherer Herr. Er war Sprachforscher, schwärmte für Grimm und für den Hund und nannte den Hund Grimm. Als der gute Gelehrte starb, kamen alle Verwandten und stritten um den Besitz. Den Hund aber stießen sie weg, keinem fiel es ein, ihm einen Teller Reis hinzustellen. Es hätte zwar nichts genützt, denn Grimm fraß seit dem Tode seines Herrn keinen Bissen, und das ist nicht eine leichtfertige Behauptung, die Bedienerin Hedwig Adenberger, die Mutter der Hedi, die ihm jahrelang den Teller Reis hingestellt hatte, tat es auch nach dem Tode des Herrn, aber Grimm rührte nichts an. Als die Verwandten alle Wertgegenstände weggeschafft und die Wohnung geleert hatten, waren sie plötzlich einig. Sie waren sich darüber einig, daß niemand den Hund zu sich nehmen konnte, so ein großes Tier frißt und kostet viel. Einer schlug vor, ihn weit weg zu führen und auf der Straße stehenzulassen, ein zweiter erklärte sich bereit, ihn dem Tierschutzverein zu übergeben, falls alle Verwandten sich zusammentaten und die Fahrt mit dem Auto bezahlten. Als dic Bedienerin Hedwig Adenberger hörte und sah, wie der geliebte Hund ihres guten Herrn herumgestoßen wurde, führte sie ihn am Halskragen zu sich in ihre Wohnung und ließ ihn mit ein wenig Scheu ein, in der Angst, der vornehme Hund werde ihre Wohnküche zu gering finden. Doch dann sah sie, daß ein Hund keinen Unterschied macht, und war sehr froh darüber. Die Adenberger nahm ihre beste Schüssel aus dem Schrank, kochte Reis mit frischen Markknochen und goß das alles dem Grimm in die Schüssel. Aber traurig wandte der sich ab. Da griff die Hedi ein, sie rief ihn zu sich. Grimm kam auf sie zu, beschnupperte die Hedi und blieb etwas erstaunt und ein wenig protegierend vor ihr stehen. Die Hedi hatte in ihrem Schoß einen Teller mit Grütze und in der Hand einen unwahrscheinlich großen Löffel. Mit dem Löffel haute sie vorerst dem Grimm eins über den Kopf, dann bohrte sie den Löffel in die Grütze und steckte ihn dem Grimm ins Maul. Der Grimm schluckte. Die Hedi nahm jetzt wieder einen Löffel voll und schleckte ihn selbst leer. Der Grimm wartete geduldig und zuckte nur mit den Lidern, wie es Hunde gerne tun, weil man mit den Menschen Nachsicht haben muß. Nach der Hedi kam er wieder dran, und am Abend war er schon so weit, etwas Reis zu kosten. Als die Adenberger am Morgen in ihre Bedienung ging und die Hedi allein lassen mußte, tat sie es mit großer Erleichterung und sagte:

»Grimm, gib acht auf die Hedi.«

Und der Grimm gibt acht. Denn wie könnte sonst die Hedi im Stiegenhaus spielen mit Papieren, darstellend englische Pfund, Dollars und Schweizer Franken?

KONRAD LORENZ

Wolf und Rolf und Susi

Wolf II. und ich gehen die Dorfstraße hinunter. Als wir am Gemeindebrunnen in die Landstraße einbiegen, sehen wir, gut zweihundert Meter entfernt, Wolfs langjährigen Feind und Rivalen Rolf auf der Straße stehen. Wir müssen unmittelbar an ihm vorbei, die Begegnung ist unvermeidlich. Die beiden sind die stärksten und am meisten gefürchteten, kurz, die rangältesten Hunde des Ortes; sie hassen einander wütend, fürchten sich aber gleichzeitig voreinander so weit, daß sie, soviel ich weiß, noch nie wirklich miteinander gerauft haben. Vom ersten Augenblick an hat man den Eindruck, daß die Begegnung beiden Teilen höchst unangenehm ist. Im Garten des Hauses eingesperrt, hinter Zaun und verschlossenem Tor, würden beide wütend bellen und drohen, jeder überzeugt, daß nur das Gitter ihn hindere, dem anderen an die Gurgel zu springen. Nun aber, im Freien, mag es sich, stark vermenschlicht ausgedrückt, etwa so verhalten: jeder der beiden Rüden empfindet dunkel, er sei es jetzt seinem »Prestige« schuldig, die früheren Drohungen wahrzumachen, und es sei eine »Blamage«, dies nicht zu tun.

Die beiden Feinde haben einander natürlich schon von weitem gesehen. Sie gehen sofort in »Imponierstellung«, das heißt, sie richten sich hoch auf und heben die Ruten lotrecht in die Höhe: So nähern sich die beiden, immer langsamer und langsamer. Als nur noch etwa fünfzehn Meter sie trennen, legt sich Rolf plötzlich in die Stellung eines lauernden Tigers nieder.

In keinem der Hundegesichter merkt man ein Zeichen der Unsicherheit, aber auch keines der Drohung. Stirn und Nasen sind nicht gerunzelt, die Ohren stehen steil und nach vorne gewandt, die Augen sind weit offen. Wolf reagiert auf die Lauerstellung Rolfs in keiner Weise, so bedrohlich diese auch auf den Menschen wirkt, sondern schreitet unbeeinflußt auf den Rivalen zu. Erst als er dicht neben ihm steht, erhebt sich Rolf ruckartig zu seiner vollen Größe, und nun stehen beide Flanke an Flanke und Kopf an Schwanz und beriechen einander die frei dargebotene Hinterregion. Gerade dieses freie Darbieten der Analgegend ist der Ausdruck der Selbstsicherheit. Sowie sie auch nur um ein geringes schwindet, senkt sich der Schwanz. Man kann an seiner Stellung wie an einem Zeiger den Stand des Mutes ablesen, der den Hund beseelt.

Die gespannte Situation, in der die beiden Rüden unbeweglich stehen, dauert ziemlich lange. Allmählich beginnen die vorher glatten Gesichter sich zu verziehen: auf der Stirne entstehen Längs- und Querfalten in Richtung nach einem über den Augen gelegenen Punkt, die Nase wird gerunzelt, die Zähne liegen bloß. Diese Mimik bedeutet Drohung schlechthin, auch ein Hund, der Furcht hat und, etwa in die Enge getrieben, nur aus Abwehr droht, zeigt sie. Der Grad des Mutes und der Beherrschung der Situation drückt sich nur an zwei Stellen des Kopfes aus: an den Ohren und am Mundwinkel. Stehen jene unverändert aufrecht und vorwärts und ist dieser weit nach vorne gezogen, so fürchtet sich der Hund nicht, und er kann jeden Augenblick angreifen. Jedes Anklingen von Furcht drückt sich in einer entsprechenden Bewegung der

Mundwinkel und der Ohren aus, als zöge in diesen Teilen die unsichtbare Kraft der Fluchtneigung das Tier nach hinten.

Gleichzeitig mit der Mimik aktiver Drohung beginnt das Knurren; je tiefer es klingt, um so sicherer fühlt sich das Tier – die dem Individuum eigene Stimmlage natürlich eingerechnet. Ein frecher Foxterrier knurrt natürlich höher als ein ängstlicher Bernhardiner.

Immer noch Flanke an Flanke stehend, beginnen nun Rolf und Wolf einander zu umkreisen. Jeden Moment fürchtet man Tätlichkeiten. Aber das völlige Gleichgewicht zwischen den Großmächten verhindert die Kriegserklärung. Sie knurren zwar immer drohender, aber es geschieht nichts. In mir entsteht ein Verdacht, der sich noch verstärkt, als ich einen auf mich gerichteten Seitenblick Wolfs und gleich darauf auch Rolfs gewahre: Die beiden erwarten nicht nur, sondern hoffen geradezu, daß ich sie trennen und so der moralischen Verpflichtung zum Kampfe entheben werde. Der Drang, die Würde, das Prestige zu wahren, ist nämlich durchaus nicht spezifisch menschlich, sondern tief in den instinktmäßigen Schichten des Seelenlebens verankert, in denen höhere Tiere uns aufs nächste verwandt sind.

Ich greife indessen nicht ein, sondern überlasse es den Hunden, einen würdigen Rückzug zu finden. Sehr langsam lösen sie sich voneinander, Schritt für Schritt gehen sie nach verschiedenen Seiten der Straße, und schließlich heben sie, immer noch mit einem Auge nach einander schielend, gleichzeitig, wie auf Kommando, das Hinterbein, Wolf an der Telegraphenstange, Rolf an einem Träger des Straßengeländers. Dann setzen sie in Imponierstellung ihren Weg fort, jeder hält vor sich selbst gewissermaßen die Fiktion aufrecht, moralisch gesiegt und den anderen eingeschüchtert zu haben.

Eigenartig ist manchmal das Verhalten von Hündinnen, die einem derartigen Auftritt gleich starker und rangmäßig ebenbürtiger Rüden beiwohnen. Wolfs Gattin Susi wünscht in solchen Fällen zweifellos den Kampf. Sie hilft dann ihrem Gemahl zwar nicht wesentlich, aber sie will sehen, daß er den anderen Rüden vermöbelt. Zweimal habe ich gesehen, daß sie hierbei ein geradezu tückisches Mittel anwandte: als Wolf mit einem anderen, und zwar beide Male einem ortsfremden »Sommerpartei-Hund«, Kopf an Schwanz stand, umkreiste sie vorsichtig und interessiert die Rüden, die sie als Hündin nicht beachteten. Dann zwickte sie lautlos, aber kräftig ihren Mann in seine dem Gegner dargebotene Hinterfront. Wolf mußte somit glauben, der feindliche Rüde habe ihn in einem unerhörten, tief empörenden Verstoß gegen alle uralten Gesetze des Hundebrauches beim Beriechen in den Hintern gebissen. Natürlich griff Wolf daraufhin an; und da diese Attacke nun für den anderen Rüden nicht minder regelwidrig und empörend war wie der Zwick vorher für Wolf, entspann sich ein ungewöhnlich wütender Kampf.

Wolf begegnet beim Gemeindebrunnen einem kleinen gelben Köter, der sich vor ihm panisch fürchtet und sofort durch die Tür der Gemischtwarenhandlung zu entkommen trachtet. Wolf stürmt auf ihn zu, drängt sich seitlich an ihn und rempelt ihn mit der erwähnten Schleuderbewegung des Hinterteils so an, daß der Köter vom Haus weg auf die Straße geschleudert wird. Dann ist Wolf wie ein Gewitter über ihm und rempelt ihn immer wieder. Der Kleine schreit jedesmal gellend auf, als litte er die ärgsten Schmerzen; schließlich schnappt und beißt er verzweifelt nach dem Angreifer. Wolf aber knurrt nicht einmal, er macht auch kein Drohgesicht, läßt sich vielmehr in aller Ruhe beißen und rempelt weiter. Er verachtet den anderen als Kampfesgegner so vollkommen, daß es ihm nicht dafürsteht, auch nur das Maul aufzumachen. Aber er haßt den Gelben, weil er sich wiederholt in unserem Garten hat blicken lassen, als Susi läufig war. Diese Wut nun reagiert er an dem Unterlegenen in der beschriebenen, wenig vornehmen Weise ab. Für die große Angst, die sich in Schmerzensschreien bemerkbar macht, noch ehe tatsächlich Schmerz empfunden wird, ist eine ganz bestimmte Stellung der Mundwinkel charakteristisch: sie werden weit nach hinten gezogen, wobei die dunkle Schleimhaut des Mundinneren, nach außen gerollt, als dunkle Umrandung sichtbar wird. Dies gibt dem Hundegesicht auch für das menschliche Empfinden einen eigenartig weinerlichen Ausdruck, zu dem die Lautäußerung in unmittelbar verständlicher Weise paßt.

Susi trifft im Dorf einen großen, etwa einjährigen Collie-Schäferhundmischling, einen Sohn des schon erwähnten Rolf. Da er sie im ersten Augenblick für Wolf hält, den er sehr fürchtet, erschrickt er. Ihres schwachen Gesichtssinnes wegen können nämlich Hunde auf Entfernung nur grobe Umrißformen unterscheiden, und da Wolf der einzige Chow ist, den die Hunde in der Gegend zu sehen gewohnt sind, kam es häufig vor, daß unsere freche dicke Susi mit ihrem gefürchteten

Verwandten verwechselt wurde. Die enorme Frechheit, welche die junge Dame bald entwickelte, ist sicher zum großen Teil dadurch zu erklären, daß sie den allgemeinen Respekt, den sie diesem Irrtum verdankte, ihrer eigenen Furchtbarkeit zuschrieb und sich demgemäß überschätzte. Es erlaubt interessante Rückschlüsse auf den geringen Farbsinn des Haushundes, daß die Verwechslung zustande kam, obwohl Wolf rotgelb, Susi aber bläulich zimmetfarben ist. Der junge Rüde also flieht, wird jedoch von Susi rasch eingeholt und gestellt. Als er mit gesenkten Ohren und breit auseinandergezogener Stirne ergeben vor ihr steht, beginnt die knapp acht Monate alte Hündin freundlich herablassend zu wedeln. Sie versucht, ihn hinten zu beriechen, er jedoch nimmt schüchtern den Schwanz zwischen die Beine und wendet sich schnell um, dergestalt, daß er ihr nicht nur die Flanke, sondern Kopf und Brust zukehrt. Erst jetzt scheint er zu merken, daß er es nicht mit dem gefürchteten rauhen Mann, sondern mit einem netten jungen Mädchen zu tun hat. Er richtet den Nacken steil auf, hebt den Schwanz und rückt mit einem tanzenden Trippeln der Vorderpfoten ein wenig gegen sie vor. Trotz der angedeuteten Imponierhaltung zeigt die Mimik von Gesicht und Ohren immer noch die Gebärde sozialer Ergebenheit. Die schwindet aber allmählich und macht einem Ausdruck Platz, den ich als das *Höflichkeitsgesicht* bezeichnen möchte. Dieses unterscheidet sich von dem der Ergebenheit nur in einer geringen Abänderung in der Stellung der Ohren und der Mundwinkel: jene liegen immer noch flach nach hinten, sind aber nun manchmal so weit zusammengezogen, daß die Spitzen einander berühren; diese werden wie beim Ergebenheitsgesicht ebenfalls weit nach hinten gezogen, aber nicht mehr weinerlich nach unten, sondern deutlich nach oben gerückt, wodurch für den menschlichen Betrachter ein dem Lächeln ähnlicher Ausdruck zustande kommt. Entwickelt sich aus dieser Ausdrucksbewegung, wie es bei ihrer stärkeren Ausprägung regelmäßig der Fall ist, ein Antrag zum *Spielen,* so wird das Maul leicht geöffnet, man sieht die Zunge, und die stark aufwärts gebogenen Winkel der fast bis zu den Ohren auseinandergezogenen Mundspalte nehmen sich noch deutlicher wie ein Lachen aus. Am häufigsten sieht man dieses »Lachen« bei Hunden, die mit einem geliebten Herrn spielen und dabei so in Eifer und Hitze geraten, daß sie hecheln müssen. Vielleicht ist die beschriebene Mimik des Hundes überhaupt als eine Vorwegnahme des Hechelns aufzufassen, die bei Aufkommen von Spielstimmung eintritt. Für diese Vermutung spricht auch die Tatsache, daß das »Lachen« vornehmlich bei leicht erotisch gefärbten Spielen zu beobachten ist, bei denen die Hunde erfahrungsgemäß schon nach geringer Körperbewegung so in Hitze geraten, daß sie stark hecheln.

Der meiner kleinen Susi gegenüberstehende Rüde lächelt immer stärker, immer starker auch trippelt er mit den Vorderpfoten, plötzlich prellt er kurz gegen die Hündin, stößt sie mit den Vorderpfoten gegen die Brust, wirft sich herum und prescht in höchst eigenartiger Haltung davon: der Rücken ist noch immer ergeben zusammengekrümmt und in den hinteren Partien nach unten gezogen, der Schwanz zwischen die Beine geklemmt. Aber in dieser ängstlichen Stellung vollführt der Rüde Quersprünge des freundlichen Spieles, und der Schwanz wedelt, soweit er dazu zwischen den Beinen Platz hat. Die Flucht endet auch schon nach wenigen Metern, der junge Mann wirft sich nochmals herum und steht nun mit breit lachendem Gesicht vor der Hündin, auch seinen Schwanz hat er so viel gehoben, um durch die Fersen nicht mehr am weitausholenden Wedeln behindert zu sein. Dieses beschränkt sich nun nicht auf den Schwanz allein, sondern reißt den halben Rücken des Hundes hin und her. Wieder prellt der Rüde gegen die Hündin vor. Und diesmal haben seine Spielanträge bereits unzweifelhaft ein wenig den Charakter eines erotischen Antrages, der allerdings im Augenblick, da die Hündin ja nicht läufig ist, im Symbolischen beschränkt bleibt.

Auf Schloß Altenberg, wo ein riesiger nachtschwarzer Neufundländer namens Lord die Stelle des Haushundes innehatte, bekam die Tochter zu ihrem Geburtstag einen reizenden, kaum zwei Monate alten Stallpinsch. Ich war nun Zeuge der ersten Begegnung beider Tiere. Obwohl Quick, der Stallpinsch, ein außerordentlich freches und vorwitziges Kind war, erschrak er tödlich, als er den Berg aus schwarzem Pelz auf sich zukommen sah. Wie alle Hundekinder in solchen Situationen, fiel auch er flach auf den Rücken, und als Lord seine Bauchseite beroch, produzierte er einen winzigen gelben Springbrunnen. Da wandte sich der große Hund nach geruchlicher Kontrolle dieses Gefühlsergusses langsam und würdig wieder von dem entsetzten Baby ab. Im nächsten Augenblick aber war Quick aufgesprungen und sauste nun, befallen vom sogenannten »Rennkrampf«, in eng gezogenen Achterschlingen um die Füße des Großen, sprang ihn spielend an und forderte ihn zur Verfolgung auf. Die kleine Besitzerin, die bis dahin unter Tränen und nur von grausamen Brüdern am Einschreiten gehindert, der Begegnung zugesehen hatte, atmete erleichtert auf, als sich nun jenes wirklich rührende Schauspiel entwickelte, das uns das Spiel zwischen einem sehr großen und einem sehr kleinen Hunde bietet.

GEORGE SIMENON
Bib

Nach seiner Entlassung aus dem Gefängnis meidet Felix Allard weitgehend allen Kontakt mit anderen Menschen. Sein einziger Vertrauter ist der Hund Bib.

Meine Kammer ist ein winziger, enger Raum mit schräger Decke, in die eine Dachluke eingelassen ist. Andere Leute nennen so etwas einen abgeteilten Dachbodenraum. Soweit es möglich war, habe ich Regale aus hellem Holz eingebaut, die sich nach und nach mit Büchern gefüllt haben. Als Schreibtisch benutze ich einen ganz gewöhnlichen Tisch, und abgesehen von dem alten Ledersessel, den ich auf einer öffentlichen Versteigerung erstanden habe, ist ein Rohrstuhl das einzige Möbelstück.

Vor einer Viertelstunde ist Bib unschlüssig auf den Boden gesprungen. Nachdem er zuerst den Kopf an meinen Beinen gerieben hatte, hat er sich auf den Rücken gelegt und den »toten Mann« gemacht – ein Spiel, das ihm nicht neu ist. Wie seine anderen Spiele kannte er es schon, bevor er zu mir kam. Ich habe ihm überhaupt nichts beigebracht – noch nicht einmal das Schließen der Haustür unten. Wenn er sich also stocksteif auf den Rücken legt, dann bedeutet das: »Du hast mich wohl ganz vergessen?« oder »Ich fühle mich einsam. Kannst du dich nicht um mich kümmern?«

Sobald ich aufgestanden bin, hat er einen seiner Bälle geholt – Bälle hat er lieber als diese Gummiknochen – und hat ihn mir in die Hand gelegt. Danach ist er in seine Ecke gelaufen und hat sich zur Wand gedreht.

Ich muß dann nebenan im Schlafzimmer einen mehr oder weniger neuen Platz ausfindig machen, an dem ich den Ball verstecke. Es gibt nicht besonders viele Verstecke, und er kennt sie im Grunde alle. Deshalb hat er dieses Spiel auch lieber im Freien, auf Straßen oder in Parkanlagen. An der Place des Vosges zum Beispiel, wo sich immer irgendein kleiner Junge findet, der das Verstecken des Balles gern übernimmt.

»Fertig, Bib!«

Zuerst hatte ich gar nicht vor, mir einen Hund zuzulegen. Ich habe hier mehrere Monate lang allein gehaust. Eines Abends habe ich einen Goldfisch in einem Glasgefäß mit nach Hause gebracht und mich wochenlang an seiner stummen Anwesenheit erfreut. Und auch mit diesem Fisch habe ich ab und zu gesprochen wie mit einem menschlichen Wesen. – Als er eines Tages tot war, habe ich mir einen neuen gekauft, und dann noch einen. Obwohl ich die Anweisungen des Verkäufers peinlich genau befolgte, waren die Goldfische jedesmal nach ein paar Wochen tot. Und da ist mir die Idee gekommen, mir einen Hund anzuschaffen.

Ich habe mir einen Nachmittag frei genommen und

bin nach Gennevilliers ins Tierasyl gefahren. Ich hatte keine feste Vorstellung von der Rasse, die ich wollte. Im Grunde hätte ich genausogut mit einer Katze nach Hause kommen können.

Manche der Tiere sind unruhig geworden, als ich vor ihren Käfig trat; andere haben mich überhaupt nicht beachtet. Die meisten Hunde waren mittelgroß, ein paar sehr große darunter. Ich sah sogar eine dänische Dogge, die ein Glasauge hatte, wie mir schien.

Dann ist mein Blick auf eine Art Zwergpudel gefallen – kein Rassehund: mit braungrau meliertem Fell und zu kurzen Beinen. Er hat sich vor mir – genau wie eben – auf dem Rücken ausgestreckt, hat die Augen geschlossen, alle viere steif von sich gestreckt und ist wie in Leichenstarre liegengeblieben.

»Das ist so seine Masche«, hat der Wärter erklärt. »Er versucht, sich wichtig zu machen.«

»Ist er noch jung?«

»Hm ... Genau kann ich es Ihnen nicht sagen. Den Zähnen nach muß er aber über drei, wenn nicht vier Jahre alt sein. Sollte mich nicht wundern, wenn's ein Zirkushund gewesen wäre ...« Mit einem Fingerschnalzen hat er den Hund aufgefordert: »Zeig Monsieur mal deinen Purzelbaum, Kläffer!«

Das Tier hat gezögert, mich einen Moment beobachtet und sich dann entschlossen, einen riskanten Drehsprung nach rückwärts zu machen.

»Wie – Sie nennen ihn Kläffer?«

»Ich nenn' sie alle so. Woher soll ich denn wissen, wie sie heißen?«

Wenige Minuten später ist der kleine Hund mit den zu kurzen Beinen an einer Schnur hinter mir hergetrottet. Ich war schon dabei, mit ihm in den Bus zu steigen, als mir gesagt wurde, daß Tiere – wie in der Métro – nur dann zur Fahrt zugelassen sind, wenn sie in einem verschlossenen Korb oder einer Tasche stecken.

In einem Geschäft habe ich eine jener Reisetaschen aus Segeltuch gefunden, wie man sie manchmal bei Fußballern sieht, die zu einem Auswärtsspiel fahren. Ich habe mir eine Schere geliehen und noch im Laden ein paar Löcher in die Tasche geschnitten, die ich später dann mit Gaze wieder verschlossen habe.

Ich mochte nicht Kläffer zu ihm sagen, wie der Wärter zu allen anderen Hunden im Asyl. Am selben Abend noch habe ich in meinem Zimmer, nachdem er es bis in den hintersten Winkel beschnuppert hatte, eine Reihe von Namen an ihm ausprobiert und auf seine Reaktion gelauert. Als ich bei »Bib« war, schien ihm das zu gefallen. Ob das sein früherer Name gewesen ist? Oder ob er einfach den Klang mochte?

COLETTE AUDRY
Hundefahrt

Wir fahren zwei Stunden lang. Zwei Stunden lang bellt sie, wenn ein Auto uns überholt,
wenn ein Auto unseren Weg kreuzt,
wenn wir ein Auto überholen
oder einen Radfahrer
oder Spaziergänger oder Bauern.
Wenn sie etwas sieht: Vieh auf der Weide,
ein Pferd,

eine Katze,
einen anderen Hund,
Wenn wir zu langsam fahren.

In der ersten Zeit beruhigte sie sich etwa bei sechzig Kilometer, sie gewöhnte sich aber an die Geschwindigkeit und verlangte bald nach mehr. Achtzig Kilometer sind ihr nicht mehr genug. Von neunzig Kilometer ab gibt sie manchmal Ruhe, der Tachometer braucht aber nur etwas zu fallen, so beginnt sie schon zu winseln, und wenn ich in den zweiten Gang gehe, zerreißt ihr Bellen einem die Ohren. Hat sie zu lange nach zu viel Dingen gebellt, ist sie so außer sich, daß sie nicht einmal zu sich kommt, wenn ich auf das Gaspedal trete. Sie weiß, daß wir schrecklich wütend auf sie sind, aber das macht ihr nichts aus. Sie ist nicht böse, nur etwas verrückt, sie liebt uns sehr, wird aber von ihrem Glück überwältigt. Jean-François gibt ihr dann ein paar Klapse auf die Schnauze, darauf beruhigt sie sich zwei Minuten lang oder bellt noch lauter: das läßt sich nie voraussagen.

Es fängt schon an, wenn ich die Koffer hole und Schränke und Schubläden öffne. Dann horcht sie auf, denkt aber noch nicht daran, mir von einem Zimmer ins andere zu folgen. Jetzt noch nicht, der Augenblick ist noch nicht gekommen. Doch nichts von dem, was ich tue, entgeht ihr. Es ist nicht mehr möglich, die kleinste Kleinigkeit vor ihr zu verheimlichen, sie läßt sich keine Sekunde lang ablenken und wird nur noch von dem Verlangen beherrscht, aus unseren Handlungen zu erraten, ob wir sie mitnehmen werden. Wir haben alles versucht. Am Anfang trugen wir erst die Koffer hinunter und konnten dabei nur schwer verhindern, daß sie zugleich mit uns zur Tür hinaus und die Treppen hinunterstürzte. Schlossen wir die Tür, dann heulte sie, und wenn wir wieder hinaufgingen, um sie zu holen, wich ihre Verzweiflung einem solchen Jubel, daß der Korridor von ihren Schreien widerhallte. Nicht einmal im Auto konnten wir sie wieder besänftigen. Da habe ich versucht, mit ihr oben zu bleiben, während Jean-François auf die Straße ging und die Koffer hinten im Wagen und im Kofferraum verstaute. Ich mußte sie die ganze Zeit lang an der Leine halten, damit sie mir nicht das Haus ramponierte, und wenn ich endlich mit ihr hinunterging, war sie nicht mehr zu halten. Zwei oder drei Mal mußte ich die Leine loslassen, um nicht mitgeschleift zu werden. Sie stürzte sich auf das Auto: die Farbe meines alten 4 CV muß heute noch die Spuren davon tragen, falls man sie nicht beseitigt hat.

Natürlich hatte ich dabei immer wieder Meinungsverschiedenheiten mit Jean-François. Wir beschlossen deshalb, einer von uns sollte sie ausführen und dadurch dem anderen Gelegenheit geben, die Koffer hinunterzutragen. Sie wollte aber unaufhörlich umkehren, weigerte sich, ihr Geschäft zu verrichten, und zog so scharf an der Leine, daß sie sich fast erwürgte. In der letzten Zeit schlossen wir sie vor der Abfahrt zunächst einmal ins Auto ein. Vorher ging Jean-François mit leeren Händen hinunter und ließ sie in der Wohnung zurück, wo sie auf mich und die Koffer aufpassen konnte. Er legte das große Wachstuch auf den Rücksitz, was einige Zeit dauerte. Ich habe es nie richtig festmachen können, er aber hat für diese Dinge die nötige Ruhe und Geduld, und das Ergebnis seiner Mühe hielt sechshundert Kilometer lang. Trotzdem beklagte er sich immer wieder und meinte, ich solle für den Rücksitz einen Überzug kaufen, woraufhin ich ihm nur antwortete: wenn ich Geld dazu hätte. Sobald er fertig war, kam er herauf und holte sie. Ich wartete noch einen Augenblick und trug dann die Koffer auf die Straße. Da sie nun sicher war, mitzukommen, wurde sie fast erträglich: erregt, aber nicht mehr verängstigt, bellte sie wie ein normaler Hund.

Sobald wir aber die Vorstädte hinter uns gelassen hatten, die ersten Bäume erblickten und von dem herrlichen Gefühl ergriffen wurden, endlich auf Reisen zu sein, begann sie, größere Geschwindigkeit zu verlangen und alles, was uns entgegenkam, lärmend zu begrüßen. Ich mußte meine Zuflucht zu Spezialmaulkörben nehmen, die Hunde am Bellen hindern: zwei gekreuzte enge Riemen, die sich um die Spitze der Schnauze spannen. Beim ersten Mal kratzte sie sich mit den Pfoten die Schnauze blutig, dann gewöhnte sie sich daran, doch ging dieser Maulkorb verloren. Ich kaufte den zweiten zu groß, den dritten zu klein. Der vierte war richtig, sie kratzte sich aber wieder wund und versuchte unaufhörlich, ihn loszuwerden. Sie hatte genug davon. Schließlich kaufte ich einen gewöhnlichen Maulkorb, einen jener Lederkäfige, die Hunde am Beißen hindern. Er machte sie häßlich und demütigte sie in meinen Augen, aber sie hatte nun etwas Spielraum und konnte sich nicht mehr am Leder wund scheuern. Dafür konnte sie aber bellen, allerdings mit einiger Mühe, und das Bellen ermüdete sie allmählich so sehr, daß ihre Stimme heiserer wurde und beinahe zu ertragen war. Am Ende verstummte sie sogar, und wenn ich ihr aus Mitleid den Maulkorb abnahm, blieb sie noch einen Augenblick lang still. Es genügte aber ein plötzlich auftauchender Radfahrer, eine Kuh am Wegrand – und nach einigen weiteren Reisen konnte sogar der Maulkorb sie nicht mehr bändigen. Offenbar waren ihre Backenmuskeln stärker geworden, wie ja auch die Halsmuskeln sich durch das Halsband stärker entwickelt hatten.

Im 4 CV kam es noch vor, daß sie vor Müdigkeit einschlief. Im Dauphine niemals: der Rücksitz war etwas höher und verbarg ihren Blicken nichts, so daß sie in einem fort von allem und jedem provoziert wurde.

Ich kann es mir aber so gut vorstellen, was sich in ihr abspielte und warum meine Reisen sie derart mitnahmen. War sie denn auf der Reise? Nein, ich reiste, ich raste über die endlose Landstraße. Über sie aber stürzte das alles her, Häuser, Hügel, die anderen Autos – da mußte man sich ja aufregen!

ERNST JANDL
ottos mops

ottos mops trotzt
otto: fort mops fort
ottos mops hopst fort
otto: soso

otto holt koks
otto holt obst
otto horcht
otto: mops mops
otto hofft

ottos mops klopft
otto: komm mops komm
ottos mops kommt
ottos mops kotzt
otto: ogottogott

STEVIE SMITH
O Mops!

(An den Mops von Brownes auf meinem Schloß,
in ihrem Auto, auf der Heimfahrt von Norfolk.)

O Mops, manche Leute mögen dich nicht,
doch ich mag dich,
manche Leute sagen, du atmest nicht, du schnarchst,
mir macht das nichts,

einer sagt, er sieht immer nur deinen Hintern,
ist das ein Fehler?

Deine eigenen Leute lieben dich,
alle Leute in der Familie, die dich besitzt,
lieben dich: Guter Mops, rufen sie, glücklicher Hund,
Mops-komm-Gassi.

Du bist nun ein alter Hund,
und in deinem ganzen Leben
hattest du niemals Grund, einen Augenblick ängstlich
zu sein,
doch

in diesen deinen großen Augen,
diesen feuchten und hervortretenden Kugeln,
liegt der Schatten einer grenzenlosen Unsicherheit.
Darin
geht Panik um.

Ja, ja, ich weiß,
wenn dein Frauchen bei dir ist,
wenn dein Herrchen,
dich auf den Schoß nimmt,
gerade dann, für einen Augenblick,
bist du beinahe nicht verschreckt.
Doch im Herzen bist du verschreckt, du warst es immer.

O Mops, eigensinniger, alter Nervenzusammenbruch,
inmitten von *so* viel Liebe
und solchem Beistand
noch immer sich unsicher zu fühlen und Angst zu haben,

wie einem das Herz dir entgegenschlägt!

PAVEL KOHOUT
Der Dackel Edison

Nach der Niederschlagung des »Prager Frühlings« beschließen der oppositionelle Schriftsteller Pavel Kohout und seine Frau Zet, sich einen kleinen Hund zuzulegen. Der Dackel Edison, als Welpe noch un-

geschickt und furchtsam, macht bald eine erstaunliche Karriere als Zuchthund, während sein Herr unter der Diktatur des KP-Chefs Husák immer weiter an den Rand der Gesellschaft gedrängt wird.

Böhmen, Winter-Sommer 1972
Siebenmal schneller als der Mensch lebt angeblich der Hund, siebenmal intensiver war unsere Freude an dir. Noch führte uns dein zittriges Kriechen vom Tatort unweigerlich zu den Pfützen auf dem Teppich, noch durften wir dich schütteln und an der Nackenhaut anheben, von der du soviel Reserve hattest, daß zu zweimal hineingepaßt hättest, noch liebtest du Milch mit geschlagenem Eigelb, an der du ein Jahr später verachtungsvoll vorbeigehen wirst, von verwesenden Knochen angezogen, noch entdecktest du die Geheimnisse der Spiegel und Treppen, noch machtest du beim Pinkeln die Beine breit wie ein Hundefräulein, doch deine Gene meldeten schon die vielhundertjährige Erfahrung der Sippe.

Schon begannst du dich auf deiner Decke in konzentrischen Kreisen zum Schlaf zu legen, mit denen dein Urvater das Steppengras niedertrat. Schon bemühtest du dich, in unsere steinharten Holzpfosten mit den weichen Pfoten eine Höhle zu graben wie deine Urmutter, als sie in der Taiga der Frost überfiel. Schon zeigte sich deine Eigenwilligkeit und deine Empfindlichkeit für Beleidigungen, dein zwiespältiges Bedürfnis nach Freiheit und Abhängigkeit, was in deinen rätselhaften Vorfahren die unerbittlichen Kämpfe auf Leben und Tod hervorbrachte, die ihr bis heute in dunklen und unbekannten Labyrinthen der Erdlöcher mit schrecklichen Gegnern ohne die Hilfe der Herren führt.

Du wurdest plötzlich zur Attraktion unseres Heims. In der Rangordnung der Lebewesen stiegst du schnell zu den höchsten Säugetieren auf. Unsere Freunde, die nicht gedemütigte *crème de la crème* des tschechischen Geistes, nahmen dich unter sich auf, sie erkannten die sich entwickelnde Hundepersönlichkeit. An deinem ersten Silvester, als wir es nicht sahen, stellten sie dir die Gläser mit dem letzten Tropfen Sekt auf den Boden. Deine gierige Zunge leckte sie auf höchsten Glanz, dann hast du zwei Tage geschlafen und nie wieder Alkohol angerührt. Allein in dieser Hinsicht bliebst du ein eingeschworener Griesgram.

Du hast uns Licht gebracht in das Jahr, in dem endgültig das Dunkel ausbrach.

*

Böhmen, noch Sommer 1972

Eines Tages werde ich wissen: Wenn ihr Hunde euer Gelobtes Land hättet, es wäre Capri, wo ihr sogar in die Metzgerei dürft, doch auch in Österreich, wo mächtige Hygieniker herrschen, gibt es immer noch genügend Platz für euch. Wohl nur die stolze Konditorei Demel am Kohlmarkt kann es sich erlauben, euch vor ihr erhabenes Tor zu weisen; jeder andere Cafébesitzer und Hotelier würde als Hundehasser seinen Verdienst beweinen.

In der Tschechoslowakei ging es nach dem Krieg den Menschen miserabel, warum sollte es den Hunden besser gehen? Wenn der Mensch zum Menschen unmenschlich grausam sein darf, was kann dann Gottes Getier erwarten? Die fortschreitende Aufklärung der sechziger Jahre war ein Segen auch für euch. Eure Rechte wuchsen mit den Rechten eurer Herren. Dein Vorgänger Adam durfte schon wieder in die Konditorei des Karlsbader Grandhotels »Moskva-Pupp«, und als er einmal ganz von Sinnen unser Tischchen samt Kaffee mit wildem Sprung mitnahm, entschuldigten sich die Ober eifrig, das habe sicher eine ihrer Kakerlaken verursacht.

Unter Doktor Husák wurden Herren und Hunde erneut hinter die Schwellen ihrer Wohnungen verwiesen. Das bedeutete, dich so zu erziehen, daß du eben dort viele Abende allein verbringen konntest, wann immer wir ausgingen, um die Reste der verschwundenen Welt zu suchen. Als wir dich zum ersten Mal allein zu Hause ließen, standen wir hinter der Tür und warteten, bis du aufhörtest zu bellen, falls man dein piepsendes Kläffen so nennen konnte. Als du nicht aufhörtest, kamen wir zurück und rügten dich, gingen fort, warteten und kehrten zurück, immer erschöpfter, während die Quelle des Alarms in deinem kleinen Körper unerschöpflich schien.

Als wir etwa zum zehnten Mal weggingen, vergaß Zet, das Licht auszumachen, und plötzlich warst du ganz still. Seit der Zeit ließen wir für dich immer eine Lampe brennen und verdächtigten dich, daß du in unserer Abwesenheit zu lesen pflegtest.

Am letzten Julitag gaben wir dich zum ersten Mal in Pflege. Der unweit wohnende, weltweit bekannte Philosoph Karel Kosík erhielt von Zet deine Decke, deine Schale, die Leine und das Fressen sowie eine schriftliche

Anleitung, wie er mit dir umgehen sollte, wenn wir uns gegen unseren Willen länger aufhalten mußten: Immer, wenn das Regime jemanden aburteilte, nahm es dabei vor dem Gerichtsgebäude ein paar andere fest.

*

Böhmen, immer noch Sommer 1974

Auch Hunde legen schon im zarten Alter Rechenschaft über ihren Charakter ab. Du hattest einen ungewohnt harmonischen, warst Spieler und Wilderer zugleich, Charmeur und dickköpfiger Einsiedler – dies als genetische Saat der Überlebenskämpfe, die dein Stamm, in den anglosächsischen Urwäldern gemischt, jahrhundertelang für sich und uns, seine Herren, bestreiten muß! Soweit ich weiß, warst du der einzige Hund, der je bei dem unzugänglichen Philosophen Kosík übernachten durfte, und auch der einzige, den die nervöse Malerin Jiřina zu sich einzuladen pflegte, die Frau Alexanders, des mir liebsten Schriftstellerkollegen. Fachleute bemerkten, daß sich hier eine bedeutende Hundepersönlichkeit abzeichnete, und nahmen es uns sehr übel, daß wir uns bisher nicht darum gekümmert hatten, wie du anerkannte Nachkommen zeugen könntest.

Doch in der Ära des Doktor Husák genügte nicht einmal für einen Hund Talent vom Herrgott:

»Die Kaderbeurteilung schreibt sich jeder selbst!« schwor der Erste Normalisator in den Antrittstagen. Ihm gelang es nicht nur – nach dem mittelalterlichen Jesuitenzensor Koniáš –, die tschechische Nationalkultur am gründlichsten zu zerstören, sondern auch dies, daß sich während seiner Regierung nicht einmal ein Rassehund standesgemäß vermehren durfte. Die Genehmigung zum Decken konnte nur der Zuchtverein erteilen; weil der aber dem Verband für zivile Zusammenarbeit mit der Armee angegliedert wurde, einer Teilorganisation der Nationalen Front, genehmigte er keinem der erklärten politischen Feinde die Mitgliedschaft.

Dein Glück war es, daß sich ein gewisser Ing. Čech aus der südböhmischen Stadt Písek auf den ersten Blick in dich verliebte, mit der letzten Leidenschaft eines Mannes, der den größten Teil seiner fünfundsiebzig Jahre Pferden und Hunden gewidmet hatte. Dieser vitale Rübezahl fand eine tschechische Lösung: Er hat dich einfach zum Schein von mir gekauft und dich unter seinem politisch unbescholtenen Namen in ein paar Monaten zu einem Dackel-Akademiker erzogen.

»Hochverehrte Frau«, schrieb er in einem Brief vom 18. April 1974 altmodisch an Zet, wie vor hundert Jahren die Pädagogen des dortigen hochberühmten Gymnasiums den Müttern ihrer Pfleglinge, »ich hatte hundertprozentig recht! Er ist flink auf der Spur und im Blick, meldet wie der Teufel und verfolgt blitzschnell, fast schon zu ausdauernd!« Später dachten wir oft gerade an dieses Lob, wenn wir stundenlang auf deine Rückkehr von deinen Vagabundagen warteten.

»Die gestrige Prüfung ›auf den Kater‹«, teilte der Hundepädagoge zu unserem Entsetzen in seinem Brief vom 23. April mit, »ist hervorragend ausgegangen, beinah hätte er ihn im Käfig am Arsch gepackt und denselben zerrissen!« Am 5. Mai hast du in Budweis die Frühjahrsprüfung bestanden und 182 von 184 möglichen Punkten bekommen. »Ein Hund mit ausgezeichneten Eigenschaften, ausgezeichnet erzogen und geführt«, bemerkten die Richter. Am 15. Juni hast du in Prachatice die Prüfung »aus Fuchs und Dachs« schon mit der vollen Punktzahl von 68 abgelegt: »Er fährt scharf in den Bau, meldet ausdauernd, nach dem Entfernen des Schubers drückt er den Schädling in den dritten Kessel und bedrängt ihn dicht auf, bis zum Ablauf der Zeit«, lautete schwarz auf weiß das Urteil der Schiedsrichter. Wir wußten nicht, was genau damit gemeint war, doch lasen wir Respekt heraus.

Bei den Herbstprüfungen in Dynín am 25. August hast du souverän bei den kleinen Rassen gesiegt, mit der Erreichung des Maximums von 220 Punkten. »Ich erinnere mich in meiner ganzen Praxis nicht daran«, schrieb am Tag darauf Ing. Čech mit gerührtem Stolz, »daß ein Dackel je eine derart hohe Wertung erreicht hätte. Wie er vom Ufer stahlhart nach einer Ente springt und ihr unter der Oberfläche nachstößt, das muß man gesehen haben! Mit enormer Präzision verfolgt er die Hasenspur, die Spur des Herrn mit der Bestnote 4, ein Unikat eben!«

»Und wie viele Käufer sich melden, selbstverständlich mich eingeschlossen!« unterstrich dein Als-ob-Besitzer und fügte eilig hinzu, »ich weiß, er ist nicht zu verkaufen! Als Edi an den Tisch der Schiedsrichter herantrat, nahm der Beifall kein Ende. Das ist, meine Herrschaften, ein Arbeiter!«

Als wir dich endgültig aus Písek abholten – wir feierten das im dortigen Grandhotel mit deinen Pflegeeltern fast wie eine Promotion –, hast du gleich am ersten Abend in Sázava einen Fasan verjagt, der in unserer Hecke wohnte. Er rettete im wahrsten Sinne des Wortes das nackte Leben, ließ dort, der Arme, den größten Teil des Gefieders, wie er sich durch die Zweige weg von deinen Fletschzähnen drängte. Am nächsten Tag fiel Zet in Ohnmacht, als du uns drei tote Hasenjunge auf die Schwelle legtest. Es dauerte lange, bis sie in ihrem sonst so klugen Kopf damit zurechtkam, daß du eben doch ein Dackel bist und bleibst.

*

Böhmen, noch Herbst 1974
Der einzige, der seine Chance restlos nutzte, warst du, mein begabter Dackel. Am Morgen des 6. Oktober schlug deine ruhmreiche Stunde. Die Ehefrau des Ing. Čech, dessen altes Herz so erregt war, daß sie ihn lieber zu Hause ließ, übernahm dich von uns, das letzte Mal, um dich offiziell zu dem entscheidenden Akt, der gefürchteten Musterung auf der Nationalen Zuchtschau, zu begleiten.

Sie fand unweit des Krankenhauses in Krč statt, wo wir nach den ersten drei Operationen mit sinkender Hoffnung den sterbenden Freund Jan Procházka besucht hatten, unter dem Wald bei Lhotka, der bald zum Teil einer neuen Prager Siedlung weichen sollte. Wir ahnten nicht, daß gerade dieser abgelegene Hügel dreißig Monate nach unserer Vertreibung vom Hradschin wie der Zauberberg versuchen würde, uns für immer an sich zu ziehen.

Heute jedoch bebte die Wiese vom erregten Gebell vieler deiner Stammesgenossen. Glatthaar-, Rauhhaar- und Langhaardackel, Jungen und Mädchen, mit zarter Haut wie Saffian und mit zerkraustem Schafsfell, von semmelbeige und pfeffergrau über kaffeebraun bis kohlrabenschwarz, Deutschdackel mit latschigen Pfoten, die aus der Brust zu wachsen schienen, verfeinerte Nachkommen der k. u. k. Dackeldynastien und auch hohe böhmische Dackelwalachen, das alles *da capo al fine* in Zwergenausgaben, ihr zerrtet ja, bäumtet euch an den Leinen der nicht weniger erregten Besitzer und Führer.

Weder die rauhen Berufsförster noch die hohen militärischen und polizeilichen Ränge, die Paradeuniformen angelegt hatten, um so die Autorität ihrer Lieblinge zu verstärken, weder die Zivilpotentaten, welche akademische Titel, politische Funktionen oder sogar das allmächtige Szepter des Leiters eines Geschäfts mit Mangelware in die Waagschale werfen konnten, noch gar die abgebrühten politischen Unpersonen wie Zet und ich konnten das Beben der Glieder und der Seele verbergen, als ihr jetzt vereinzelt einer minuziösen Untersuchung unterzogen wurdet, vor der Personalfragebogen, gerichtliche Verhöre und militärische Schwanzparaden geradezu verblaßten.

Einige Männer, deren Inneres sich während der Jahre ihres Schiedsrichterns bei Hundewettbewerben und Ausstellungen, von Klagen und Händeringen erfolgloser Besitzer begleitet, gepanzert hatte wie einst das Herz der Inquisitoren, leierten über jeden von euch eine Litanei herunter, ähnlich dem Start-Check eines Jumbojets.

Schon bei der lauten Aufzählung der jeweiligen Eltern, Großeltern und Urgroßeltern sahen wir, wie sich die Nüstern der Richter lobend oder ablehnend blähten. Sie ähnelten Vorkostern, denen Namen und

Jahrgänge der Reben präsentiert werden. Wie wir angenommen hatten, rief dein Stammbaum Aufmerksamkeit hervor, die der Name des Führers noch verstärkte. Ein Dackel, der das Vertrauen von Ing. Čech höchstpersönlich gewonnen hatte, schien hier den Respekt eines vom Herzog von Edinburgh gesattelten Rosses zu genießen.

Sie begannen, aus den amtlichen Zeugnissen die Noten deiner Prüfungen vorzulesen, und nickten anerkennend bei den Anmerkungen der Kommissare »laut auf der Spur« oder »apportiert aus dem Wasser«. Dann kam der große Augenblick der Wahrheit, vor dem sogar die Förster und ebenso die Offiziere des Staates und der Partei zitterten, denn wie bei Menschen gilt auch bei Hunden: *Nobody is perfect!* Sie hoben dich auf den Tisch, um deine Fehler zu entdecken.

Einen Fehler, obwohl verborgen, hattest auch du, ruhmvoller Edi! Und wir wußten davon und warteten, ob er entdeckt werden würde. Du wurdest gewogen und gemessen, betastet und gewendet, dein Blick geprüft und dein Schwanz, oder besser deine Rute, wie wir Züchter eigentlich nach Jägerart sagen sollten, taktloserweise hat man sogar deine Männlichkeit streng geprüft!

»Dünnes Unterhaar ...«, verkündete einer der Auguren, wobei er dein Fell zwischen den Fingern drehte, und uns blieb das Herz stehen, bevor er hinzufügte – »aber samt Deckhaar in der Norm«. Dann stellten sie dich auf den Boden und ließen dich im Kreis gehen. Und gerade das war der riskante Moment, das Hazardspiel um die zukünftige Spielbank voller Welpen. Aber schon war es auch vorbei. Der Hauptschiedsrichter leitete aus den Bewegungen der übrigen Köpfe ein übereinstimmendes Urteil ab, das er jetzt zu Protokoll verkündete.

»Edison Venor, Besitzer Ing. Čech, E. R., Zhd.«

Dieser einzigartige Ausspruch, vom neidischen Klatschen der Konkurrenz begleitet, bedeutete, übersetzt in Menschensprache, daß du die höchste Klassifikation, »Elite-Rekord«, zugestanden bekommen hattest und das Prädikat »Zuchthund der Tschechischen Sozialistischen Republik«.

Du warst nun der dritte Akademiker in unserer Familie, und der einzige *summa cum laude*. Und auf der ganzen Welt wußten nur vier Eingeweihte, daß du zu häufig erregt den Schwanz hebst, was ein erstklassiger Dackel keineswegs darf. Vor der Kommission allerdings zeigte sich, daß auch du das wußtest. Du hast deine Schau mit der Gelassenheit eines Vollprofi-Rüden abgezogen.

Frau Čechová wehrte den Ansturm der ersten kaufwilligen Interessenten ab, notierte sich aber die ersten Bewerber um deinen Samen und Stamm.

SEAMUS HEANEY
Carlo

Gedicht auf meinen toten Freund

Der Jahrtausendwechsel
sagt Carlo wohl nichts.
Mir tut das Herz weh,

seh ich ihn: einäugig
und am ganzen Leib langsam,
Sein Gebell ist noch laut,

aber nicht mehr so rüde,
nicht das hüpfende »Raus hier!«
der besten Jahre,

als er quer durch den Hof
tobte und fegte.
Ich hab all das damals

nicht genügend geschätzt:
wenn er einfach da war,
aus heiterem Garten,

mit Gewuff und Gekeuche,
Genage am Plastik
von Flaschen und Tüten,

verrückter Durchlöcherer,
verwegener Schauspieler.
Einmal, da hat er

einen Autor gebissen.
(Oder besser: gekniffen,
kann man leider nur sagen.)

Wild bei Kondensstreifen.
Erst nur schweigende Hitze,
die Sonne, der Rasen,

und dann er mit Geknurre,
langsame Rakete,
hochgereckt brodelnd:

und startete bellend
hinauf in das Blau.
Dann kam er angerannt –

wie ein Bild der Verzeihung.
Ich lebte gern nochmals
diese achtlosen Jahre.

Warum hab ich denn nicht
mehr gesehen, mehr Vergnügen
gehabt und gegeben,

stündlich und täglich?
Klar, ich hab ihn gestreichelt,
nachts, und auch manchmal

ganz unerwartet –
meine rasche Erhitzung
hilfloser Gefühle.

Aber meist hieß es doch bloß:
Leben, leben lassen,
was kaum genug ist.

Die Trübung des Auges,
das schräge Trotten,
sie erinnern mich daran.

Sogar sein Schwanz,
der den Fußboden klopft,
komm ich durch die Türe,

erinnert mich daran.
Wenn er langsam, langsamer
den Fußboden klopft.

MANFRED PAPST
Ein Urtier

Dreizehn Jahre lang bin ich mit unserem Hund durchs Ried gegangen, und fast immer den gleichen Weg: Über den Spielplatz, an Walters Garage vorbei, den Hügel hoch. Oben ruhten wir meist aus, ich auf der Bank, er daneben. Sahen ins Land hinein, über die Autobahn, in die Wälder. Dann weiter: den Weg auf der anderen Seite hinab, an einem Maisfeld entlang, ins Naturschutzgebiet, wo manchmal ein Fuchs war. Zurück in weitem Bogen, zu den Pferden, ängstlich den bösen Kuhdraht entlang und – in sicherem Abstand, quer über den Acker – am riesigen Autofriedhof vorbei, wo hinterm Gitter die scharfen Wachhunde anschlugen. Wir kannten den Weg in- und auswendig. Trotzdem gab es für uns beide viel zu sehen. Ich schaute vor allem dem Hund zu: wie er, die Schnauze dicht am Boden, den Schwanz wie ein Segel in der Luft, einer Spur folgte, wie er sich über die steile Böschung zum Trinken über den Bach beugte und immer länger wurde, wie er sich im Schnee oder im frischen Dung wälzte und nicht mehr aufhörte, sich wohlig zu kratzen. Wie er sich flach auf den Boden warf und die Augen schloß. Im Zusehen wurde ich ganz eins mit dem Tier, und mir fehlte nichts mehr.

Er war, wie man so sagt, ein Weibchen, aber für mich hatte er eigentlich kein Geschlecht. Er war einfach ein Geschöpf, ein Wesen, ein Urtier. Ein schwarzer Bergamasker aus Hagenwil. Mutzli hieß er; der Name war ihm aus der Zeit geblieben, als er noch ein Wollknäuel war. Später sagten wir meistens Mutz. Ein Bär. Letzten Winter ist er gestorben, alt, brandmager, daß Zottelfell viel zu groß geworden, an einem endlosen Samstag, und ich bin nie mehr ins Ried gegangen. Einen Spaziergang ohne Hund konnte ich mir nicht vorstellen, er kam mir leer und sinnlos vor. Seltsamerweise spürte ich auch keine Macht der Gewohnheit; es war, als hätte das Tier meine innere Uhr mitgenommen.

Und manchmal glaube ich zu hören, wie der Hund mit dem Schwanz klopft.

ANGELIKA OVERATH
Sini, destra, vai!

Die Spracherziehung von Blindenhunden in der Hundeschule Allschwil, Schweiz:

Wer in Allschwil Hunde ausbilden möchte, muß mindestens 22 Jahre alt sein und bereits eine abgeschlossene Berufsausbildung hinter sich haben. Hundelehrer sollen schon etwas vom Leben wissen. Voraussetzung ist zudem eine große körperliche wie psychische Belastbarkeit. Manche Ausbilder waren Offsetdrucker oder Programmierer, Medizinisch-technische-Assistentin oder Dekorateurin, Schreiner oder Landschaftsgärtner. Die meisten von ihnen sind schon mit Hunden großgeworden.

Die Hunde werden vom Auslauf an ihren Zwingern vorbei in den gekachelten Pflegeraum mit den Naßzellen *geführt.* Auf das Wort »Tavo« hin springen sie auf den schmalen Pflegetisch und lassen sich bürsten.

Ist eine Fellseite fertig, machen sie bei »Ritor« eine Rechtswendung. Das ist bereits die erste Morgenlektion im Befolgen von »Hörzeichen«. Auch ihr Blinder wird sie einmal vergleichsweise bequem auf einem hüfthohen Pflegetisch putzen. Der rubbelnde, striegelnde, kämmende, Ohren anhebende Körperkontakt von Ausbilder und Hund ist zugleich ein zärtliches Morgenwillkommen. Waren Pfoten und Fell zu schmutzig, sind die Tiere vorher, zumindest partiell, unters Wasser gekommen. Der saubere Hund weiß, dass nun sein Arbeitstag beginnt.

Der Arbeitsplatz ist die Stadt. In zwei Kleinbussen, jedes Tier in einem Gitterverschlag, fahren die Allschwiler Ausbilder jeden Morgen um 7.30 Uhr mit ihren Hunden in die Basler Innenstadt. Die Busse parken hinter dem Bahnhof. Jeder der zehn Ausbilder beschäftigt sich nacheinander mit den drei Hunden, deren Lehrmeister er ist. Der Hund, der nichts zu tun hat, wartet in seiner Kiste. Der Hund, der aus dem Auto darf, streckt auf dem Gehsteig schon seinen Kopf vor und erwartet das Geschirr mit dem ledernen Brustteil und dem steifen Haltebügel, der unter seinem

Bauch an einem Riemen mit Schnappverschluß fixiert wird. Jetzt ist er kein einfacher Hund mehr; jetzt ist er im Dienst. Solange er das Geschirr trägt, steht er unter dem Gesetz von Imperativen, die er lernen und einhalten muß. Die Blindenhundesprache ist ein vokalreiches vereinfachtes Italienisch.

Dieses Abc des Hundes umschreibt einen knappen Katalog von Fähigkeiten, auf die sich ein Mensch blind verlassen können muß. Die sehenden Ausbilder arbeiten, indem sie den »natürlichen Widerstand« des Tieres ausnutzen und es mit Lob bestärken. Der Hund muß im Geschirr ziehen, ohne herumzuschnüffeln. Also stoßen sie das Tier mit dem Bügel gerade in das hinein, was es anschnüffelt. Das ist ihm unangenehm, denn eine Hundeschnauze ist sensibel, und Schnüffeln ist ein sehr behutsames Unterfangen. Der Hund widersetzt sich also dem Stoß, er stemmt sich mit seinem Körper gegen den ausgeübten Druck und wird sofort dafür gelobt. Der Hund muß bei Abgängen und Aufgängen anhalten und erst auf das Hörzeichen »Vai« weitergehen. Überläuft er einen Abgrund, zieht der Ausbilder ihn am Bügel mit den Vorderpfoten über die Leere. Das merkt er sich. Der Hund soll Seitenhindernisse beachten, also wird er in parkende Fahrräder hineingestoßen, wenn er nicht Abstand hält, und wieder gelobt, wenn er sich gegen den Druck wehrt. Ausbilder schreien nicht, Ausbilder loben. Sie erschrecken das Tier nicht. Der Hund spürt das Unangenehme nur durch den Bügel, niemals durch die menschliche Hand.

Der Hund muß die Hörzeichen »Sini« und »Destra« verstehen und umsetzen können, indem er sich um eine Vierteldrehung nach links oder rechts wendet.

Er muß – und das ist ebenso schwer wie entscheidend für den Blinden – Höhenhindernisse, die weit über seinem eigenen Hundekörper, aber ziemlich genau auf Kopfhöhe des Blinden sind, erkennen und umgehen: die Hochschranke einer Baustelle etwa oder den hervorstehenden Ast über einem Gartenzaun. Geübt wird derlei mit variablen, beweglichen Hindernissen, die heruntergefahren werden können. Eine sich bewegende Menschenmenge mit aufgespannten Schirmen ist eine Prüfung, die den perfektesten Blindenhund an seine Grenzen bringt. Leichter ist es, bei der Aufforderung »Porta« eine Tür oder den Buseinstieg zu suchen und bei »Banca« einen freien Sitzplatz. Den zeigt er durch flaches Auflegen des Hundekopfes oder einer Pfote an, und der Blinde ertastet diese Körpersprache mit der suchenden Hand. Auch nach »Zebra« den Fußübergang zu finden, dort anzuhalten und erst auf ein »Passare« zu überqueren gehört zu den normalen Anforderungen. Hier kollidieren die Interessen von Rollstuhlfahrern und Blinden. Was für den einen bequeme Rampe, ist für den Hundesinn des andern eine nur schwer erkennbare Grenze zwischen Trottoir und Straße.

Die notwendige Feinabstimmung der Ausbildung erhält der Hund, wenn er seinem Blinden übergeben wird. Dann wohnt sein Ausbilder noch für etwa drei Wochen in seiner Nähe in einem Hotel und übt mit der sensiblen Mensch-Tier-Einheit »Gespann« vor Ort: Wo ist der nächste Bankautomat, die Telefonzelle, die Apotheke, der Fahrkartenschalter? Der Blinde gibt alltagswichtige Zielpunkte mit Hörzeichen an, der Hund hat sie kennengelernt und sucht sie auf. Von nun an kann sich der Blinde aber nicht mehr nur nach seinen eigenen Bedürfnissen richten, von nun an muß er auch wissen, wo sein Hund noch Hund sein darf. Seine Sensibilität orientiert sich neu am Hundesinn: Wo ist die nächste Wiese zum Springen, der nächste Weiher zum Schwimmen und Entenjagen, der nächste Wald für gemeinsame Erkundungen? Und in seiner Manteltasche stecken nicht nur Schlüssel, Geldbeutel und Handschuhe, sondern auch die Roby-dog-Tüte. Am gebogenen Rücken und dem aufsteigenden Geruch wird der Kot, wenn es geht, ausgemacht und mit geübtem Stülpgriff aufgehoben.

Nach dem Hörzeichen »Libera« – das nur erfolgen darf, wenn das Geschirr ausgezogen ist – ist ein Blindenhund ein normaler Hund. Das heißt, er muß gehorchen wie ein anderer Stadthund auch, frei oder an der Leine. Sein Herr läuft derweil tastend mit dem Langstock. Aber jetzt darf der Hund schnüffeln; er hat dienstfrei.

MARIE LUISE SCHERER

Alf

Nach dem Fall der Mauer werden die überflüssig gewordenen Laufleinenhunde, die die alte DDR-Grenze bewacht hatten, öffentlich zum Verkauf angeboten. Das Ehepaar Sigall beschließt, einen solchen Hund zu erwerben.

Am Donnerstag fuhr Herr Sigall als glücklicher Mann den Audi vor, seine neue Errungenschaft, und freitags stieß Frau Sigall auf die Annonce in der *Schweriner Volkszeitung:* Das Grenzkommando Nord hat einen Restbestand Hunde abzugeben, Nachfragen sonnabends erbeten.

Sigalls eigentliche Zeitenwende beginnt mit dem Tag, als der Audi vor der Tür stand. Alle Geschehnisse sind als vor oder nach dem Audi liegend sortiert. Auf diese Weise kam ihr Hofhund zu der Ehre, daß es in seinem desolaten Lebenslauf das Datum seiner Übergabe gibt, den letzten Sonnabend im August 1990. Damals fuhren Sigalls von Göhlen bei Ludwigslust nach Schlutup-Selmsdorf, der ehemaligen Grenzübergangsstelle bei Lübeck, um den Hund zu holen. Es war ihre erste längere Tour im neuen Auto.

Oberfähnrich Schönknecht, zuständig für das Dienst- und Wachhundewesen beim Grenzregiment VI, Dienststelle Selmsdorf, stand in ziviler Sommerhose vor der Zwingeranlage. Diese lag, in Reihen gestaffelt, etwas abseits von den Kasernen zu einem Kiefernwald hin. Den dreißig mannshohen Betonboxen schloß sich jeweils ein umgitterter Auslauf an. Die Wege längs der Boxen waren geharkt. An den Querseiten der Hundesiedlung verliefen Rosenrabatten, vor jeder beginnenden Gasse durch einen Zierstrauch unterbrochen. Die akkurate Spärlichkeit dieser Anpflanzung entsprach der Nüchternheit des übrigen Kasernengeländes. Keine atmosphärische Begütigung ging von ihr aus, sowenig wie von den munteren Kegeln des Zwergwacholders in einem Klinikgarten. Oberfähnrich Schönknecht sprach von einem ordnungsgemäßen Umfeld, das auch den Hunden bekomme.

In der vordersten Gasse sprangen die Schäferhunde Amor, Muck und Brando an ihren Auslaufgittern hoch. Es waren ältere Diensthunde mit Herkunftspapieren und Prüfungsdiplomen, die an der Seite eines Hundeführers einmal Grenzdienst machten. Jetzt hatten sie den Verlust ihrer Herren zu verwinden, in die Städte zurückgekehrte Soldaten ohne weitere Verwendung für sie. Auch Oberfähnrich Schönknecht mußte seinem letzten Diensthund das Zuhause schuldig bleiben. Sicher waren das herbe Hundeschicksale, doch für Sigalls nicht herb genug. Sie glaubten sich in einer Kuranstalt, deren Insassen wie die Aale glänzten, aus geputzten Näpfen fraßen und nach kurzen Tumulten wieder absackten in Resignation.

Dieses Prinzendasein wäre hinter ihrem Haus in Göhlen nicht fortzuführen gewesen. Auch würden diese Hunde, von ihrer Anspruchshaltung einmal abgesehen, etwas gekostet haben. Der Zeitwert des Fährtenhundes Amor beispielsweise, mit sieben Jahren so alt wie ihr Audi, betrug noch fünfhundert Mark. Sigalls hatten eher an einen gröberen Wüterich gedacht, der sein Temperament nicht an Heimweh verschwendet.

Oberfähnrich Schönknecht beorderte einen Soldaten, den Sigalls nach Klein Siemz vorauszufahren, einer Ortschaft hinter Schönberg Richtung Ratzeburg. Hier bewachten fünf Laufleinenhunde aus Grenzzeiten ein Munitionsdepot, ein trübsinniger, zu Kopf steigender Dienst wie in den Jahren zuvor zwischen den Zäunen. Das Terrain war schattenlos, und die Hunde hatten sich kühlende Wannen in den Sand gegraben. Sie lagen matt in der Mittagshitze, als sie den Kübelwagen hörten, in dem der Soldat saß.

Jetzt, in Vorfreude einer Abwechslung, bellten sie und rasten zwischen ihren Pflöcken hin und her, daß das Drahtseil über ihnen bebte. Vor allem waren sie durstig. Da der Soldat, der aus dem Auto stieg, keinen Wassereimer trug, verebbte jedoch der Jubel bald, und übrigblieb, indem sie sich setzten, ihr lächelndes Büßertum.

Sigalls fürchteten sich vor diesen Hunden. Was sie soeben in Aktion erlebt hatten, waren galoppierende Mustangs, unter denen der Boden dröhnte. Selbst in ihrer Enttäuschtheit, wie sie mit flachen Ohren und artig gestellten Füßen für den Zuspruch des Soldaten dankten, blieben es Ungetüme. Herr Sigall, als Frührentner zu Hause die Wirtschaft besorgend, sah sich von so einem Burschen im Geiste schon überrannt. Und hätte es nicht den Klagelaut gegeben aus der entferntesten Ecke des Terrains, wäre man ohne Hund nach Göhlen zurückgekehrt.

Die Klage kam aus einem Schafgarbengebüsch. Und wo das Gebüsch etwas zitterte, zeigte sich ein schmaler gelber Hundekopf. Der Klage folgten noch einige kurze, nachhakende Töne, denen das Ereignis, endlich besucht zu werden, anzuhören war. Sigalls und der Soldat gingen an den Laufstrecken von vier schweren, dunklen Hunden vorbei. Dem vierten dieser kahlgefegten Abschnitte schloß sich das Revier des fünften, bis dahin versteckten Hundes an.

Er war inzwischen halb aus dem Gebüsch getreten, was ihn die volle Länge seiner Laufleine kostete. Seine Erscheinung strahlte eine gewisse Festlichkeit aus. Ein Geriesel von Schafgarbenblüten bildete ein Dreieck auf seiner Stirn, passend darunter die erfreute Miene. Das gelbe Gesicht lag in einem löwenhaften, etwas helleren Kragen. Die Ohren hielt er so lange hochgestellt, bis Sigall ihn ansprach und er in Überschwang geriet. Wie eine Machete schlug die Rute aus, daß es den ganzen Körper mitriß bis zum Kopf, und die kleine Wildnis, aus der er ragte, rechts und links zur Seite knickte. Gleichzeitig wollte er nach vorne springen, wobei die stramm gespannte Leine ihn zurückriß. Aufrecht, mit rudernden Pfoten, hing er in seiner Fessel.

»Das ist Alf«, sagte der Soldat, »den könnte man mit einer Mütze totschlagen.«

ELKE SCHMITTER
Leben mit dem Alphatier

Großes fängt klein an. In meinem Fall war es ein ganz bestimmtes Sehnen, ein Ziehen in der Herzgegend und die Erinnerung an einen Satz Freuds (man erinnert sich immer an Sätze, die dem eigenen Wollen recht geben): Glück ist die Erfüllung von Kindheitswünschen. Mein Kindheitswunsch war durchschnittlich. Ein Hund sollte es sein. Etwas zum Streicheln, das sich nie entzieht, ein leibwarmes Leben, das mir zugehört, ein Schwanzwedeln und etwas, das auf mich aufpaßt. Rund dreißig Jahre später stellt sich dem denkenden Menschen der Wunsch auch anders dar: Da wollte die Jüngste in der Familie womöglich ein Wesen zum Kommandieren und eines, das nie nach Zeugnissen fragt. Begleitung auf allen Wegen, Schutz und Abhängigkeit zugleich.

Aber die meisten tiefen Wünsche sind paradox. Und schließlich bereichert die Analyse nur und ändert die Gefühle nicht. Also zurück zu Freud.

Ein Garten war da und eine Arbeit, die das Zuhausesein, jedenfalls meistens, ermöglichte. Außerdem allerdings diverse Bücherwände – und eine anhaltende Zwangsvorstellung von einem munteren Welpen, der Lederrücken und Erstausgaben mit ganz besonderem Genuß benagt, sobald man den wohlwollenden Rükken dreht. Und wer würde nachts alle zwei Stunden aufstehen, um das belebte Fell zum Pinkeln fortzutragen? Folglich: ein älteres Tier. Noch jung genug, um verspielt zu sein, schon alt genug, die Basis des Zusammenlebens mit dem Menschen im Blasenbereich verinnerlicht zu haben.

Die Anzeige war klein, aber sympathisch: »Halbjährige Mischlingshündin, stubenrein, nur an Gartenbesitzer und nur bei gegenseitiger Sympathie.« Besonders letzteres gefiel mir. Das müssen liebe Menschen sein, die ihrem Hund ein Wahlrecht geben! Umfangreiche Lektüre hatte die anderen Punkte geklärt: Mischlinge seien gesünder, so lautete die Quintessenz diverser Fachbücher, und Hündinnen leichter zu lenken.

Laika begrüßte uns in ihrem Rudel, wie das bei Hunden auf dem Land so üblich ist: Springen gegen den Zaun, Bellen in allen Zwischentönen, eher etwas für nervenstarke Naturen. Aber wir wollten ja nur einen Hund. Bei den Verhandlungen im Garten ruhte sie aufmerksam, aber auch gleichmütig unter dem Tisch.

Den Probespaziergang machte ich allein: Der Hund ignorierte würdig die Kläffer der Nachbarn, zog nicht an der Leine, war durch den Start eines hochfrisierten Motorrads nicht zu erschüttern. Ein wirklicher Traum. Bei der Rückkehr fragte ich schüchtern, wie das mit der gegenseitigen Sympathie wohl zu ermitteln sei? Meine stünde fest, aber die des Hundes? »Das ist doch klar«, sagte die liebe Frau, die Laika großgezogen hatte. »Bisher ist sie mit niemand mitgegangen.«

Die Rassenmischung war mir dunkel. Hauptsächlich Kuvasz, wozu das Lexikon vermerkte, das sei ein ungarischer Hütehund, robust und urwüchsig. Einen Jagdhund wollte ich nicht, ängstlich bin ich selbst, und so ein Schoßtier, so eine Kreuzung zwischen Hund und Fliege, war auch nie mein Wunsch gewesen. Ein ordentlicher Hund, den muß man im Stehen streicheln können. Alles zusammen roch nach Schicksal, und dieses Schicksal trug den Namen Laika.

Jetzt liegt sie neben mir und seufzt Behaglichkeit, wie das nur Hunde können. Wenn ihr langweilig ist, legt sie die dicken Pratzen auf meine Knie, gibt einen werbenden, tiefen Ton von sich und hält mich vom Arbeiten ab. Dann sucht sie sich einen anderen Platz, schaut mich aus dunklen Augen an, bis sie ihr langsam zufallen. Tiere versäumen nichts, sie kennen kein Bedauern, keine Reue; ihr Dasein ist die reine Gegenwart. So ist das Zusammensein Glück. Wenn wir allein sind.

Denn Laika, einmal an der Leine, mag andere Hunde nicht. Nicht alle haßt sie und nicht immer – das wäre ja verläßlich und in der Verläßlichkeit langweilig. Ist sie ängstlich, hat sie schlimme Erlebnisse gehabt? Will sie mich vielleicht verteidigen? Fühlt sie sich an der Leine stärker, weil sie mit dem Rudelführer verbunden ist? Es gibt beinahe so viele Hypothesen, wie es Fachleute gibt. Sind es langhaarige Hunde, die ihren Zorn erregen, oder nur Weibchen (Geschlechterkonkurrenz!) oder nur Weibchen, wenn sie läufig sind? Die persönliche Statistik ist schwierig, weil nicht jeder Hundebesitzer die Langmut aufbringt, nach einer Konfrontation ein Gespräch zu führen. Auch ist es nicht immer Laika, die Streit anfängt – selbst andere Hunde haben ihre Launen. Und ihrerseits Besitzer, die von demselben Narzißmus beseelt sind, wie ich es einmal war. Mein Hund aggressiv? Aber niemals!

Auch andere Menschen mag Laika nicht, wenn sie zum ersten Mal das Haus betreten. Das sei das Wachhunderbe, sagen die Fachleute. Ich weiß, daß sie nur bellt und ganz gewiß nicht beißt. Aber ich wollte nie zu den Leuten gehören, die ihre kalbsgroßen Viecher getrost randalieren lassen, um aus großer Entfernung zu rufen: »Der tut nichts, der will nur spielen!« Ich habe ein schlechtes Gewissen, wenn eine alte Dame im Postamt umstandslos auf meinen Hund zugeht, ihn mit dem Ausruf: »Bist du aber ein Lieber!« streichelt und sich sofort ans Herz faßt, wenn er knurrt. Laika läßt sich nicht von jedem anfassen, den sie nicht kennt, und das kann ich ihr nicht verdenken.

»Geht es Ihnen nicht gut?« frage ich die alte Dame. »Ich habe einen Herzfehler«, sagt sie. Wenn ich einen Herzfehler hätte, ich würde nicht fremde Bestien streicheln! Aber das denke ich nur. Und bin einmal mehr unschlüssig, ob ich Laikas sympathisches Aussehen – lämmchenweiß, seelenvoller Blick, die Anmut einer Suleika – als Segen oder Fluch betrachten soll.

»Dein Leben wird sich verändern«, sagte vor allem Anfang mit fester Stimme eine Freundin, die sich denselben Kindheitswunsch verwirklicht hatte. Man kann Erfahrungen in Sätze fassen, aber niemals aus den Sätzen Erfahrungen bilden. So habe ich nicht vorhergesehen, daß man mit anderen Menschen in etwa dreißig stumme Beziehungen tritt, wenn man nur mit einem Hund durch den Frankfurter Hauptbahnhof geht: Kinder, die staunen und streicheln, lächelnde Damen, von Mißbilligung verzogene Mienen. Befremden, Angst, Zutraulichkeit, Sehnsucht, Abscheu und Verständnis – eine reiche Palette menschlicher Empfindungen spiegelt sich in den Gesichtern, die man ansieht.

Früher ist man einfach durchgeschlendert und hat sich dann in den Zug gesetzt. Heute geht man durch ein Beziehungsfeld – und setzt sich nicht mehr in den Zug, weil man für den Hund zwar den Kindertarif bezahlt, es jedoch keinen Platz für ihn gibt. Es sei denn auf dem Gang, wo bei jeder Station die Reisenden mitsamt Gepäck über das lebende Eisbärfell steigen, hinein und hinaus. Am Ende einer Fahrt hat man einen Krampf im Gesicht, vom Lächeln bei den Sätzen: »Entschuldigung, wären Sie so freundlich ...« – »Es gibt leider keine andere Möglichkeit …« – »Ich danke Ihnen sehr …« Merke: Du kaufst vielleicht einen Mischlingshund für 100 Mark. Das Auto, um ihn zu transportieren, wird aber ein Vielfaches kosten.

Natürlich bellt der Hund im Auto, sobald man nach dem Weg fragt. Er paßt nur auf, das ist normal. Wie es auch ganz normal ist, daß er Jogger hetzt, auch manchmal Fahrradfahrer. Nicht jeder Hund ist ein Wachhund, aber alle Hunde sind Beutetiere. Beute zu machen muß man ihnen abgewöhnen, das Bellen im Auto auch, das Wälzen im Mist, das Anspringen freundlicher Menschen, nur um der eigenen Freude Ausdruck zu geben. Das Fressen von Currywurstresten, das Kauen von Schuhen, das Jagen von Kaninchen. Das kann man: Man muß es nur wollen. Und Alphatier sein.

Denn das ist schließlich das wichtigste: Hunde, so steht es überall geschrieben, brauchen klare Hierarchien. Im Rudel macht das Alphatier die Regeln, und dazu muß man werden. Der Wege dorthin sind viele, und die Ansichten sind ähnlich weit gestreut wie die über Kindererziehung. Wo wird die Einfühlung zur Projektion; was braucht der Hund und was der Mensch? Sympathisch ist die Montessori-Variante, Erziehung nur durch Spiel und Leckereien, »Verstärkung erwünschten Verhaltens« – und doch bleiben Situationen, in denen man etwas verbieten muß. Ab wann strafen und wie? Gespräche über Hundehaltung erinnern verdächtig an die konjunkturellen Schwankungen der menschlichen Aufzuchtprobleme. Ein paar Jahre heißt es: »Ruhig schreien lassen«, dann wieder: »Nehmen Sie Ihre Kinder getrost mit ins Bett!« Erziehung ist Beispiel und Liebe, was aber, wenn das nicht reicht?

Zwangsläufig spricht man mit anderen, die ebenfalls Hunde haben. Die einem sympathisch sind, wissen es selbst noch nicht genau. Die mit den folgsamen Exemplaren haben oft einen Ton, der von ferne nach Sadismus riecht, und jene Krankenschwesternrhetorik, die nur den Hund meint, wenn sie sagt: »Das haben wir uns schnell abgewöhnt!« Wer sich jedoch ein Tier hält, weil es den Traum einer bukolischen Existenz verkörpert, stößt schnell auf die eigene Ambivalenz: Wozu schließlich Natur als Hund, wenn man in einem fort manipulieren und verbieten muß, bis aus dem wilden Hundeleben dann doch etwas geworden ist, das an die trostloseste Angestelltenexistenz erinnert?

Am erfolgreichsten scheinen am Ende die zu sein, die am wenigsten darüber nachdenken. Auch dazu gibt's eine Theorie: Das Tier spürt das schlechte Gewissen des Menschen; das Grübeln durchlöchert die Seele; der Zweifel adelt nicht, sondern verwirrt. Trotzdem gibt es reichlich Fälle, in denen man sich antiintuitiv verhalten soll. Wenn Freunde mit Hunden einen Besuch machen zum Beispiel und der Haushund den Besuchshund angreift, um seinen Rang im Kampf – der rituell verläuft und ohne Wunden – klarzumachen: Wer würde da nicht, spontan und in größter moralischer Klarheit, den unschuldigen Verlierer trösten und den Aggressor ausschimpfen? Soll aber falsch sein: Denn hatten sie's gerade geklärt, die beiden, liegt nun ein neuer Anlaß zum Kampf vor. Moral hat da gar nichts zu suchen; hier ist der Wolf des Wolfes Wolf und unser Sentiment der Fairneß fehl am Platze.

Hunde, soviel ist sicher, sind keine Demokraten und kommen ganz ohne Ironie durchs Leben. Manche brauchen mehr Autorität, andere weniger. Laika braucht viel davon, und ich bin, wie eine Freundin mitfühlend sagte, nicht gerade auf dem Obersalzberg geboren. Ich fühle mich nicht wohl auf Hundeplätzen, wo nach Kommandos die sogenannte Unterwerfung eingeübt wird. Ich gehöre da nicht hin. Laika aber schon. Denn sonst übernimmt sie das Kommando, wann immer gerade ich es gerne hätte: beim Briefträger (selbstverständlich!), beim Nachbarshund, dem Todfeind, oder im Straßencafé, wo sie mich vor dem Kellner schützt. So passe ich mich dem Hund an, um sein Leitwolf sein zu können.

Ich versuche es jedenfalls. Schließlich hat sie mich ausgesucht damals. Wir haben es noch nicht ausgetragen, Laika und ich. Sie hat die besseren Nerven. Ich habe Freud gelesen.

MICHEL TOURNIER
Der Hund lächelte

Robinson war nie eitel gewesen und hatte sich nicht besonders viel daraus gemacht, sein Spiegelbild zu betrachten. Nun aber lag die letzte Gelegenheit so weit zurück, daß er völlig überrascht war, als er eines Tages in einer der Kisten der *Virginia* einen Spiegel entdeckte und darin sein eigenes Gesicht wiedersah. Im großen und ganzen hatte er sich nicht sehr verändert, nur sein Bart war ein wenig länger und sein Gesicht von vielen neuen Falten durchzogen. Aber die ernste Miene, die er angenommen hatte, eine Art Schwermut, die ihn nicht mehr verließ, beunruhigte ihn. Er versuchte zu lächeln. Da durchfuhr ihn ein Schock, denn er stellte fest, daß es ihm nicht gelang. Er mochte sich noch so viel Mühe geben, mit Gewalt die Augen zusammenkneifen und die Mundwinkel hochziehen, es half nichts; er hatte das Lächeln verlernt. Seine Züge erschienen ihm wie eine leblose, in einem mürrischen Ausdruck erstarrte hölzerne Maske.

Nach vielem Nachdenken begriff er, wie das gekommen war. Es kam daher, daß er allein war. Seit allzu langer Zeit hatte er niemandem mehr zulächeln können, er verstand sich nicht mehr darauf; wenn er lächeln wollte, gehorchten seine Muskeln nicht mehr. Und er fuhr fort, sich mit harter und strenger Miene im Spiegel zu betrachten, und sein Herz zog sich vor Traurigkeit zusammen. Er hatte also alles auf dieser Insel, was er brauchte, zu essen und zu trinken, ein Haus, ein Bett zum Schlafen, aber zum Lächeln hatte er niemanden.

In diesem Augenblick senkte Robinson seinen Blick zu Tenn. War das ein Traum? *Der Hund lächelte ihm zu!* Auf der einen Seite des Rachens zog die schwarze Lefze sich in die Höhe und entblößte zwei Reihen spitzer Zähne. Zugleich neigte das Tier drollig den Kopf zur Seite, und die haselnußbraunen Augen zwinkerten lustig. Robinson ergriff den dicken Zottelkopf mit beiden Händen, und seine Wimpern wurden feucht, während ein unmerkliches Zittern seine Mundwinkel bewegte. Tenn schnitt noch immer eine Grimasse, und Robinson betrachtete ihn hingerissen, um von ihm aufs neue das Lächeln zu lernen.

Von da an hatten die beiden ein neues Spiel. Robinson unterbrach plötzlich seine Arbeit oder die Jagd oder den Spaziergang am Strand und starrte Tenn auf eine bestimmte Art an. Und der Hund lächelte ihm auf seine Weise zu, während Robinsons Züge wieder weich wurden, menschlich, und ganz langsam ebenfalls zu lächeln begannen.

LARS GUSTAFSSON

Elegie auf einen Labrador

Mitten im Sommer gibt es bei uns Tage,
an denen es plötzlich Herbst ist.
Die Krähen im Baum schlagen schärfere Töne an.
Die Klippen ragen deutlicher aus dem See als sonst.
Sie wissen etwas. Sie haben es immer gewußt.
Wir auch, doch wollen wir nichts davon wissen.
Auf dem Heimweg bist du oft am Bug gestanden,
an solchen Abenden, hast den Gerüchen nachgespürt,
die übers Wasser kamen, mit ruhig gesammeltem
Blick,
den Abend entziffert, die schwache Rauchfahne
eines Sommerhauses, den Pfannkuchen, der irgendwo
drei Kilometer weiter briet, einen Dachs bemerkt,

der ich weiß nicht wo in der Dämmerung stand
und etwas witterte, ganz wie du. Unsere Freundschaft
war natürlich ein Kompromiß: wir lebten zusammen
in zwei verschiedenen Welten, der meinigen
mit ihren Buchstaben, einem lebenslänglichen Text,
und der deinen mit ihren Gerüchen. Ich hätte viel
für deine Kenntnisse gegeben, für dein Vermögen,
ein Gefühl wie Eifer, Haß oder Liebe wie eine Welle
über den ganzen Körper hinlaufen zu lassen
von der Nase bis zum Schwanz, für deine Unfähig-
   keit,
dich damit abzufinden, daß der Mond eine Tatsache
   ist.
Bei Vollmond hast du dich immer lauthals darüber
   beklagt.
Als Gnostiker warst du mir überlegen, und somit
hast du dauernd im Paradies gelebt. Auch pflegtest du
Schmetterlinge aufzuschnappen im Sprung und sie
   dann
hinunterzuschlucken. Abstoßend fanden manche das.
Mir gefiel es. Warum habe ich es dir darin
nie gleichtun können? Und dann die Türen!
Waren sie zu, so legtest du dich hin und schliefst ein;
irgend jemand würde sie sicherlich öffnen,
früher oder später. Du hattest recht. Ich hatte un-
   recht.
Heute, da diese lange, stumme Freundschaft vorbei
   ist
für immer, frage ich mich, ob auch ich am Ende
etwas konnte, was dir imponiert hat. Ich meine nicht
deinen festen Glauben, daß ich es war, der die
   Gewitter

hervorrief. Das war ein Wahn. Ich denke eher,
mein sichres Gefühl dafür, daß der Ball vorhanden
war,
auch wenn er sich hinter dem Sofa versteckt hielt,
hat dir eine Ahnung verschafft von meiner Welt.
Fast alles in meiner Welt hält sich versteckt
hinter etwas anderem. Ich nannte dich »Hund«.
Ich frage mich ganz im Ernst: Hast du mich wohl
für einen größern, lauteren »Hund« gehalten,
oder für etwas anderes, etwas für immer Unbekann-
tes,
das einfach ist, was es ist, und existiert
auf seine Weise und damit basta: den Pfiff
durch den nächtlichen Park, dem zu folgen
man sich angewöhnt hat, ohne so recht zu wissen,
was das ist, dem man folgt. Und ich
wußte ebensowenig von dir und davon, was du
warst.
Von diesem objektiveren Standpunkt aus
waren wir zwei Organismen, zwei jener Orte,
an denen das Universum sich in sich selber
verknotet, verwickelt, kurzlebige, komplexe Struktu-
ren
aus Eiweiß, die sich immer weiter verheddern müs-
sen,
um zu überleben, bis das Ganze versagt
und sich wieder vereinfacht, der Knoten sich löst,
das Rätsel verschwindet. Du warst eine Frage,
gerichtet an eine andere Frage, sonst nichts,
und keine von beiden konnte der andern Antwort
geben.

PAUL AUSTER
Timbuktu

Der Clochard und Poet Willy hält seinem Hund Mr. Bones Vorträge über das Jenseits.

Dorthin gingen die Menschen, wenn sie starben. Wenn die Seele den Leib verlassen hatte, wurde der Körper im Boden vergraben, und die Seele entschwebte in die jenseitige Welt. Willy ritt nun schon seit Wochen auf diesem Thema herum, und der Hund hegte nicht den geringsten Zweifel daran, daß diese Welt wirklich existierte. Sie hieß Timbuktu, und nach allem, was Mr. Bones herausfinden konnte, lag sie irgendwo inmitten einer Wüste, weit weg von New York oder Baltimore, weit weg von Polen oder irgendeiner der Städte, die sie auf ihren Wanderschaften besucht hatten. Einmal hatte Willy diesen Ort »eine Oase der Seelen« genannt. Ein andermal meinte er: »Dort, wo die Weltkarte endet, fängt Timbuktu an.« Und um dorthin zu gelangen, mußte man offensichtlich ein riesiges Land voller Sand und Hitze durchqueren, das Reich des ewigen Nichts. Mr. Bones schien das eine äußerst gefährliche und anstrengende Reise zu sein, aber Willy versicherte ihm, daß dem nicht so war und daß sie nicht länger dauerte als einen Wimpernschlag. Und sobald man da war, so sagte er, sobald man die Grenze zu dieser Freistatt überschritten hatte, brauchte man sich keine Sorgen mehr ums Essen, Schlafen oder die Verdauung zu machen. Man war eins mit dem Universum, ein winziges Stück Antimaterie im Hirn Gottes. Mr. Bones fiel es durchaus schwer, sich vorzustellen, wie das Leben an einem solchen Ort wohl sein mochte, aber Willy sprach so sehnsüchtig und mit so zärtlicher Stimme davon, daß der Hund schließlich seine Zweifel fallenließ. *Tim-buk-tu.* Inzwischen machte ihn schon der Klang des Wortes glücklich. Die kantige Kombination von Vokalen und Konsonanten rührte fast immer ans Innerste seiner Seele, und wenn seinem Herrchen diese drei Silben über die Lippen kamen, durchströmte eine Welle seligen Wohlgefühls seinen ganzen Körper, als sei das Wort an sich schon ein Versprechen, eine Garantie dafür, daß alles besser würde.

Es spielte keine Rolle, wie heiß es dort war. Es spielte auch keine Rolle, daß es dort nichts zu fressen, zu trinken oder zu schnüffeln gab. Wenn Willy dorthin ging, wollte er auch dort sein. Wenn für ihn der Augenblick gekommen war, von dieser Welt Abschied nehmen zu müssen, schien es nur recht und billig, daß er auch im Jenseits mit jener Person zusammen war, die er schon im Diesseits so geliebt hatte. Die Wildtiere hatten bestimmt ihr eigenes Timbuktu, riesige Wälder, in denen sie frei und unbedroht von zweibeinigen Jägern und Fallenstellern herumstreifen konnten, denn Löwen und Tiger waren anders als Hunde, und es ergab ja keinen Sinn, zahme und wilde Tiere im jenseitigen Leben zusammenzuwürfeln. Die Starken würden die Schwachen verschlingen, und in Null Komma nichts wären alle Hunde dort tot und auf dem Weg in ein noch jenseitigeres Leben, ein Jenseits jenseits des Jenseits; was sollte das also? Wenn es auf der Welt so etwas wie Gerechtigkeit gab und wenn der Gott der Hunde irgendeinen Einfluß darauf hatte, was mit seinen Geschöpfen geschah, dann würde der beste Freund des Menschen an der Seite des Menschen bleiben, nachdem besagter Mensch und besagter bester Freund die Kurve gekratzt hatten. Außerdem würden die Hunde in Timbuktu die Sprache der Menschen sprechen und sich mit ihnen von gleich zu gleich verständigen können. Das verlangte die Logik – aber wer wußte schon, ob Gerechtigkeit und Logik in der jenseitigen Welt mehr zählten als in dieser? Willy hatte diesen Punkt irgendwie zu erwähnen vergessen, und weil Mr. Bones' Name bei all den Gesprächen über Timbuktu nicht einmal gefallen war, *nicht ein einziges Mal*, befand sich der Hund nach wie vor im unklaren darüber, wohin er denn nun nach seinem eigenen Ableben kommen würde. Was, wenn Timbuktu sich als einer dieser Orte mit tollen Teppichen und teuren Antiquitäten entpuppte? Was, wenn dort gar keine Haustiere erlaubt waren? Das schien nicht möglich, aber Mr. Bones war lange genug auf der Welt, um zu wissen, daß alles möglich war und daß andauernd die unmöglichsten Sachen passierten. Vielleicht war dies auch so eine, und an diesem *vielleicht* hingen tausend Ängste, Sorgen und ein unausdenkbares Entsetzen, das ihn packte, sobald er nur daran dachte.

Als er gerade wieder in tiefe Niedergeschlagenheit verfallen wollte, begann es unerwartet aufzuklaren. Der Regen hatte aufgehört, die dicht geballten Wolken rissen langsam auf, und der Himmel, der noch vor einer Stunde ganz grau und trüb gewesen war, färbte sich leuchtend bunt, ein scheckiges Durcheinander von roséfarbenen und gelben Streifen, die sich langsam von Westen her über die ganze Stadt zogen.

Mr. Bones hob den Kopf. Im nächsten Augenblick

brach ein Lichtstrahl durch die Wolken, als seien die beiden Ereignisse insgeheim miteinander verknüpft. Er landete wenige Zentimeter vor der linken Pfote des Hundes auf dem Bürgersteig, und fast im selben Augenblick fiel ein zweiter Strahl direkt vor seine rechte Pfote. Auf dem Pflaster vor ihm bildete sich ein Gewirr von Licht und Schatten, das sehr schön anzuschauen war, ein kleines, unerwartetes Geschenk nach all der Trauer und dem Schmerz. Dann sah sich Mr. Bones zu Willy um. Gerade als er den Kopf wandte, ergoß sich ein ganzer Schwall Licht über das Gesicht des Poeten und fiel so hell auf die Lider des Schlafenden, daß er unwillkürlich die Augen aufschlug.

Quellenverzeichnis

Homer: *Argos.* Aus: Homer, Odyssee. Übers. von Johann Heinrich Voß. (17. Gesang, V. 291–327). Friedrich Nicolovius Verlag, Königsberg 1806.

Aristoteles: *Die lakonischen Hunde.* Aus: Aristoteles, Naturgeschichte der Tiere (6. Buch, Kap. 20). Übers. v. Friedrich Strack. Hermannsche Buchhandlung, Frankfurt/M. 1816.

Plutarch: *Hundedialektik.* Aus: Plutarch, Werke. Moralische Schriften (Bd. 23–26). Übers. v. Johann Christian Felix Bähr. Metzler Verlag, Stuttgart 1830.

Plinius: *Vom Gedächtnis der Hunde.* Aus: Plinius, Naturkunde. Lateinisch – deutsch. Buch VIII. Zoologie: Landtiere. Übers. v. Roderich König. Heimeran Verlag, München 1976. © Patmos Verlag GmbH & Co. KG/Artemis & Winkler, Düsseldorf.

Aelianus: *Capriccios.* Aus: Claudius Aelianus, Werke. Bd. 2: Thiergeschichten. Übers. v. E. K. F. Wunderlich u. F. Jacobs. Metzler Verlag, Stuttgart 1842.

Hildegard von Bingen: *Über den Hund.* Aus: Helmut Brackert/Cora van Kleffens, Von Menschen und Hunden. C. H. Beck Verlag, München 1989.

GOTTFRIED VON STRASSBURG: *Petitcriu.* Aus: G. v. Straßburg, Tristan. Zitiert nach Brackert/Kleffens: Von Hunden und Menschen. Beck Verlag, München 1989.

PETRARCA: *Der tröstende Weggenosse.* Aus: Franz Petrarcas Poetische Briefe. Hg. v. F. Friedersdorff. Halle 1903.

HEINRICH MYNSINGER: *Von den edlen Hunden.* Aus: Heinrich Mynsinger, Von den Falken, Pferden und Hunden. Hg. v. K.D. Hassler. Fues Verlag, Stuttgart 1863 (Übers. A. Overath/M. Koch).

RABELAIS: *Pariser Duftspur.* Aus: François Rabelais, Gargantua und Pantagruel. Übers. v. F.A. Gelbcke. Bibliographisches Institut, Leipzig und Wien 1880.

CERVANTES: *Berganza I.* Aus: Miguel de Cervantes, Exemplarische Novellen. Übers. v. A.M. Rothbauer. Goverts Verlag, Stuttgart 1963. Alle Rechte vorbehalten. S. Fischer Verlag GmH, Frankfurt/M.

LOGAU: *Ein Kriegs-Hund.* Aus: Friedrich von Logau, Sinngedichte. Hg. v. G. Eitner. Brockhaus Verlag, Leipzig 1870.

LINNÉ: *Definition Hund.* Aus: Carl von Linné, System der Natur (1735). Übers. u. bearb. v. Alfred Brehm. Brehms Tierleben. Auswahlausgabe Schüder Verlag, Hamburg 1926.

ROUSSEAU: *Der Instinkt.* Aus: Jean-Jacques Rousseau, Émile oder über die Erziehung. Übers. v. E. Schommodau. Reclam Verlag, Stuttgart 1963.

BUFFON: *Welthunde.* Aus: G.L.L. de Buffon, Von Buffons Naturgeschichte der vierfüßigen Thiere. J. G. Traßler, Brünn, und F. A. Schrämbl, Wien 1786–1807.

Döbel: *Wie die Hunde zu pflegen sind.* Aus: Heinrich Wilhelm Döbel. Neueröffnete Jäger-Practica oder der wohlgeübte und erfahrne Jäger. Heinsius Verlag, Leipzig 1783.

Actaeon Kynophilis (i. e. anonym): *Erziehung der Hund.* Aus: Ausführliche Geschichte der Hunde. Leipzig 1781.

Brüder Grimm: *Der alte Sultan.* Aus: Grimms Märchen. Hg. v. Heinz Rölleke. Deutscher Klassiker Verlag, Frankfurt/M. 1985.

Brentano: *Das Hündchen Wackerlos.* Aus: Clemens Brentano, Italienische Märchen. Hg. v. Maria Dessauer. Insel Verlag, Frankfurt/M. 1983.

Jean Paul: *Pudel Ponto.* Aus: Jean Pauls Persönlichkeit. Zeitgenössische Berichte. Gesammelt und hg. v. Eduard Berend. G. Müller Verlag, München 1913. © 1913 by Georg Müller Verlag in der F. A. Herbig Verlagsbuchhandlung GmbH, München.

Scheitlin: *Hymne an den Pudel.* Aus: Peter Scheitlin, Versuch einer vollständigen Thierseelenkunde. Cotta Verlag, Stuttgart 1840.

Byron: *Inschrift auf dem Denkmal eines Neufundländer-Hundes.* Aus: Sämtliche Werke, Band II. Übers. v. Carl Fischer. Patmos Verlag, Düsseldorf.

Chamisso: *Der Bettler und sein Hund.* Aus: Adelbert von Chamisso, Gedichte. Weidmann Verlag, Leipzig 1831.

Hoffmann: *Berganza II.* Aus: E.T.A. Hoffmann, Nachrichten von den neuesten Schicksalen des Hundes Berganza. Poetische Werke. Erster Band. Aufbau-Verlag, Berlin 1963.

Hauff: *Herzog Ulrichs Hund.* Aus: Wilhelm Hauff,

Lichtenstein. Sämtliche Werke. Sechs Bände. Cotta Verlag, Stuttgart 1885 ff.

HEBBEL: *Schau ich in die tiefste Ferne.* Aus: Friedrich Hebbel, Werke. Bd. 3. Herausgegeben von Gerhard Fricke u. a. © 1966 Carl Hanser Verlag, München.

STIFTER: *Der arme, liebe Spitz.* Aus: Adalbert Stifter, Der Hagestolz. Studien Bd. 2. Deutscher Taschenbuch Verlag, München 1975.

KELLER: *Auf dem Rücken des Hundes.* Aus: Gottfried Keller, Der grüne Heinrich (Erste Fassung). Goldmann Verlag, München 1980.

MÖRIKE: *Joli.* Aus: Eduard Mörike, Werke und Briefe. Historisch-kritische Gesamtausgabe. Hg. v. Herbert Meyer u. a. Bd. 14: Briefe 1842–1845 Hg. v. Albrecht Bergold und Bernhard Zeller. Klett Cotta, Stuttgart 1994.

FONTANE: *Rollo.* Aus: Theodor Fontane, Effi Briest. Reclam Verlag, Stuttgart 1970.

GOGOL: *Hundechor.* (Titel von den Herausgebern gewählt.) Aus: Nikolai Gogol, Die toten Seelen. (A. d. Russ. v. Michael Pfeiffer.) © Aufbau Verlagsgruppe GmbH, Berlin 1965. (Diese Ausgabe erschien erstmals 1965 im Aufbau-Verlag; Aufbau ist eine Marke der Aufbau Verlagsgruppe GmbH.)

BAUDELAIRE: *Die braven Hunde.* Aus: Charles Baudelaire, Die Blumen des Bösen. Übers. v. Carl Fischer. Winkler Verlag, München 1979. © Patmos Verlag GmbH & Co. KG/Artemis & Winkler, Düsseldorf.

BROMME: *Hundeessen.* Aus: Moritz Th. W. Bromme, Lebensgeschichte eines modernen Fabrikarbeiters. Nachdruck der Ausgabe Leipzig 1905. Athenäum Verlag, Frankfurt/M. 1971.

Ebner-Eschenbach: *Krambambuli*. Aus: Marie von Ebner-Eschenbach, Krambambuli und andere Erzählungen. Reclam Verlag, Stuttgart 1994.

Tolstoj: *Karai und Daniil*. Aus: Leo Tolstoj, Krieg und Frieden. Ein Roman in vier Bänden. Übers. v. Hermann Röhl. Übertragung des zweiten Teils des Epilogs von Wolfgang Kasack. Mit Illustrationen von Theodor Eberle, Insel Verlag, Frankfurt/M. und Leipzig 1982.

Tschechow: *Die Entführung*. Aus: Anton Tschechow, Der Weißstirnige. Zitiert nach der Übers. v. Erich Müller-Kamp in: Hunde-Geschichten. Hg. v. Dora Meier-Jaeger. Deutscher Taschenbuch Verlag, München 1994.

Brehm: *Die Hunde des Orients*. Aus: Brehms Tierleben. Auswahlausgabe Schüder Verlag, Hamburg 1926.

Darwin: *Der Ausdruck freundlicher Gemütsbewegungen beim Hund*. Aus: Charles Darwin, Der Ausdruck der Gemütsbewegungen bei dem Menschen und den Tieren. Übers. v. J. Victor Carus. Nachdruck der Ausgabe Stuttgart 1872, Greno Verlag, Nördlingen 1986.

Kipling: *Beginn einer Hundefreundschaft*. Aus: Rudyard Kipling, Die schönste Geschichte der Welt. Erzählungen (Garm als Geisel). Übers. v. Hans Reisiger. Paul List Verlag, München 1948.

Meyers Konversationslexikon 1906.

Rilke: *Der Hund*. Aus: Rainer Maria Rilke, Neue Gedichte. Gesammelte Gedichte. Insel Verlag, Frankfurt/M. 1962.

Kafka: *Lufthunde*. Aus: Franz Kafka, Forschungen

eines Hundes. Gesammelte Werke. Hg. v. Max Brod. Fischer Verlag, Frankfurt/M. 1946.

MANN: *Bauschan.* Aus: Thomas Mann, Herr und Hund. Gesammelte Werke in 13 Bänden. Band VIII © S. Fischer Verlag, Frankfurt/M. 1960/1974.

TUCHOLSKY: *Traktat über den Hund.* Aus: Kurt Tucholsky, Gesammelte Werke in zehn Bänden. Hg. v. Mary Gerold-Tucholsky u. Fritz J. Raddatz. Rowohlt Verlag, Reinbek 1975.

VALENTIN: *Das Hunderl.* Aus: Karl Valentin, Sämtliche Werke in acht Bänden. Hg. v. Manfred Faust u. Andreas Hohenadl. © Piper Verlag, München 1996.

BULGAKOW: *Moppel.* Aus: Michail Bulgakow, Hundeherz. Übers. v. Gisela Drohla. Luchterhand Literaturverlag, München 1988.

WOOLF, SIE WAR MENSCH, ER WAR HUND. AUS: *Virginia Woolf: Flush.* © Quentin Ball und Angelica Garnett 1933. Übers. v. Karin Kersten. © S. Fischer Verlag GmbH, Frankfurt/M. 1993.

MÁRAI: *Hund und Zeit.* Aus: Sándor Márai, Ein Hund mit Charakter. Übers. v. Ernö Zeltner. © Piper Verlag, München 2003.

CANETTI: *Grimm.* Aus: Veza Canetti, Die gelbe Straße. Deutscher Taschenbuch Verlag, München 2000.

LORENZ: *Wolf und Rolf und Susi.* Aus: Konrad Lorenz, So kam der Mensch auf den Hund. © Deutscher Taschenbuch Verlag, München 1966.

SIMENON: *Bib.* Aus: Georges Simenon, Der Mann mit dem kleinen Hund. Übers. v. Stefanie Weiss. Diogenes Verlag, Zürich 1978.

AUDRY: *Hundefahrt.* Aus: Colette Audry: Hinter der

Badewanne. Übers. v. Herbert Frank. Desch Verlag, München 1967.

JANDL: *ottos mops.* Aus: Ernst Jandl, Poetische Werke. Hg. v. Klaus Siblewski. © 1997 by Luchterhand Literaturverlag, München.

SMITH: *O Mops!* Aus: Moderne englische Lyrik. Übers. v. Ute und Werner Knoedgen. Reclam, Stuttgart 1976.

KOHOUT: *Der Dackel Edison.* Aus: Pavel Kohout, Wo der Hund begraben liegt. Übers. v. Joachim Bruss. Knaus Verlag, München 1987.

HEANEY: *Carlo.* Aus: FAZ vom 14. 7. 2000. Übers. v. Joachim Kalka.

PAPST: *Hundezeit.* Aus: du. Zeitschrift für Kultur, April 2006.

OVERATH: *Sini, destra, vai!* Aus: Angelika Overath, Sehen mit dem Hundesinn. In: Vom Sekundenglück brennender Papierchen. Libelle Verlag, Lengwil 2000.

SCHERER: *Alf.* Aus: Marie Luise Scherer, Die Hundegrenze. In: Der Akkordeonspieler. Eichborn Verlag, Frankfurt/M. 2004.

SCHMITTER: *Leben mit dem Alphatier.* Elke Schmitter. In: Die Zeit 05/1999.

TOURNIER: *Der Hund lächelte.* Aus: Michel Tournier, Freitag oder das Leben in der Wildnis. Übers. v. Rolf u. Hedda Soellner. © 1997 Carl Hanser Verlag, München.

GUSTAFSSON: *Elegie auf einen Labrador.* Aus: Lars Gustafsson, Die Stille der Welt vor Bach. Gedichte. Übers. v. Hans Magnus Enzensberger. Hg. v. Verena Reichel. © 1982 Carl Hanser Verlag, München.

AUSTER: *Timbuktu.* Aus: Paul Auster, Timbuktu. Übers. v. Peter Torberg. Rowohlt Verlag, Reinbek 2000.

Åke Edwardson
Rotes Meer

Kriminalroman. www.list-taschenbuch.de
ISBN 978-3-548-60889-1

Die Nacht wird zum Tag, und doch legen sich lange Schatten auf die Stadt, Erik Winter steht vor drei Leichen und einem Meer aus Blut. Winter kommt nur schwer voran in einem Milieu, in dem der Kampf ums Leben zusammenschweißt. Der einzige Zeuge der Morde, ein kleiner Junge, versteckt sich vor ihm. Ein Wettlauf mit der Zeit beginnt – ein Fall, der den Blick freigibt in die Abgründe unserer Gesellschaft.

»*Rotes Meer* ist Åke Edwardsons bislang bestes Buch. Eine klug komponierte und eindringlich geschilderte Geschichte um Ehre, Heimat und Außenseitertum.«
Hessischer Rundfunk

»Düster, spannend, poetisch. Volltreffer!« *bild.de*

List Taschenbuch

L358